Eckhard Polzer

<u>Suchende</u>

Then you better start swimmin' or you'll sink like a stone
For the times they are a-changin'.

Bob Dylan

Für die Guten unter den Starken ist nichts so anziehend wie sich auf die Seite der Schwachen zu schlagen.

Zu diesem Roman

Drei Menschen, zwei Männer und eine Frau, ihre Kindheit ist geprägt von der Nachkriegszeit in Deutschland. Getrieben von den rapiden Veränderungen in der zweiten Hälfte des 20. Jahrhunderts suchen sie ihren Platz in der Welt. In den sechziger Jahre kreuzen sich ihre Wege, bis jeder allein loszieht, auf der Suche nach Erfolg, Anerkennung und Geborgenheit. Dabei entsteht das Porträt einer globalen Gesellschaft, die sich selbst nicht mehr sicher ist.

Eckhard Polzer, geboren 1943 in der Tschechoslowakei, wuchs in Deutschland auf. Er arbeitete in den USA, Asien und Afrika. Seit 2003 ist Polzer freier Schriftsteller und lebt in München. Er hat mehrere Romane und Kurzgeschichten geschrieben.

Eckhard Polzer

Suchende

Roman

Bibliografische Information der Deutschen Nationalbibliothek: Die Deutsche Nationalbibliothek verzeichnet diese Publikation in der Deutschen Nationalbibliografie; detaillierte bibliografische Daten sind im Internet über dnb.d-nb.de abrufbar.

TWENTYSIX – Der Self-Publishing-Verlag
Eine Kooperation zwischen der Verlagsgruppe Random House und BoD – Books on Demand

© 2018 Polzer, Eckhard

Herstellung und Verlag:
BoD – Books on Demand, Norderstedt

ISBN: 978-3-7407-4965-1

Für Gerhard

Im Koma

Der Schnee zeigt Spuren von Hundepisse und hat längst die Farbe von Zink angenommen, als Lukas Born den Wagen zum Seiteneingang des Klinikums steuert. Warum Leute ihre Tiere ausgerechnet hier ihren Dreck abladen lassen, denkt er irritiert. Die Vorstellung mit den Wildlederschuhen im Matsch zu versinken ist ihm ein Graus. Er sucht eine trockene Stelle, verschließt das Auto und springt aufs Trottoir. Gut, denkt er, keine Schneeränder, keine nassen Füße.

„Wenn du sie noch einmal sehen willst, solltest du kommen", meinte Simon am Telefon, nachdem Carla in ihrem Haus auf Ibiza gefunden worden war. Es gab keine schlüssige Diagnose, also wurde sie nach Deutschland geflogen, und seither lag sie in München-Großhadern im Koma.

Um einen lebenden Leichnam zu sehen, dachte Lukas im ersten Moment, sagte dann aber ein paar Termine ab, und buchte den nächsten Flieger nach München. Dabei fragte er sich die ganze Zeit, welchen Sinn es hatte Carla beim Sterben zuzusehen. Wenn sie gehen wollte, sollte man sie lassen, dachte er.

Vor Jahren, als er mit Carla nach Bali flog, um dort Simon zu treffen, wollten sie eigentlich nur reden und die Wärme genießen. Das Hotel, das Essen, alles war gut, aber sie merkten schnell, dass sie sich eigentlich nichts mehr zu sagen hatten. Manchmal saßen sie einfach nur da, drei ältere Menschen, die sich fragten, was sie noch verband.

Dabei hätte es Vieles gegeben, das er sie fragen wollte. Warum es nach Indien nicht mehr geklappt hatte zwischen ihnen. Warum sie erneut nach Pondicherry gegangen und dann innerhalb weniger Monate wieder zurück nach Deutschland gekommen war, in ein Land, das ihr eigentlich nichts bedeutete. Und ob sie nun wirklich mit denen zusammengearbeitet hatte, die Leute umbrachten, weil sie glaubten, dadurch den verhassten Staat aus den Angeln heben zu können. Aber er hatte nicht gefragt. Sie sprachen lieber über seine Karriere, seine Zeit in den USA, in Afrika, das fanden sie unverfänglicher.

Simon hatte von ihrer Tour auf dem Zaire erzählt. Wie einen Gaudi-Trip hatte er es dargestellt, dabei wäre er ums Haar ertrunken, weil er auf den versifften Planken ausrutschte und in den Fluss fiel.

Carla sprach kaum über sich, als gäbe es Zeiten, in denen sie nicht gelebt hatte. Erst nach dem Attentat brach es aus ihr hervor, als hätte der Terror eine Tür in ihr geöffnet, die sie glaubte für immer verschlossen zu haben.

In Kuta konnten sie nicht länger bleiben. Simon hatte es plötzlich sehr eilig gehabt wegzukommen, und auch Carla schien es nicht zu bedauern, früher als geplant zurück zu fliegen. Am Frankfurter Flughafen verabschiedeten sie sich mit einem Kuss, wie zwei Menschen auf der Durchreise, er auf dem Weg nach Berlin, sie nach München. Seither hatte er nichts mehr von ihr gehört. Und als die Streitereien um seine Anteile an der Endoskop AG begannen, blieb ihm sowieso kein anderer Gedanke, als zu retten, was noch zu retten war.

Am Telefon sagte Simon: „Die Ärzte meinen, es müsse ein Unfall gewesen sein. Natürlich, was sonst. Warum hätte sie sich umbringen sollen, wenn sie gerade ein Ticket nach München gekauft hatte."

Wie kann er das wissen, hatte Lukas gedacht, vermutlich sitzt er an ihrem Bett und hält ihre Hand. Kann er Gedanken lesen? Haben Menschen im Koma überhaupt noch Gedanken? Warum hat mich das Krankenhaus nicht angerufen, ich war jahrelang mit ihr zusammen, wollte sie heiraten? „Was machte sie denn auf Ibiza, aus der Partyzeit ist sie schließlich heraus. Ihrem Haus, hast du gesagt. Seit wann hat sie ein Haus?"

„Geerbt, von ihrem Vater, ausgerechnet von ihm, der sie nie haben wollte. Ich dachte, du weißt das."

„Nein, von Ibiza habe ich noch nie gehört. Ist ja auch egal, ich komme so schnell ich kann."

Als er das Klinikum betritt, versucht er Simon auf dem Handy zu erreichen. „Ich bin auf der Besucherstraße, wo genau liegt Carla?"
„In der Neurochirurgie, Bereich D, im zehnten Stock, Zimmer 106. Ich hatte dich noch nicht erwartet."
„Ich hab einen früheren Flieger gekriegt. - Neurochirurgie? Warum das? Es hört sich nach Gehirnschlag an."
„Sie sagen, sie wollen alles durchchecken."
Auf dem Weg in Richtung Block D beginnt es zu regnen. Dicke Tropfen prasseln frontal gegen die Scheibe und werden in schrägen Bahnen nach unten gedrückt. Carla hat Regen nie gemocht, denkt Lukas, sie hat vieles nicht gemocht, am wenigsten, jemand ausgeliefert zu sein.

Sein Mobiltelefon klingelt und Simons Stimme reißt ihn aus den Gedanken: „Wo bist du jetzt?"
„In Richtung Block D. Ist die reinste Fabrik hier."
„Ja, aber sie scheinen zu wissen, was sie tun. Carla ist jetzt ansprechbar, sagen die Ärzte. Noch etwas desorientiert, aber ansonsten klar. Sie hat nach dir gefragt. Nimm den Aufzug am Ende der Besucherstraße in den zweiten Stock. Wenn du rauskommst, liegt rechts der Eingang zur Intensivstation."
„Ich bin gleich dort."

„Glaubst du, sie hat es selbst getan?", fragt Lukas, noch bevor er Simon umarmt.
„Keine Ahnung, ich konnte sie nicht fragen."
„Egal, sie würde es vermutlich sowieso nicht sagen. - Wie geht es dir? Du musst völlig fertig sein."
„Müde bin ich und die Hilflosigkeit macht mir zu schaffen."
„Kann ich verstehen. Wie lange bist du schon bei ihr?"

„Kurz nachdem sie eingeliefert wurde riefen sie an. Das war vor fünf Tagen. Sie fanden meine Nummer in ihrem Geldbeutel. Anfangs wollten sie mich gleich wieder wegschicken, aber die Vorstellung, dass sie aufwacht und keiner ist da, fand ich unerträglich. Ich nahm ein Zimmer in der Nähe und blieb. Es war immer ihr Albtraum, allein sterben zu müssen."

Mir hat sie das nie erzählt, denkt Lukas. „Wann ist sie aufgewacht?"

„Gerade eben, ich hab dich gleich angerufen. Anfangs dachte ich, sie wäre völlig normal, aber dann begann sie zu halluzinieren. Sie spricht von Bali und sie spricht von dir."

„Vielleicht hat sie das Attentat doch nicht so leicht verkraftet. Sie hat geschossen, und jetzt kommt alles wieder hoch."

Simon fährt sich durch die halblangen Locken, die spärlicher und an den Schläfen grau geworden sind. „Die Ärzte vermuten auch, dass es mit ihrem Unterbewusstsein zu tun hat", sagt er schließlich. „Wenigstens ist sie jetzt wach. Anscheinend bringst du ihr Glück." Er denkt an den Tag, als er Carla erstmals richtig wahrnahm. Sie spielte die Hauptrolle in ‚Maria Stuart'. Ein Stück, das die Theatergruppe ihrer Schule aufführte. Sie war in der Klasse unter ihm und hatte bis dahin nicht für ihn existiert. Es war im November 1971, dem Jahr, als er zusammen mit Lukas das Abitur machte. Seine Familie war vor drei Jahren, im Prager Frühling, nach Deutschland umgesiedelt. Es dauerte, bis er sich nicht mehr wie ein Fisch auf dem Trockenen fühlte. Nur die Musik und Lukas halfen ihm über die Runden.

In der zwölften Klasse gab Carla als Maria Stuart eine berührende Vorstellung, anders als die machtversessene katholische Königin, wie sie im Geschichtsunterricht gelehrt wurde. Carlas Interpretation war voller Kraft, keine von Elisabeth verfolgte Heilige. Einfach nur eine starke Frau. - Nach der Vorstellung bewunderte er Carla mit der Inbrunst des Achtzehnjährigen, obwohl er wusste, dass die Tochter des Richters für ihn, den jüdischen Adoptivsohn zweier in Deutschland gestrandeter Tschechen, unerreichbar war. So dachte er. Doch als Carla sein Saxofonspiel hörte, war sie begeistert und bereit, in seiner Band zu singen. Er liebte ihre helle, klare Stimme, die sich eigentlich nicht für Jazz eignete, aber trotzdem gut bei den Leuten ankam. Doch dann entschied sie sich für Lukas.

„Was grinst du so dämlich?", fragt Lukas.

„Ich hab an die Zeit gedacht, als wir Abitur machten. Sie hat in meiner Band gesungen, du erinnerst dich vielleicht noch. Und jetzt scheint sie dem Tod von der Schippe gesprungen zu sein."

Das sagt sich so leicht, denkt Lukas, der nur mit halbem Ohr zugehört hat. Vielleicht hat sich der Tod nur kurz schlafen gelegt und kommt gestärkt zurück. Ihn berechenbar machen, wäre schön, aber er ist nun mal keine Ware, die man kaufen und verkaufen kann. Der Kerl ist schlau und lässt sich nicht ins Regal stellen, wie ein Buch, das man endlich mal lesen wollte, und es lässt, bis es total verstaubt ist. Und fast immer kommt er ungelegen, oder lässt sich Zeit, wenn er wirklich gebraucht wird. Carla scheint er ziemlich nah zu sein.

„Wie lange bist du schon bei ihr?", fragt er erneut, als hätte er vergessen, dieselbe Frage schon einmal gestellt zu haben.

„Seit sie hier eingeliefert wurde, das war vor fünf Tagen. Ich glaube, das habe ich schon gesagt.

„Und ich habe es schon gefragt", sagt Lukas, verärgert über seine Unaufmerksamkeit.

„Spielt keine Rolle. - Die Ärzte reden nicht wirklich mit mir, machen nur so Andeutungen, als wäre ich ein Idiot. Vielleicht hast du mehr Glück. - Es könnte ein epileptischer Anfall gewesen sein."

„Hat sie ihre Medikamente genommen?"

„Keine Ahnung."

„Warst du bei ihr, als sie zu Bewusstsein kam?"

„Nein, ich war kurz draußen, eine rauchen", sagt Simon, dem die Fragerei auf die Nerven geht.

Doch Lukas merkt es gar nicht, so konzentriert überlegt er. Das graue Stoppelhaar bräuchte dringend einen Friseur, die Ringe unter

den Augen liegen tief. Die zerfurchte Stirn verschattet seine grünbraunen, hellwachen Augen. „Wo liegt sie, gleich hier?"
„Ja, geh rein, sie ist allein. Ich komme später dazu."
Als Lukas an Carlas Bett tritt, dreht sie den Kopf und lächelt ihn an.
„Was machst du denn? Was ist passiert?", fragt er.
„Bring mich hier raus, bitte, ich bin gefesselt."
„Nein, sie wollen dir helfen. Weißt du, was passiert ist?"
„Nein, all die Schläuche, die Kabel."
„Sie brauchen das, um dich am Leben zu halten."
„Aber ich will nicht hier sein. Ich wollte weg. Vielleicht hatte ich genug, es gibt so Tage. Ich kann mich nicht erinnern."
Genug von was?, denkt Lukas. Raus aus ihrem verqueren Leben, hinein in ein anderes, neues, es wäre ihr zuzutrauen. Auf Bali hat sie vom Buddhismus geschwärmt, da soll es das geben. „Hast du es deshalb getan?"
„Was? Bitte bring mich hier raus."

Simon

Während der Wintermonate sind die Proteste abgeklungen, doch jetzt, da die Tage länger und wärmer werden, brechen sie mit Gewalt wieder aus. Simon Osterholt ist dabei, als sie den Wenzelsplatz besetzen. Er geht zu den Sit-ins an der Universität, obwohl er mit seinen fünfzehn Jahren eigentlich noch zu jung ist, um sich einzumischen. Er liebt die lautstarken Aufmärsche, die Umarmungen fremder Menschen, die Debatten auf offener Straße. Zeitungen erscheinen neu, mit anderen Wörtern, als die der üblichen Propaganda. Sie erzählen Geschichten von Gefangenen, die in Reisebussen zur Bergung von Brennelementen transportiert werden, keiner vor Strahlung geschützt.

Die Leute wachen auf und Simon genießt das Gefühl von Freiheit. Es stört ihn nicht, dass die Lage in der Stadt eskaliert.

Eines Abends, Simon und seine Freunde haben lange auf den Straßen gestanden und Parolen gegen die Russen gebrüllt, hört er seine Eltern im Gespräch, wie er denkt. Er ist müde und will eigentlich sofort zu Bett: „Er ist so anders als wir, voller Wut und Kälte. Es macht mir Angst, dass er nicht zuvor mit dir geredet hat", sagt die Mutter. Erschrocken stellt Simon fest, dass sie über ihn sprechen.

„Warum sollte er?" Der Vater klingt nicht sonderlich beunruhigt. „Er ist fünfzehn und weiß, was draußen abläuft. Wenn er nur zusehen würde, hätten wir alles falsch gemacht, Vera."

„Ihr wart euch so nah. Manchmal habe ich mich richtig ausgeschlossen gefühlt. Weißt du noch, wie oft ihr beide in den Park gegangen seid, um Fußball zu spielen. Ihr kamt jedesmal völlig verschwitzt nach Hause."

„Er war gut." Stolz schwingt in der Stimme des Vaters. „Aber dann fand er die Musik. Vielleicht hätte ich ihm diese Jazz-Platte nicht schenken dürfen. Die Politik kommt zu früh für ihn, er wird sich darin verfangen, wenn er nicht aufpasst, aber ich kann ihn nicht zurückhalten. Die Straße zieht ihn an, ich mache mir Sorgen, dass sie alles mit Gewalt zurückdrehen werden. Wie sechsundfünfzig in Ungarn, wo am Ende Blut floss, und viele im Gefängnis landeten."

„Das befürchte ich auch. Versuch bitte, ihn zurückzuhalten, Karl. Ich will ihn nicht verlieren, nicht schon jetzt. Glaubst du, wir sollten ihm sagen, dass wir ihn adoptiert haben?"

„Noch nicht, Vera, er würde es nicht verstehen. Vermutlich würde genau das passieren, was wir befürchten. Meine Vergangenheit…."

„Er ist fünfzehn", wiederholt sie.

„Wenn die Russen einmarschieren, müssen wir weg", wechselt Karl das Thema. „Sie werden Fragen stellen. Ich hoffe, du weißt das."

„Wo sollen wir hin?"

„Warum fragst du überhaupt, nach Deutschland, wir sind Deutsche."

„Und fangen dort von vorne an? In unserem Alter, Karl, ich habe Angst."

„Die Tschechen werden uns nicht in Ruhe lassen. Du hast Recht, es wird schwer werden, aber wir haben keine Wahl."

Simon kann ihnen nicht länger zuhören, er muss sich zurückhalten, sie nicht sofort zur Rede zu stellen. Adoptiert, pulsiert es durch seinen Kopf. Ich habe es geahnt, denkt er. Aber warum wollen sie nicht mit mir reden? Was verbergen sie sonst noch?

Leise schleicht er in sein Zimmer und verschließt die Tür.

Nachdem Ludvik Vaculik sein Manifest der zweitausend Worte veröffentlicht hat, hoffen die Menschen auf den Straßen Prags, dass das Tauwetter unumkehrbar ist. Doch dann fliegt Alexander Dubcek immer häufiger nach Moskau, und Ende Juli verstärkt die Sowjetunion ihre Truppen an den Grenzen zur Tschechoslowakei. Zwei Divisionen mit Panzern, Artillerie und Raketen werden verlegt. Im ganzen Ostblock mehren sich die Anzeichen, dass sich etwas zusammenbraut.

Simon ist ein guter Jazz- Klarinettist geworden, und wenn er auf die Bühne tritt, den Bass und das Schlagzeug in den Gliedern spürt, fühlt er sich geborgen. Das Zuhause, die Eltern, interessiert ihn nur noch am Rand.

Im Gang, nach einer langen Probe, hört er den Nachrichtensprecher. Er will sich möglichst wortlos in sein Zimmer stehlen, doch als er ins Wohnzimmer tritt, schaltet Karl das Radio aus und sagt: „Simon, bitte setz dich für einen Moment zu uns, wir müssen reden."

„Über was?"

„Über dich, über uns."

Simon setzt sich auf die ausgeblasste Couch neben die Mutter. Er spürt den schäbigen Samt des Zierkissens auf der Haut, als er es zur Seite legt. Der Vater versucht ihm in die Augen zu sehen, doch Simon blickt nur starr auf seine Schuhspitzen. „Ihr wollt mir erzählen, dass ich nicht euer Sohn bin, oder?", sagt er schließlich.

„Woher weißt du das?", fragt Vera entsetzt.

„Ich weiß es schon lange. Vor einiger Zeit spracht ihr über mich, als wäre ich ein Gegenstand, der nicht mehr so recht zum Mobiliar passt. Ist schon eine Weile her."

Karl schüttelt den Kopf, als könne er nicht glauben, was er soeben gehört hat. „Deshalb also", sagt er endlich, nachdem er lange seinen Sohn betrachtet hat. „Mobiliar, wie kommst du überhaupt darauf? Haben wir dich je schlecht behandelt, dass du so etwas annimmst? Wir haben uns gefragt, weshalb du uns in letzter Zeit kaum noch angesehen hast. Zuerst dachten wir, dass du nicht gut heißt, was wir von Dubcek halten. Aber dann dachten wir, du müsstest eigentlich spüren, wie sehr wir die Reformen herbeisehen. Also dachten wir, es müsste etwas anderes sein, die Musik vielleicht. Dass wir sie dir ausreden wollten, weil wir sie nicht verstehen. Warum hast du nicht mit uns geredet?"

„Ich? Warum ich?"

„Er hat Recht, Karl, wir hätten es ihm längst sagen müssen."

„Und warum haben wir es nicht getan?", fragt Karl gereizt.

Doch Vera geht gar nicht darauf ein. „Für uns spielt es keine Rolle, Simon, ob du unser leiblicher Sohn bist, oder das Kind einer Anderen. Und Mobiliar, was für ein abwegiger Gedanke."

„Komm setz dich zu mir", sagt Karl und deutet auf den Stuhl neben sich. „In letzter Zeit bin ich dir manchmal nachgegangen, Simon, weil ich mir Sorgen um dich machte. Als ich sah, wie besonnen du auf der Straße warst, war ich stolz auf dich. - Ich war kaum älter als du, als die Nazis in Prag einmarschierten. Wir waren eine Gruppe junger Arbeiter, und bildeten uns ein, wir könnten uns dagegen stemmen. Einige wurden sofort erschossen, andere sind in den Händen der Gestapo gelandet. Sie sind nie mehr aufgetaucht."

Karl blickt auf seine Frau, die fast unmerklich den Kopf schüttelt. „Er will wissen, wer seine Eltern sind", sagt sie. „Nicht, welche Heldentaten ihr vollbracht habt."

„Ich will ihm nur ein Gefühl für die damalige Zeit geben. Heute ist es ähnlich, aber du hast Recht", entschuldigt er sich.

„Ihr redet schon wieder, als gäbe es mich gar nicht", sagt Simon.

Vera atmet tief ein. „Deine Eltern waren Kommunisten, wie wir", sagt sie leise. „Wir waren zusammen im Untergrund."

Was reden sie, denkt Simon, Nazi-Einmarsch, Untergrund. Sie halten mich für blöd. Doch als er die Mutter ansieht, merkt er, wie ernst es ihr ist.

„Du glaubst uns nicht", sagt Vera, „du denkst, wir haben dir all die Jahre etwas vorgemacht."

„Habt ihr doch auch." Simon sieht auffordernd zum Vater, als erwarte er eine Erklärung.

Karl schluckt ein paarmal, räuspert sich, bevor er mit belegter Stimme zu sprechen beginnt: „Wir hatten Angst um dich, Simon. Wir leben in einem System, dem man nicht trauen kann. Wir wollten dich nicht verlieren, nur weil irgendeiner anfängt in unserer Vergangenheit zu rühren."

„Ich dachte, ihr seid Kommunisten", sagt Simon.

„Ja, waren wir auch, aber was heute bei uns abläuft, hat mit dem Kommunismus, der uns vorschwebte, nichts zu tun. Nach den Nazis haben wir die Russen mit offenen Armen empfangen. Kommunisten können mit Kommunisten, dachten wir, aber dann begann der Kalte Krieg wir wurden schrecklich enttäuscht. Moskau hat uns eine unmenschliche Bürokratie übergestülpt. Ideale, die uns während der deutschen Besatzung am Leben hielten, wurden einfach in den Mülleimer gekippt. Wir wollten weg, aber das ging nicht mehr. Wir waren hinter dem Eisernen Vorhang gefangen. Und wir waren Deutsche, in einer Tschechoslowakei, die von Deutschen vergewaltigt worden war. Es gab keine Sympathien für uns." Karl hört einfach auf, gefangen in seiner Gedankenwelt.

Vera wartet, dass er fortfährt, doch als er beharrlich schweigt, sagt sie: „Deine leibliche Mutter, Simon, hieß Olga, sie war Tschechin und hat mit deinem Vater in derselben Brigade gekämpft, wie wir auch. Dein Vater heißt Asher Landau, er ist Jude und wollte, dass du überlebst, falls er es nicht schaffen sollte."

Sie war Tschechin, denkt Simon, also lebt sie nicht mehr. Warum sonst spricht Mutter in der Vergangenheit. Und Vater...? Was wollte er schaffen?

„Olga und Asher wollten heiraten", fährt Vera fort. „Aber erst nach dem Krieg. Wir wussten, wenn sie einen von uns erwischen, dürfen wir nicht reden. Und aus irgendeinem Grund dachten deine Eltern, sie würden die Folter nicht ertragen, wenn sie verheiratet wären." Ein Lachen bricht aus ihr hervor, als fände sie den Gedanken immer noch absurd. „Karl und ich wussten, dass sie uns sofort hinrichten würden, wenn uns die Gestapo zu fassen kriegte. Deutsche Kommunisten wurden rigoroser verfolgt, als manche Juden", sagt Vera, um gleich wieder auf Simons Eltern zurückzukommen. „Olga war die einzige in der Brigade, die uns wirklich traute, obwohl wir Deutsche waren. Es sind nicht die Deutschen, die wir bekämpfen, sagte sie, es sind die Nazis. Sie besaß eine wunderschöne Stimme und war ein Büchernarr, wie ich. Wie sehr wir das Ende dieses Kriegs herbeisehnten." Sie sieht, wie Simon mit verschränkten Armen aus dem Fenster starrt, und auf einmal bricht sie in Tränen aus.

„Der Krieg war doch längst vorbei, als ich dreiundfünfzig geboren wurde", sagt Simon ungerührt. Er hat den ganzen Tag gegen den bevorstehenden Einmarsch der Russen protestiert und dann mit der Band geübt. Es ging nicht gut und jetzt fühlt er sich entsetzlich müde. Ist mir doch egal, ob ich adoptiert bin und was mit Vater geschah, denkt er. Sie sollen mich nur endlich schlafen lassen.

„Ja, aber in den Köpfen ging er noch immer weiter", lässt sich Vera nicht beirren. „Olga ist kurz nach deiner Geburt gestorben. Sie bekam Kindbettfieber, die Infektion breitete sich aus und innerhalb weniger Tage war sie tot. Asher hat das nicht verkraftet. Er dachte, wir hätten das Unglück gepachtet, und wollte nur noch weg. Als Jude konnte er das auch, aber wir Deutsche trugen das Stigma von Kriegsverbrechern, und niemand interessierte sich dafür, dass wir dagegen gekämpft hatten. - Während Olgas Schwangerschaft hatten wir einen Plan geschmiedet. Asher sollte sich nach Israel durchschlagen, und euch beide nachholen. Aber als deine Mutter starb, dauerte es eine Weile, bis er wieder klar denken konnte. Danach wollte er trotzdem gehen und dich allein aufziehen, nur mitnehmen konnte er dich nicht gleich, du warst zu klein. So haben wir dich zu uns genommen. Wir wollten dich ihm nicht wegnehmen. Als wir nichts mehr von ihm hörten, haben wir alle Hebel in Bewegung gesetzt, um ihn zu finden, aber vergeblich. - Nach Jahren, als alle Nachforschungen in Israel im Sand verliefen, haben wir dich adoptiert. Aber schon vorher bist du unser Sohn geworden, wir brauchten kein Papier, um dich zu lieben", sagt sie leise und nimmt Simon in die Arme.

„Wie hieß mein Vater mit Nachnamen?", fragt Simon, nachdem er sich aus ihrer Umarmung befreit hat. „Du hast es gesagt, aber ich hab's nicht verstanden."

„Landau", sagt Karl. „Asher Landau."

Wochen später, als die Proteste auf den Straßen härter wurden, entschliessen sich die Eltern nach Deutschland auszuwandern. Simon stimmt sofort zu, weil er ahnt, dass der Prager Frühling nicht mehr lange dauern wird. Zu offensichtlich sind die Zeichen, dass die Sowjetunion und ihre Verbündeten einmarschieren könnten, um den Rest an Freiheit zu ersticken.

Im deutschen Auffanglager erleben sie, wie die Tschechoslowakei in eine lange Eiszeit stürzt.

Ein Dorf in Bayern

Simon hasst die Schule. Sein Deutsch ist schlecht und mit einem schweren tschechischen Akzent belegt. Er ist schmächtig für seine fünfzehn Jahre. Die langen braunen Locken lassen ihn wie ein Mädchen aussehen. Er vermisst Prag, das Leben in der Stadt, und seine Band.

Die Zeit in dem deutschen Aufnahmelager war hart gewesen, nur der Fußball in der Lagermannschaft half über die Zeit. Er war ein guter Spieler, wurde immer als einer der Ersten gewählt, das half seinem Selbstwertgefühl.

Nachdem die Eltern eine Wohnung fanden, arbeitete er für ein paar Monate auf dem Bau, um sein Taschengeld aufzustocken und die Zeit bis zum Beginn des neuen Schuljahrs am Gymnasium zu überbrücken.

Er war immer ein guter Schüler gewesen, aber jetzt hinderte ihn sein mangelhaftes Deutsch durchzustarten. Freunde besaß er keine, nur mit Lukas Born, der auch später in die Klasse kam, wie er, hätte er gerne mehr Kontakt gehabt.

Ein paar Jungen in der Klasse machten ihm das Leben schwer. Eine Gruppe einfach gestrickter Sitzenbleiber, deren Anführer, ein dicklicher Aufschneider, es lustig fand, ihn bei jeder Gelegenheit zu hänseln. Anfangs hatte er den Kerl nicht ernst genommen, doch als sich herumsprach, dass Simon Jude sei, wurden die Angriffe verletzender. Simon wusste, dass er sich wehren musste, er wartete nur noch auf den richtigen Moment.

Eines Tages warteten sie nach der Schule im Tor des Schulhofs auf ihn. Ignorieren konnte er sie nicht mehr, als der dicke Sprücheklopfer sein Rad festhielt, ihm ins Gesicht grinste und dreckiges Judenschwein nannte.

Simon stieg ab, stellte das Rad an die Mauer, und trat dem Kerl mit aller Kraft gegen das Schienbein. Der Dicke jaulte auf, doch als Simon gehen wollte, fielen alle gemeinsam über ihn her. Drei gegen einen, er hatte keine Chance. Sie schlugen auf ihn ein, und als er zu Boden ging, traten sie mit den Stiefeln nach seinem Kopf.

Wie eine Meute wilder Hunde, denkt Simon, als er mit den Armen den Kopf zu schützen versucht. Verschwommen hört er die Stimme Lukas Borns.

„Lasst ihn in Ruhe. Ganz schön mutig, drei gegen einen." Lukas klingt unbeteiligt, als er den Rucksack mit den Büchern zur Seite legt.

„Halt du dich da raus", keucht der Dicke, die Stimme nahe am Überschnappen.

Lukas ist älter als die meisten in der Klasse, weil er zuvor eine Lehre als Automechaniker gemacht hat. Erst als er ein Stipendium für Hochbegabte erhielt, konnte er aufs Gymnasium. Ruhig, fast unbeteiligt steht er da, den Dicken überragt er um einen Kopf. Als der ihn wegschieben will, stößt ihm Lukas die Faust in den Magen, sodass der Dicke nach vorne kippt und schreiend neben Simon zu liegen kommt.

Simon sieht, wie die beiden anderen unentschlossen dastehen. „Pass auf, Lukas, der eine hat ein Messer", ruft er.

„Dann mal los", sagt Lukas, und dreht sich zu den Beiden, während sich der Dicke noch theatralisch am Boden krümmt. Als sie abwinken, dem Dicken auf die Beine helfen und sich verdrücken, ruft ihnen Lukas hinterher: „Lasst Simon in Zukunft in Ruhe, sonst kriegt ihr es mit mir zu tun. - Ich hatte nicht gedacht, dass sie soweit gehen würden", sagt er, als er Simon hochzieht. „Du siehst ziemlich lädiert aus."

„Den Fettsack allein hätte ich geschafft, aber drei. Danke, dass du mir geholfen hast", sagt Simon, während er vorsichtig seinen Körper abtastet.

„Sitzenbleiber allesamt, ich konnte sie von Anfang an nicht leiden. Du hättest sie ignorieren sollen."

„Sie ließen mir keine Wahl. Der Dicke hat mich einen Drecksjuden genannt."

„Dreckiges Judenschwein genau. Aber wie kommt er überhaupt darauf, deine Eltern sind Deutsche, oder?"
„Ja, aber ich bin adoptiert."
Lukas nickt, ohne zu zeigen, was er davon hält. „Der Tritt ans Schienbein war schon ganz gut", lacht er. „Jetzt wasch dich erst mal, bevor wir zum Bahnhof gehen. Aber pass auf, dass du keinem Lehrer über den Weg läufst, sonst will der womöglich wissen, was passiert ist."
Simon reckt den Kopf nach vorne, dreht ihn in alle Richtungen, wie ein Kranich, und stellt erleichtert fest, dass es nur die Schmerzen im Gesicht sind, die ihm zu schaffen machen. Anscheinend ist nichts gebrochen, denkt er. Eine Wolke über ihm formt sich zum mächtigen Kopf eines Riesen und verwandelt sich im Vorüberziehen in einen lang gestreckten Hasen. „Du hast sofort zugeschlagen", sagt er zögernd.
„Hätte ich ihn vorher fragen sollen, ob er einverstanden ist?", lacht Lukas. „Überraschung ist alles, habe ich gelesen."
„Hm, ich könnte das nicht."
„Du könntest, aber du willst nicht."
„Ich hab in Prag demonstriert. Ich bin kein Feigling."
„In der Menge, das ist etwas anderes. Hast du dort zugeschlagen?"
„Nein, die Polizei war bewaffnet", schüttelt Simon den Kopf.
„Wart auf mich, ich komme gleich wieder." Er legt seinen Rucksack neben Lukas', der sich auf die hüfthohe Mauer neben dem Schultor gesetzt hat.
Als Simon mit gewaschenem Gesicht, aber reichlich blauen Flecken zurückkommt, zeigt er Lukas die geplatzte Augenbraue. „Ist es tief?"
„Nein, wird bald aufhören zu bluten. Press dein Taschentuch drauf. Soll ich deinen Rucksack nehmen? Wie fühlen sich die Rippen an, die haben ganz schön zugeschlagen."
„Es geht schon."

„Du wirst ihn fordern müssen, sonst lassen sie dich nie in Ruhe", sagt Lukas ganz beiläufig, als er sich den Rucksack über die Schulter wirft.

Simon spürt, wie die Angst in ihm hochsteigt. „Was meinst du?", fragt er.

„Wenn du es nicht tust, werden sie sagen, ich hätte dich rausgehauen. Ohne mich wärst du ein Feigling, wie sie es immer schon gesagt haben."

„Sie waren zu dritt."

„Ja, deshalb musst du auch den Dicken allein packen. Ich pass auf, dass sich die anderen raushalten. Am besten gleich nächste Woche, dann entsteht erst gar kein Gerücht, wer was verursacht hat. Soll ich es ausmachen?"

Unschlüssig streicht sich Simon über die Augen und befühlt die noch blutende Braue. Lukas hat recht, denkt er, sonst hört es nie auf. „Ok, mach was aus."

Als Lukas Simons blessiertes Gesicht betrachtet, denkt er, dass Simon so viel mehr hat, als er je haben wird. Vor allem hat er einen Vater, mit dem er reden kann.

Nach dem Krieg, Lukas war noch nicht geboren, musste die Mutter mit zwei kleinen Töchtern das Sudetenland verlassen. Der Mann blieb an der Front, der Besitz wechselte in die Hände eines trunksüchtigen, tschechischen Verwalters. Sie landeten in Bayern, wo sie keiner haben wollte. Nur ein Bauer, auf dessen Hof die Mutter Arbeit fand, erbarmte sich. Es dauerte, bis sie sich nicht mehr wie nutzloses Treibgut fühlten.

Lukas, das Ergebnis einer Kurzzeitbeziehung mit einem traumatisierten Kriegsheimkehrer, die nicht lange hielt, genoss die Freiheit auf dem Bauernhof, die Zuneigung des Bauern, der ihn wie seinen eigenen Sohn behandelte. Früh morgens, wenn er mit dem Bauern aufs Feld zog, umgeben vom Geruch des frisch geschnittenen Grases, dem Glitzern der aufgehenden Sonne im Tau, redeten sie wenig. Lukas sah, wie der Bauer die Sense schärfte, den Pferden das Zaumzeug umlegte und dabei leise auf sie einsprach. Er lernte viel an der Seite dieses ruhigen, auf seine Weise selbstsicheren Mannes. Gleichzeitig spürte er, dass er mehr brauchte als dieses einfache Leben. Er wollte Erklärungen für das, was mit seiner Familie passiert war. Erklärungen, die ihm der Bauer nicht geben konnte.

Lukas vermisste den Vater, den die Albträume vertrieben hatten, noch bevor Lukas zur Welt gekommen war. Später, wenn er wissen wollte, wie es im Krieg gewesen war, setzten die Männer fast immer einen abweisenden Blick auf, als wäre das Thema tabu. Er konnte nur vermuten, dass sich in ihrem Innern Schreckensbilder verbargen, die keinen Platz für die Ängste eines neugierigen Jungen ließen.

Es waren die fünfziger Jahre in Deutschland, wo jede Hand beim Wiederaufbau gebraucht wurde. Also kamen die alten Richter wieder zu Ehren, und urteilten, als wäre nie etwas gewesen. Und die Herren von der Gestapo, die sich reinwaschen konnten, gingen zum Nachrichtendienst, weil sie ja wussten, wie so etwas funktioniert. Solche Leute brauchte das Land, es ging schließlich darum, dem Kommunismus die Stirn zu bieten.

Mit der Zeit wuchs in Lukas das alberne Bedürfnis, es einem Phantom recht zu machen. Und als Simon vor seinen Augen beschimpft und verprügelt wurde, blieb ihm nichts anderes übrig als ihm beizuspringen. Der Vater, dachte er, hätte es gut geheißen.

Während sich Simon in der Klasse lange zurückhielt, blühte Lukas am Gymnasium sofort auf. Er wurde schnell der Erste, akademisch und sportlich, vor allem sportlich. Er rannte schneller, sprang höher und war fast immer der Letzte, der im Völkerball vom Feld musste. Nur im Fußball war ihm Simon überlegen. Lukas fand ihn sympathisch, zwei Außenseiter, die sich anzogen.

Als Simon erwähnte, dass ihn die anderen nur deshalb auf dem Kieker hätten, weil er Jude sei, fragte Lukas die Mutter, was es daran auszusetzen gäbe. Sie reagierte zuerst abweisend, doch dann erzählte sie vom Krieg, der ihr Leben auf den Kopf gestellt, und dem Verbrechen, das die Deutschen an den Juden begangen hatten.

Eine Woche nach der Prügelei betritt Simon den kleinen Flecken Gras hinter der Bahnhofshalle, der sich mehr schlecht als recht im Schatten der Buchen gehalten hat. Der Dicke, seine Freunde und einige andere aus der Klasse, warten bereits auf ihn. Die meisten sind überzeugt, dass es ein Leichtes für den Dicken ist, Simon zu besiegen.

„Na Osterholt, du siehst aus, als würdest du dir gleich in die Hosen scheißen. Willst du gleich aufgeben, oder doch erst, nachdem ich dich richtig verhauen habe?", prahlt der Dicke.

„Fettsäcke brauchen anscheinend solche Sprüche, weil sie sonst nichts zu bieten haben", erwidert Simon und zieht sich die Jacke aus. „Diesmal sind es keine Drei gegen Einen. Werden ja sehen, wie lange du krähst." Die Stimme klingt nicht ganz so fest, wie er es sich gewünscht hätte.

Als er die Jacke gefaltet auf den Boden legt, brüllt einer der Umstehenden, indem er auf die Jacke zeigt: „Er will nicht, dass sie schmutzig wird."

„Genug", sagt Lukas. „Das letzte Mal, als ihr Simon verprügelt habt, wart ihr zu dritt, jetzt geht es eins gegen eins. Wenn dem Dicken einer von euch zu Hilfe kommt", seine Stimme wird dunkel und drohend, „kriegt er es mit mir zu tun. Damit das klar ist."

Ich hoffe, ich enttäusche ihn nicht, denkt Simon. Auf einmal spürt er Wut in sich aufsteigen, und als er sich in Position bringt, sieht er das Flackern in den Augen des Dicken. Er hat Angst, denkt er verblüfft.

Sie haben verabredet, dass Lukas das Zeichen gibt, doch ohne Vorwarnung stürzt sich der Dicke auf Simon. Dem bleibt nichts anderes übrig, als seitlich wegzutauchen, das Bein des Dicken mit Schwung nach oben zu reißen und den Kerl krachend zu Boden zu werfen, wo er wie ein angestochenes Schwein quiekt: „Simon hat mir das Bein gebrochen." Doch Simon lässt nicht locker, presst das Gesicht des Dicken in den Staub, schnappte einen Arm und dreht ihn mit Wucht auf den Rücken. Wie ein hilfloses Bündel pufft der Dicke kleine Staubwölkchen in die Luft. Schließlich trommelt er vor Wut mit den Beinen auf den Boden.

„Seht ihr", sagt Lukas, nachdem er den Kampf für beendet erklärt hat. „So geht's, wenn man den Mund zu voll nimmt. Wäre gut, wenn einige Leute ihre blöden Sprüche sein lassen, könnte ihnen sonst ähnlich ergehen." Dabei zeigt er auf den Dicken, der sich langsam aufrappelt.

Ab da sind Lukas und Simon unzertrennlich, dabei scheinen sie gar nicht zusammenzupassen. Lukas hat sich dem Sport verschrieben und Simon der Musik. Er wechselt von der Klarinette zum Saxofon und gründet eine Dixi-Band. Als Leadsängerin wählt er Carla Herder, eine Schülerin aus der Klasse unter ihnen.

Lukas glaubt, dass Simon in sie verliebt ist, denn nach der Aufführung der *Maria Stuart* im Schultheater hat er für eine Weile von nichts anderem gesprochen, als von der Kraft, die eine siebzehnjährige auf die Bretter zauberte. Die Bretter, sagte er, als wäre es nicht die mit Girlanden verzierte Aula gewesen.

Im Frühjahr vor dem Abitur gewinnt Lukas die Landesmeisterschaft im Weitsprung. Zur Siegesfeier sind Simon und Carla gekommen, um zu gratulieren. Wie Paradiesvögel ragen sie aus der Schar der Gratulanten heraus. Simon hat zugelegt, ist aber immer noch einen Kopf kleiner als Lukas und viel schmaler in den Schultern. Sein langer schwarzer Mantel, der breitkrempige Hut, der nur widerwillig die braunen Locken verdeckt, lassen ihn wie einen Bohemien aussehen.

Carla, die langen blonden Haare zum Turban hochgesteckt, in Cowboystiefeln und bodenlangem braunem Mantel, lässt sich bewundern. Alle kennen sie wegen ihrer Rolle in der Band.

„Wie war's bei euch gestern Abend?", fragt Lukas.

„Gut, wir wurden bezahlt. Wir haben eine neue Posaune, er war fantastisch, trotzdem haben sie uns ausgepfiffen. Ich glaube sie verstehen unsere Musik nicht. Landeier eben. Ich vermisse Prag." Simon klingt blasiert, als er lässig den Hut zurechtrückt.

Angeber, denkt Lukas, kommt nicht gut an, noch dazu vor Carla.

„Was macht ihr heute Abend?"

„Wir spielen in der Rose, auf einer Hochzeit. Wird wahrscheinlich furchtbar, Polka und Walzer, rauschende Birken und so, aber das Geld ist gut."

„Ich komme später auf ein Bier vorbei. Wie geht's mit dem Lernen?"

„So, so. Carla hilft mir in Deutsch. Manchmal schlafe ich über den Büchern ein, dann weckt sie mich wieder."

„Zu viele Nächte in Kneipen", sagt Lukas, während Carla verträumt lächelt.

„Er schafft es", sagt sie. „Ein Einserabitur wird es wohl nicht werden, aber das wäre ja sowieso unter seiner Würde gewesen."

„Der große Klassenkämpfer, hoch die roten Fahnen und nichts wie hinein in die Schlacht", sagt Lukas sarkastisch.

„Klassenkämpfer", zuckt Simon mit den Schultern. „Pfeif drauf, ich kriege mein Papier, das ist alles was zählt. Freust du dich schon auf die Olympiade?"

„Ja, sehr. Du auch? Aber du kannst ja kaum Fußball von Leichtathletik unterscheiden", lacht Lukas.

„Es reicht, um die Goldmedaillen zu zählen." Verächtlich bläst Simon die Luft durch die Nase. „Vater will mir einen Käfer schenken, wenn ich das Abitur schaffe. Gebraucht, aber immerhin. Er meint, er wäre richtig stolz auf mich, weil er nicht mehr geglaubt hatte, dass ich je abschließen würde. Und dann im ersten Anlauf, wenn nicht in den letzten Prüfungen noch alles daneben geht."

„Hey, ist ja fantastisch. Und was machst du mit dem Auto?"

„Rumfahren natürlich, was sonst. Du kannst auch fahren, wenn du willst."

Freundschaft

Die Aula summt, der Geruch von Bohnerwachs und Schweiß liegt in der Luft. Stühle, eng aufgereiht und ineinander verschlungen, winden sich durch die Halle, die normalerweise vom Gebrüll der Turner widerhallt. Der Raum ist bis auf den letzten Platz gefüllt. In den ersten beiden Stuhlreihen sitzen die Eltern der Abiturienten. Fast alle haben sich festlich gekleidet, nur Simon ist in seiner alten, abgeschabten Cordhose gekommen.

Lukas überfliegt zum wiederholten mal seine Rede, die er gleich halten wird. Ihm ist flau im Magen. Als er Klassensprecher wurde, hatte er nicht an die Rede gedacht, sonst hätte er es gelassen. Schon als kleiner Junge sträubte er sich, vor einer größeren Menge zu reden. Mehr als drei Personen waren bereits einer zu viel gewesen. Die Vorstellung ein Gedicht aufsagen zu müssen, hatte ihn in Panik versetzt, und jetzt, Minuten vor der Abschlussrede, versucht er hektisch die feuchten Hände trocken zu reiben.

Er liest die ersten Worte der Ansprache, die Hände zittern: *Das Leben der Menschen auf Erden zählt man nach Tagen und Jahren. Heitere und trübe Tage wechseln oft wie das Wetter ...*, warum ausgerechnet auf Erden, wo sonst sollen sie sein, denkt er. Ich kann das jetzt nicht mehr ändern, in zehn Minuten bin ich dran. *Es gibt aber Tage, die den Meilensteinen einer Straße gleichen. Auch wir wandeln auf einer Straße, unserem Lebensweg, und die Meilensteine darauf sind bedeutende Ereignisse, die uns für immer prägen....* Er steckt den Zettel in die Jackentasche des Anzugs, den ihm die Mutter eigens für den Anlass gekauft hat, und stellt sich ans Fenster. Draußen springen Erstklässler einem Ball hinterher, bis sie von einem Frater vom Hof gescheucht werden. Sie haben alles noch vor sich, denkt Lukas, und nimmt die Rede wieder zur Hand. *Die heutige Abschlussfeier ist für meine Klassenkameraden und für mich solch ein Meilenstein. Gern danken wir Gott, dass er uns gesund erhalten und gut durch die Aufregungen der Prüfung geleitet hat.*

Danken möchten wir aber auch unseren Eltern, deren Sorgen uns die ganzen Jahre hindurch begleitet haben, und die uns gerade an dieser Schule ausbilden ließen, wo uns nicht nur das nötige Wissen für unser Leben vermittelt wurde, sondern an der wir vor allem charakterlich gefördert worden sind......

„Du bist dran", hört er den Klassenlehrer, der in der offenen Tür auf ihn wartet. Lukas steckt den Text in die Brusttasche seines Jacketts, spürt die feuchten Achselhöhlen, und geht wortlos in Richtung Aula.

„Keine Sorge, du schaffst das schon", hört er die Stimme des Lehrers hinter sich.

Wie bei einer Beerdigung, geht ihm durch den Kopf, als er die Blumentöpfe vor dem Rednerpult sieht. Nur nicht stolpern, denkt er, und steigt konzentriert auf das kleine Podest hinter dem Rednerpult. Er legt den Text auf die Schräge und umfasst die Kanten der Auflage, bis ihm das Weiß aus den Knöcheln tritt. Immer in die Menge blicken und ja keinen Einzelnen ansehen, egal wie sehr sie feixen, hat Simon gesagt. Wo ist er überhaupt, er wollte sich zur Unterstützung ganz nach vorne setzen.

Er räuspert sich und vernimmt eine Stimme, die einem anderen zu gehören scheint: *Sehr geehrter Herr Oberstudiendirektor, werte Lehrer, liebe Eltern und Kameraden....*

„Mann, was war das denn?", fragt Simon, als sie sich nach der Veranstaltung auf dem Schulhof treffen. „Die reinste Lobhudelei. Ich dachte, du wolltest ein paar kritische Töne anschlagen?"

„Hab ich doch, aber die hast du wahrscheinlich verpasst, weil du dich irgendwo rumgetrieben hast. Ich dachte, du wolltest dich vorne hinsetzen und mir den Rücken stärken."

„Ging nicht, war zu voll."

„Quatsch, du hast dich gedrückt. Außerdem war die Schulzeit nicht so schlecht, wie du sie machst. Wir werden einiges vermissen."

„Was denn?"

„Gefühlt eben, ich erklär's dir ein andermal. Waren deine Eltern auch da?"

„Ja, ich saß bei ihnen. Denen hat dein Geseier gefallen. Vater fand es sogar richtig toll. So etwas hätte er sich von mir auch gewünscht, aber dazu wäre ich wohl nicht in der Lage. Recht hat er." Simon zieht die Schultern hoch, als wäre ihm das völlig egal, dabei hält er Lukas die Autoschlüssel hin. „Willst du? Als Belohnung für deine Lobhudelei."

„Es stinkt dir, merk ich schon. Gib her, aber ich hab keine Übung. Seit dem Führerschein bin ich nicht mehr gefahren."

„Keine Sorge, du brauchst das Gas ja nicht gleich bis zum Anschlag durchtreten. Ich hab bereits mehr als fünfhundert Kilometer hinter mir, ohne den kleinsten Kratzer."

„Kratzer sind meine Spezialität", lacht Lukas. „Wo steht die Karre?"

„Direkt vor deiner Nase."

„Toll, ein Käfer, sieht noch fast neu aus."

„Ist zehn Jahre alt, wurde aber wenig gefahren."

Anfangs klingt das Schalten, als würde Lukas die Gänge mit dem Hammer ins Getriebe treiben, doch nach einiger Zeit, fährt er flüssiger. Außerhalb des Orts tritt er aufs Gas, doch in einer lang gezogenen Kurve verliert er fast die Kontrolle über das Auto und kommt mit quietschenden Reifen gerade noch zum Stehen. Er stellt den Motor ab und gibt Simon die Schlüssel. Seine Hände zittern. „Das war wohl nichts."

„Immerhin hast du die Kurve geschafft. Du brauchst einfach ein paar Kilometer, dann klappt es wunderbar."

„Meinst du?"

Sie wechseln die Plätze, und während Simon den Sitz auf seine kürzeren Beine einstellt, fragt er: „Wir haben mehr als drei Monate bis zum Studium, was machen wir die ganze Zeit?"

„Arbeiten, nehme ich an. Zumindest ich, ich habe keine so spendablen Eltern wie du."

„Höre ich da leichte Kritik heraus."
„Nein, nur eine Tatsachenbeschreibung."
Simon rümpft die Nase und nickt. „Eigentlich würde ich gerne fahren, tagelang, einfach los, nach Nordafrika vielleicht. Da wollte ich schon immer hin. Was denkst du?."
„Nordafrika? Ist ja gleich um die Ecke. Hast du in Erdkunde gepennt?"
Simon lässt sich nicht provozieren. Er zieht Lukas am Arm zu einer Bank am Straßenrand und setzt sich. „Komm, ich erklär's dir. - In Spanien fahren wir die Küste entlang bis Gibraltar, da sehen wir uns die Affen an. In Algeziras, einem kleinen Hafen daneben setzen wir über nach Ceuta in Afrika, ist nicht weit. Dann über Fez und Algier bis Tunis. Von da gibt es eine Fähre nach Palermo. In Italien zuckeln wir den Stiefel hoch nach Hause. Vier, höchstens sechs Wochen. Wie hört sich das an für deine verwöhnten Ohren, Herr Born."
„Anscheinend hast du schon alles geplant."
„Klar doch. Und ich kann Karten lesen."
„Blödmann. - Und was machen wir, wenn das alles nicht klappt?"
„Sechs Wochen Zementsäcke schleppen und abends im Moor-See baden, bis wir zu Mumien verschrumpelt sind", lacht Simon. „Aber warum sollte es nicht klappen. Wir haben ein Auto, sind volljährig und brauchen niemand mehr zu fragen. Überleg es dir. Wenn du schon übermorgen auf dem Bau anfängst, kannst du drei Wochen durcharbeiten, das reicht für sechs Wochen Nordafrika. Ich habe alles durchgerechnet. Es stimmt, du kannst dich darauf verlassen. Und wenn du von der Arbeit zu kaputt bist, schläfst du halt im Auto. Ich fahre solange, bis du dich wieder erholt hast."
„Und was erzähle ich Mutter?"
„Nichts, sie kriegt die erste Karte aus Tanger. Bis die ankommt sind wir längst wieder zurück. Ich mach's mit meinen Leuten genauso. Wir sagen, wir fahren einfach für ein paar Wochen in die Schweiz auf eine Alm, dort am Walensee, oberhalb von Murg, wo du als Junge gestrandet bist, wegen deiner Blutarmut. Sie werden es

glauben. Von da oben gibt es keine Telefonverbindung, also sind wir einfach mal weg."

„Hm, Mumien. Woher weißt du eigentlich von meinem Ausflug in die Schweiz?"

„Hast du mir erzählt. Der Gestank auf der Alm verfolgt dich immer noch, hast du gesagt."

Lukas lacht, während er sich am Kopf kratzt. „Stimmt. - Eigentlich klingt Nordafrika nicht schlecht. Wie viel, glaubst du, kann ich verdienen, wenn ich richtig ranklotze?"

„Fünfzehn Tage, zehn Stunden pro Tag, dreißig die Stunde, macht Pi mal Schnauze rund fünfhundert Mark. Das müsste reichen, damit du nicht verhungerst. Das Benzin übernehme ich, und ein Hotel sparen wir uns. Wir übernachten im Auto oder im Freien, wenn uns der Autositz zu unbequem wird. Das alte Armeezelt meines Vaters nehmen wir trotzdem mit, falls es mal regnet. Du siehst, es passt alles.

„Alles", sagt Lukas und reibt sich die Nase. „Also gut, ich versuch den Job auf dem Bau zu kriegen. Müsste eigentlich klappen, sie kennen mich ja bereits. Und du, was machst du?"

„Mich in die Sonne legen, mit den Arzt-Töchtern flirten und warten, bis du fertig bist. Das ist schließlich auch eine Form von Arbeit."

„Und Carla?"

„Was soll schon sein mit Carla?", fragt Simon genervt.

Die erste Nacht fahren sie durch. Lukas schläft auf dem Beifahrersitz und schnarcht. Als Simon das Radio lauter stellt, hört er München, Terror, Tote, doch sein Französisch ist zu schlecht, um alles zu verstehen. Er stößt Lukas an. „Wach auf, in München ist etwas passiert."

Doch bevor sich Lukas hochrappelt sind die Meldungen vorbei. „Was ist?"

„Bei der Olympiade muss etwas schief gelaufen sein. Ich hab nur Israelis und Palästinenser verstanden, und viele Tote."

„Ist mir doch wurscht", murmelt Lukas, und rollt sich wieder zusammen.

Auf einem Campingplatz an der Costa Brava zeigen die Titelbilder der Zeitungen die zerbombten Hubschrauber auf dem Flughafen Fürstenfeldbruck. Das Wetter hat sich verschlechtert, sie sind müde und schlecht gelaunt. Meer und Strand liegen unter einer bleigrauen Wolkendecke.

„Sollen wir zurück?", fragt Simon.

„Quatsch, wir sind nicht tausend Kilometer gefahren um jetzt umzukehren. Willst du an der Straße stehen und den Trauerzug bewundern?"

„Ich dachte nur, ich bin Jude."

„Was hat das mit dem Massaker zu tun?", fragt Lukas.

„Nichts, wenn man so denkt wie du."

„Wie denke ich denn?"

„Wie einer, dem ziemlich alles wurscht ist, außer Sport. - Warum hat deine Mutter geweint, als du dich verabschiedet hast?"

„Das tut sie immer, wenn ich losziehe", zuckt Lukas die Schultern. „Diesmal hat sie wohl geahnt, dass es dauern könnte, bis sie mich wiedersieht. Manchmal denke ich, ihr ganzes Leben besteht aus Abschieden."

„Verstehe ich nicht?"

Vermutlich verstehe ich es auch nicht, denkt Lukas. Er hat den Ellenbogen aufs Knie gestützt, die Hand unterm Kinn und betrachtet Simon, als wäre er ein lästiger Fragensteller. „Ist nicht so wichtig", murmelt er und fügt dann doch hinzu: „Sie verlor Haus und Hof in einem Krieg, den sie nicht haben wollte. Dann kam der Mann nicht zurück, und sie weiß nicht einmal, ob er wirklich tot ist. Dann traf sie einen Mann, der mich machte und dann einfach verschwand. Früher war sie wohlhabend gewesen, auf einmal arm mit drei kleinen Kindern. Das reicht doch wohl."

„Du magst sie."

„Vergiss es, ist mir nur so rausgerutscht."

„Wo, glaubst du, ist ihr Mann gestorben?" Simon vermeidet nach Lukas' Vater zu fragen.

„Irgendwo in Pommern. Den letzten Brief hat er Ende Januar 1945 geschrieben. Drei Monate vor dem Ende, nachdem er vier Jahre Krieg überlebt hatte. Absurd. Wenn er zurück gekommen wäre, gäbe es mich gar nicht. Du hättest dir einen anderen Reisepartner suchen müssen. - Warum hast du dich nicht von deinen Eltern verabschiedet?"

„Sie sind nicht meine Eltern", bohrt Simon nicht weiter nach. „Ich hasse es, wenn sie so tun, als würde ich ihnen etwas bedeuten. Die Frau hätte ich noch als Mutter akzeptieren können, ihn als Vater, nie."

„Hat er dich geschlagen?"

„Nein, ich war Luft für ihn. Als ich klein war, soll er mit mir Fußball gespielt haben, sagt Mutter, aber ich kann mich nicht daran erinnern. Seit Jahren zählt für ihn nur der Job, dafür tut er alles."

„Immerhin, besser als einer, der einfach abhaut."

Simon wiegt den Kopf hin und her, als sähe er das ganz anders. „Eigentlich hast du recht, ich sollte ihm dankbar sein für das Auto, die monatliche Überweisung, die er mir versprochen hat. - Wie finanzierst du dein Studium?"

„Stipendien und diverse Nebenjobs, das schaff ich schon. Siemens soll gut für Nachtarbeit bezahlen, Lochkarten stanzen. Sechs Wochen, von acht Uhr Abends bis Nachts um zwei, reicht für ein ganzes Semester, hat mir einer erzählt."

Am Abend des nächsten Tags erreichen sie Alicante. Dort nehmen sie einen Abzweig ins Gebirge und breiten in stockfinstrer Nacht auf einem Feldweg ihre Schlafsäcke aus. Der Himmel über ihnen ist übersät mit Sternen. Nachdem sie eine Weile in den nachtschwarzen Himmel gestarrt haben, sagt Simon: „In deiner Abschlussrede kam

Gott vor, wenn ich mich richtig erinnere. Was für einen Gott meinst du denn? Den mit dem Rauschebart, oder doch eher den, der sich verdrückt hat, als er gebraucht wurde."

„Macht es dir wieder zu schaffen?", fragt Lukas, ohne auf die eigentliche Frage einzugehen.

„Was?"

„Dein Judentum, das Gefühl nirgends hinzugehören."

Simon antwortet nicht gleich, doch als Lukas bereits denkt, er wäre eingeschlafen, sagt er: „Sie haben die Juden wie Vieh behandelt. Aber ich wollte nur wissen, welchen Gott du gemeint hast."

Frühmorgens kriechen sie aus ihren klammen Schlafsäcken und breiten sie über das Dach des Käfers, damit sie die aufgehende Sonne trocknet.

„Mich schmerzt jeder einzelne Knochen", stöhnt Lukas, und greift sich an den Rücken. „Meine Luftmatratze leckt. Ich musste in der Nacht zweimal nachblasen. Haben wir Flickzeug?"

„Ja, im Seesack."

„Du hast geschlafen wie ein Murmeltier."

„Die lange Fahrt hat mich völlig erledigt, am Ende ist mir alles vor den Augen verschwommen. Wir sollten öfter Pausen machen, kleinere Abschnitte fahren, damit wir etwas vom Land sehen."

„Dachte, du willst so schnell wie möglich nach Nordafrika. Spanien lenkt nur ab, hast du gesagt."

„Kann mich nicht erinnern."

Lukas grinst nur. „Was gibt's zum Frühstück?"

„Wir haben Brot und Marmelade, dazu Tee oder Instant-Kaffee. Brühst du Wasser auf?"

„Ok. - Wenn wir ins Landesinnere fahren, dauert es ein paar Tage länger, bis wir Gibraltar erreichen, die fehlen uns dann in Nordafrika. Lauter Nebenstraßen. Während du geschlafen hast, hing ich ewig hinter stinkenden Lastern, an überholen war in den engen Kurven nicht zu denken. Die meisten hatten Obstkisten geladen, ganze Türme, sie schwankten, als würden sie gleich umkippen. Zu viel davon sollten wir uns lieber nicht antun."

Simon nickt zustimmend. „Aber ich würde trotzdem gern einen Abstecher nach Granada machen. Ist nicht weit, und wir sind schneller voran gekommen, als ich dachte."

„Was gibt's da?"

„Die Alhambra, ein altes Mauren-Schloss."

Lukas holt die Straßenkarte aus dem Auto und breitet sie über den Kofferraumdeckel des Käfers. „Von Motril gibt es eine Straße direkt nach Granada. Stimmt, ist nicht weit, dann machen wir es doch." Carla geht ihm durch den Kopf. Er zögert, scheint zu überlegen, ob er überhaupt fragen soll. „Was hat Carla gesagt, dass du so lange weg bist? Die Band braucht dich, oder etwa nicht?"

„Ist ihr, glaube ich, egal. In der Band kriselt es schon länger. Im Studium wird es wohl vorbei sein mit der Musik."

„Schade eigentlich. - Manchmal kommt mir Carla vor, als trüge sie einen gewaltigen Rucksack mit sich herum. Genau wie du, ihr passt zusammen." Lukas lacht gequält und kramt den Butanbrenner aus dem Kofferraum. „Und nach Granada, wohin dann?", ruft er Simon nach, der hinter einem Baum verschwunden ist.

„Was meinst du mit Rucksack?", fragt Simon, als er zurückkommt.

„Na, so Phasen, in denen ihr vor Traurigkeit zu schmelzen scheint. - Und wie weiter nach Granada?"

„Schau nach. Malaga, Gibraltar und von Algeciras setzen wir über nach Tanger, wenn ich mich richtig erinnere", vermeidet Simon, auf die Traurigkeit einzugehen.

„Ich dachte wir landen in Ceuta?"

„Stimmt, aber von dort ist es nur ein Katzensprung bis Tanger."

In Granada, als sie mit Blick auf die Alhambra ein Bier trinken, fragt Lukas. „Glaubst du wirklich, dieses Gewimmel wurde von den Mauren erbaut?"

„Sie waren mehr als achthundert Jahre hier. Als sie vertrieben wurden stürzte Spanien ins finsterste Mittelalter."

„Woher weißt du das?"

„Steht hier", sagt Simon, und hebt den Reiseführer in die Höhe.

„Und was steht noch drin?", fragt Lukas träge, dem davor graut, wie ein Tourist durch den Palast geschleust zu werden. „Wohin hat man sie vertrieben?"

„Nach Nordafrika."

„Und die Juden? Ich hab gelesen, es gab Juden in Andalusien."

„Die wurden umgebracht."

„Hm", sagt Lukas. „Kein schlechtes Buch, gib her, ich will selbst sehen, was drin steht. Nicht dass du mir Zeug erzählst, das du gerade erfunden hast."

„Mann, es ist unsere Geschichte."

„Unsere?"

„Ja, deine und meine, Europäer eben. Aber du spielst dich ja gerne als deutscher Bauernjunge auf, als wäre das etwas Besonderes. Wenn man dir ein Buch unter die Nase hält, nimmst du sofort Reißaus auf den nächstbesten Sportplatz", sagt Simon, und knallt Lukas den Reiseführer auf den Tisch.

„Du hast von Anfang an hierher gewollt, aber kein Wort gesagt. Findest du das fair? Nur weil ich Bauernjunge nichts davon verstehe."

„Jetzt hab dich nicht so, die Alhambra ist fantastisch. Und in meinen Augen beginnt Nordafrika bereits hier, nicht erst überm Meer."

„Und was ist, wenn all die Geschichten, die du liest, nichts anderes sind als Geschichten. Einfach nur erfunden und seit Ewigkeiten immer wieder abgeschrieben und nachgeplappert."

„Ist mir egal, wenn die Geschichten gut sind. Die Bibel, der Koran, lauter gute Geschichten. Nur glauben sollte man nicht jedes Wort, sonst wird es gefährlich."

„Klingt zynisch."

„Ist nur realistisch."

Lukas schlägt den Reiseführer auf und klappt ihn gleich wieder zu. „Lenkt nur ab."

„Von was?", fragt Simon gereizt, weil sich Lukas partout nicht auf eine ernsthafte Diskussion einlassen will.

„Von dem was zählt, Geld, Erfolg, Macht. - Wie lange willst du hier bleiben, und müssen wir wirklich durch den ganzen Palast?"

„In zwei Stunden sind wir durch, dann fahren wir noch die Sierra hoch. Das ist doch was du willst. Schnee in Südspanien, ausgerechnet."

Vor dem Übersetzen nach Nordafrika verwandelt sich die Hafenanlage Algeciras' zum Marktplatz. Gepäckstücke liegen herum, Menschen schlafen darauf, andere gestikulieren und brüllen sich an, oder sie verabschieden sich unter Tränen.

„So stelle ich mir den Auszug aus Ägypten vor", sagt Simon. „Ich geh schon mal voraus. Sobald sie die Klappe herunter lassen, komm mit dem Auto nach. Ich will uns einen Platz an der Reling reservieren. So wie das hier zugeht, möchte ich nicht im Bauch der Fähre stecken. Wer weiß, wie lange die Überfahrt wirklich dauert."
„Du glaubst nicht an die zwei Stunden?"
Simon zuckt nur mit den Schultern.
An der Reling stehend, sehen sie, wie die Küste Nordafrikas Kontur gewinnt, während Spanien und der Felsen von Gibraltar langsam im Dunst verschwinden. „Wir haben nie über das Attentat in München gesprochen, sagt Simon."
„Ich dachte, du willst nicht darüber reden."
„Weil die deutsche Polizei so dämlich war, oder weil hauptsächlich Israelis umkamen?", fragt Simon.
„Juden, meinst du."
„Nein, Israelis", sagt Simon bestimmt.
Nach einer Pause, während der sie schweigend ihren Gedanken nachhängen, fragt Lukas. „Wie kommst du jetzt darauf?"
„Mir ist nicht ganz wohl, wenn ich daran denke, was auf uns zukommt."
„Wegen der Araber? Die Reise war deine Idee."
„Trotzdem."
„Du bist Deutscher, was soll dir schon passieren. Kein Mensch sieht dir an, dass du Jude bist, oder steht es etwa im Pass."
„Natürlich nicht."
„Siehst du. Wenn ich nicht wüsste, dass du ein guter Kämpfer bist, würde ich dich für einen Hosenscheißer halten", lacht Lukas. „Eigentlich müssten wir uns wegen Rommel schon eher Gedanken machen. Er hat hier gekämpft."
Simon sieht ihn kopfschüttelnd von der Seite an. „Weil wir Deutsche sind? Mensch Mann, Rommel hat in Libyen, an der Grenze zu Ägypten gekämpft. Da kommen wir nicht hin."

„Schau", sagt Lukas, der anscheinend gar nicht zugehört hat. „Unser Empfangskomitee." Mit ausgestreckter Hand weist er auf die Menschenmenge, die sich lärmend auf der Kaimauer versammelt hat.

Auf dem Weg nach Meknes schütten Bauern Körbe voll blauroter Trauben auf einen zweirädrigen Karren.

„Die sehen gut aus. Komm, wir holen uns ein paar", sagt Simon und hält am Straßenrand. Er springt aus dem Auto, steckt das verschwitzte Hemd in die Hose und klettert die Böschung zum Weinfeld hoch.

Mit Händen und Füssen gestikuliert er mit dem Bauern, während sich Lukas beim Auto auf einen Felsbrocken gesetzt hat. Schließlich greift der Bauer in den Berg aus Trauben auf dem Eselskarren und wirft ein paar Hände voll in eine kupferne Schüssel, die er Simon reicht. Der will sie erst nicht annehmen, tut es dann aber doch. Zurück beim Auto, sagt Simon: „Er will kein Geld." Nachdem er die Trauben in ihren Waschzuber geschüttet hat, zieht er eines seiner Nylonhemden aus dem Gepäck. Er bringt die Kupferschüssel zurück zum Bauern und überreicht ihm das Hemd mit großer Geste.

„Wie kamst du auf die Idee mit dem Hemd?", fragt Lukas, nachdem sie einige Zeit gefahren sind.

„Die Menschen auf dem Land wären ganz scharf auf Nylonhemden, hab ich gelesen. Hast du seine Augen gesehen? Sie haben richtig aufgeleuchtet."

„Er wollte es unbedingt haben."

„Die Trauben schmecken fantastisch. Direkt vom Strauch habe ich noch nie welche gegessen", sagt Simon, mit zufriedenem Lächeln.

„Über was habt ihr geredet, als ihr auf dem Feld wie wild mit den Armen gefuchtelt habt?"

„Über den Weinanbau. Warum sie die Reben auf dem Boden lassen, während sie bei uns in langen Spalier-Reihen gezüchtet werden.

Das hat sie eher verwirrt. - Kannst du mal anhalten, ich glaube, ich hab zu viele Trauben gegessen."

Während er auf Simon wartet setzt sich Lukas in den Schatten eines Eukalyptusbaums. Die Hitze packt ihn und im Nu klebt das Hemd auf der Haut. „Wir sollten darüber reden", sagt er, als Simon zurückkommt.

„Über was?"

„Dein Jude sein. Seit wir uns kennen, schwappt es immer mal hoch. Und hier in Marokko, bist du ein anderer Mensch geworden. Ich weiß nur nicht was für einer. Vorsichtiger, finde ich."

„Du hast es bemerkt", sagt Simon.

„In der Bar in Tanger hast du dich unwohl gefühlt unter all den Arabern, die der Bauchtänzerin einen Schein in den Büstenhalter steckten."

Tanger, denkt Simon, da hatte ich wirklich die Nase voll. „Die Leute gingen mir auf den Geist, mit Jude hatte es nichts zu tun. Ich mag keine Banausen. Aber es stimmt, seit Marokko weiß ich, dass ich Jude bin."

„Das bildest du dir ein. Du bist keiner. Jude wird man nur durch die Mutter, hab ich gehört, und deine ist Tschechin."

„Tschechische Jüdin vielleicht. Warum sonst hätten sie die Nazis verfolgt."

„Die Nazis haben alle verfolgt, die ihnen nicht in den Kram passten. Deine Mutter war Kommunistin, das reichte schon, um ins Konzentrationslager zu kommen. Warum fragst du nicht deine Adoptiveltern?"

„Ich traue ihnen nicht. Vermutlich gibt es etwas, das sie mir verheimlichen. - Für dich, Lukas, gibt es keine Zweifel, du bist Deutscher, nichts sonst."

„Reicht doch, oder?"

„Siehst du, kein Hauch von Selbstzweifel. Irgendetwas kommt immer, und dann packst du es eben an. Ich bin anders, dieses Gefühl von Ausgeschlossensein begleitet mich seit ich denken kann."

„Ich glaube, es findet alles nur in deinem Kopf statt. Du siehst wie jeder andere schwarzhaarige Kerl aus. Um deine dunkle Haut beneide ich dich, seit wir uns kennen. Im Freibad konntest du stundenlang in der Sonne schmoren, ohne etwas abzubekommen, während ich nach zehn Minuten wie ein Krebs durch die Gegend lief. Und ich soll ohne Zweifel sein? Ich glaube, du hast keine Ahnung, was wirklich in mir vorgeht."

„Erzähl's mir. Du hast noch nie über dich geredet."

Lukas schnaubt verächtlich durch die Nase. „Es ist wie es ist. Keiner kann aus seiner Haut. Du trägst dich auf der Zunge und ich agiere lieber im Verborgenen. Wo das ist, weiß ich manchmal selbst nicht. Das Einzige, was ich wirklich will, ist rauskommen aus der Armut, in die uns der Krieg gestürzt hat. Ich hasse es, so verwundbar und abhängig zu sein. Und anscheinend steckt auch noch ein kleiner Abenteurer in mir, sonst wären wir wohl kaum hier. Dabei stammt die Idee der Reise von dir. Und jetzt tust du so, als hättest du nicht gewusst, dass es Mohammedaner in Nordafrika gibt."

Simon blinzelt in die hochstehende Sonne, auf der Stirn bilden sich Schweißperlen. Er greift nach der Wasserflasche und nimmt einen Schluck. „Komm, wir müssen weiter, wir wollen noch vor Sonnenuntergang in Fès sein", vermeidet er eine Antwort. „All die großen Fragen! Wir lösen sie ein andermal, hier ist es mir zu heiß."

Bei der Ankunft in Fès taucht die untergehende Sonne die Silhouette der Stadt in ein weiches, ockerfarbenes Licht. Die Mauern schweben in der flirrenden Luft, als wären sie einer Fata Morgana entstiegen.

Sie fahren bis zur Altstadt und stellen das Auto auf einem bewachten Parkplatz ab. Neben dem Bab Mahrouk liegt ein totes Pferd. Der Schaum um die Nüstern ist noch feucht. Niemand kümmert sich darum es wegzuschaffen. Ein paar Meter weiter sitzt ein kleiner Junge im Sand, das Gesicht über und über bedeckt mit Fliegen. Simon muss den Reflex unterdrücken ihm zu helfen. Er sieht, wie sich Lukas bemüht, möglichst nicht hinzusehen.

Vorbei an dem Kind, schieben sie sich zwischen Eseln, Maultieren und voll beladenen Karren in die Altstadt, wo sie eine laute, dreckige Absteige finden.

Am nächsten Morgen heuern sie einen der zerlumpten Jungen an, die vor der Herberge auf Touristen warten. Er bringt sie auf das Dach der Medina, von wo sie die Farbtröge und Bottiche der Wollfärber und Gerber sehen können. Trotz des Gestanks bleiben sie eine Weile, gebannt von den Männern, die mit nackten Beinen die Wollbündel und Häute in die Farbe stampfen.

Danach schlängeln sie sich durch die Läden des Souk, bis ihnen das Drängen des Junge, irgendetwas zu kaufen, auf die Nerven geht. Verärgert speisen sie ihn mit ein paar Münzen ab, holen ihr Auto, und fahren noch am Nachmittag in Richtung der algerischen Grenze.

Simon spürt, dass sich etwas verändert hat. Lukas ist schweigsamer geworden, mehr noch als zuvor. Vielleicht fragt er sich, denkt Simon, weshalb wir diese Reise überhaupt machen, wenn wir sowieso nichts anderes sehen, außer Dreck, Armut und Verzweiflung. Kaum sind wir in einer Stadt angekommen, sehnen wir uns zurück ins Auto. Es ist, als wären wir den langen, monotonen Strecken ohne Menschen verfallen.

Kurz nach der algerischen Grenze verfärbt sich der Horizont und die Umgebung verschwimmt zur braungelben Suppe, aus der Sand und Steine gegen das Auto prasseln. An Weiterfahren ist nicht zu denken. Auf einem Feldweg neben der Fernstraße warten sie das Ende des Sandsturms ab.

„Wenn es nicht bald vorbei ist", sagt Simon, „können wir den Lack vergessen. Hört sich an, als würden wir mit Schmirgelpapier bearbeitet."

„Ist vermutlich unser geringstes Problem, die Filter machen mir Sorgen. Wenn der Käfer nicht mehr anspringt, sitzen wir hier fest. Ich habe seit Stunden kein Auto gesehen."

Auf einmal weicht das Röhren einer unnatürlichen Stille.

Sie warten eine Weile, dann drückt Simon mit der Tür den Sand zur Seite, der sich bei ihm weniger stark aufgetürmt hat als bei Lukas. Er zwängt sich ins Freie und sieht sich um. „Ist weniger schlimm, als ich dachte", ruft er ins Auto. Mit bloßen Händen schaufelt er den Sand von der Fahrerseite, bis auch Lukas die Tür aufdrücken kann. Gemeinsam kratzen sie mit einem Topfdeckel und dem Campingspaten eine Schneise bis zur Straße.

Lukas versucht das Auto zu starten doch der Anlasser dreht nur leer durch. Es dauert, bis der Motor endlich anspringt. Während er im Leerlauf vor sich hin tuckert, springt Lukas plötzlich aus dem Auto, hüpft herum und stößt dabei spitze Schreie aus.

„Was soll das denn?", fragt Simon.

„Ist mein Dankgebet an deinen Käfer. Die Vorstellung hier im Sand zu stecken, mit nur noch ein paar Raviolidosen als Proviant, hat mich ziemlich nervös gemacht. Und als er ansprang, musste das raus." Lukas schnappt nach Luft, doch er strahlt übers ganze Gesicht.

„Wie kommst du denn darauf? Wir stehen neben einer befahrenen Landstraße."

„Auf der, wenn wir Glück haben, pro Tag ein Auto kommt. Und warum sollte das ausgerechnet für ein paar abgerissene Kerle, wie uns, halten?"

„So viel über Angst, anscheinend bin ich damit nicht allein. Außerdem siehst du aus, wie eine der Figuren, die Nolde beim Tanz um das goldene Kalb gemalt hat", lacht Simon laut auf.

„Nicht schon wieder, Mann, noch dazu das alte Testament. Das hier ist die Bitte eines Navajo-Kriegers um Regen, völlig andere Spielwiese", lacht auch Lukas.

„Wow, Navajo-Krieger. Nicht schlecht."

„Ok, fahren wir weiter, mir geht langsam die Puste aus. Der Sturm hat unseren Zeitplan ganz schön über den Haufen geworfen. Was hältst du davon, wenn wir die Nacht durchfahren?"

„Wie du willst. Der einsame Wolf, allein auf der Landstraße gegen den Rest der Welt. Dir macht das anscheinend Spaß."

„Du kannst ja schlafen, dann brauche ich mir wenigstens keine traurigen Geschichten anhören."

„Ich dachte, du magst sie."

„Nicht alle."

Stunden später sieht Lukas die Lichter eines Autos auf sich zukommen. Es ist noch sehr weit entfernt und blinkt nur einmal kurz auf. Lukas blinkt zurück. Dann wechselt er in die linke Spur. „Wollen doch mal sehen, wer von uns beiden die besseren Nerven hat", murmelt er, während Simon leise schnarcht.

Das entgegenkommende Auto blinkt zweimal, Lukas blinkt zurück und beschleunigt. Die beiden Fahrzeuge rasen direkt aufeinander zu. Erst im letzten Moment reißt Lukas den Käfer zur Seite. Mit einem Aufheulen braust ein Laster vorbei, groß, wie er ihn in Nordafrika noch nicht gesehen hat. Wow, denkt Lukas, das hätte auch schief gehen können.

„Was war das denn?", schreit Simon, und starrt vor Schreck in die Dunkelheit.

„Ein Laster, ziemlich groß", sagt Lukas ganz ruhig.

„Mann, hat der mich erschreckt."

„Nichts passiert, leg dich wieder hin und schlaf, damit du später übernehmen kannst."

Simon fährt mit den ersten Sonnenstrahlen, und als er ein Schild nach Sidi Bel Abbes passiert, tritt er auf die Bremse, stößt ein paar Meter zurück und hält am Straßenrand.

„Was?", fragt Lukas verschlafen.

„Das Schild nach Sidi Bel Abbes muss ich aufnehmen." Simon kramt die Kamera hervor, verschwindet, und setzt sich mit zufriedenem Grinsen wieder ins Auto.

„Was ist so toll an dem Schild?", fragt Lukas.

„Franz Huber hat die Wahrheit gesagt. - Wir hatten vor ein paar Monaten Besuch eines Fremdenlegionärs. Ein Freund meiner Eltern, der nach dem Krieg nicht mehr auf die Beine kam. Er ging in die Legion, in Sidi Bel Abbes wurde er ausgebildet. Geschunden, hat er gesagt. Immerhin war er danach auf den Indochina- und Algerienkrieg vorbereitet. Ich hielt ihn für einen Sprücheklopfer, aber jetzt denke ich, dass er womöglich nicht übertrieben hat. In einem Klima wie hier, über Barrieren springen und in Schlammlöchern robben, scheint mir kein Zuckerlecken."

„Du hast ihm nicht geglaubt?"

„Nicht verwunderlich. Er redete von lauter Orten, die keiner kannte, weder meine Eltern noch ich. Und jetzt dieses Schild, am liebsten würde ich hinfahren, sehen, ob stimmt was er erzählte, Blechbaracken, Appellplatz und so, aber es ist zu weit. Fünfzig Kilometer Umweg, das lohnt sich nicht."

„Und dir hat er alles erzählt?"

„Nein, Vater, ich hab nur mitgehört. Die beiden waren vor dem Krieg in der Kommunistischen Partei gewesen. Vater hatte mich gewarnt, dass Franz ganz gerne etwas blumig erzählt. Es wurde dann tatsächlich ein bunter Strauß an Geschichten." Simon lächelt, als wundere er sich immer noch über die eine oder andere Erzählung. „Im Algerienkrieg verlor er ein Bein. Sein Jeep fuhr auf eine Sprengfalle der Aufständischen, er hatte Glück, dass er überhaupt überlebte. Seither steht er am Fließband bei Peugeot und bringt den jungen Mitarbeitern bei, wie sie sich gegen das Management wehren können." Nach einer Weile des Nachdenkens sagt er: „Franz kannte auch meine leiblichen Eltern. Es war schön von ihm zu hören, wie sehr er Mutter bewundert hat."

„Du vermisst sie?"

„Ist nur so ein unbestimmtes Gefühl. Sie ist tot, da weiß man, wie man dran ist. Bei Vater weiß ich gar nichts. Lebt er vielleicht noch, hat er mich einfach sitzen lassen? Es beschäftigt mich."

„Hast du versucht ihn zu finden?"

„Nein, aber vielleicht mache ich das noch. Später, vielleicht in Israel. Er müsste jetzt Mitte fünfzig sein, aber zuerst will ich durchs Studium."

„Bei mir ist es ähnlich."

„So eine Leerstelle?"

„Ja."

Die Straße wird schmal und kurvig. Jeden Moment müssen sie mit einer Überraschung rechnen. Hunde, die plötzlich queren, Eselkarren hinter der nächsten Biegung, Autos, die nicht abblenden und erst in letzter Minute zur Seite fahren. Sie sind müde, doch nach einem Bissen Brot und etwas Wurst aus der Dose, schaffen sie es noch bis Oran. In der Dunkelheit finden sie auf einem Hügel über der Stadt ein halb verfallenes Kloster, in dessen Säulengang sie ihre Schlafsäcke ausrollen können. Unter ihnen liegt ein Teppich blinkender Lichter, und weiter draußen das Meer, nur Schwärze. Simon kann lange nicht einschlafen, denkt an Huber, an den Algerienkrieg und das, was sich im Schutz der verwinkelten Gassen der Kasba zusammenbraut. Er sagt, er verstehe *Fanon* jetzt besser, doch Lukas hat sich längst in seinem Schlafsack eingerollt und atmet tief.

Am nächsten Tag, als sie Kasse machen, bleiben ihnen noch fünfzehn Schweizer Franken für Benzin, um nach Algier zu kommen. Dort dauert es, bis sie eine Wechselstube finden, die ihre Reiseschecks akzeptiert. Mit dem frischen Geld gehen sie sofort zum Essen. Polizei steht an allen Ecken, wachsam und misstrauisch. Der Bürgerkrieg scheint immer noch in den Köpfen der Leute zu nisten.

„Sie hassen uns", sagt Lukas, als sie an einem Café vorbeigehen, wo die Männer sie besonders feindselig anstarren. „Die Kerle hocken den ganzen Tag rum und verbreiten Misstrauen. Lass uns abhauen, so schnell wie möglich, vielleicht ist Tunesien besser."

Nach Algerien genießen sie das Gefühl von Freiheit auf Tunis' Straßen, die breiten Boulevards, die lebendigen Cafés. Vor allem der Blick auf die unverschleierten, jungen Frauen tut ihnen gut.
 Nach ein paar Tagen beginnt Simon sich nach dem alten Karthago zu erkundigen, doch er erntet nur bedauerndes Schulterzucken.
 „Hier steht: Ein sehenswertes Ruinenfeld", sagt Simon, nicht bereit gleich aufzugeben. „Also gibt es das auch."
 „Vielleicht haben sie alles platt gemacht", sagt Lukas. „Von wann ist der Reiseführer?"
 „Keine Ahnung. Warum fahren wir nicht einfach hin. Es muss direkt am Meer liegen, die Stadt wurde von Schiffen aus mit Brandkörpern beschossen."
 „Frag noch ein bisschen. Ich fahr nicht gern ins Ungewisse."
 Im Hotel erklärt ihnen endlich ein alter, gepflegt aussehender Mann, den Weg aus der Stadt. „Aber es gibt dort nichts, außer den Grundmauern", sagt er bedauernd.
 Noch am Nachmittag finden sie an der Küste ein verlassenes Areal aus wahllos hingeworfenen Marmorblöcken. Sie fahren zurück, bezahlen ihr Zimmer, und schlagen am Strand, zwischen den höher liegenden Blöcken, ihr Lager auf. Keiner hindert sie daran.
 Kurz vor dem Einschlafen, spricht Simon über seine Adoptiveltern, als hätte sich auf der Reise einiges in ihm aufgestaut. „Ich glaube sie sind Schuld an meiner Zerrissenheit. Wir hätten nicht nach Deutschland gehen dürfen. Ich mochte Prag, und auf einmal lande ich in einem Dorf, wo uns keiner haben wollte. - Irgend etwas stimmt nicht mit Vaters Job, er scheint immer widerwilliger zur Arbeit zu gehen. Er sollte einfach hinschmeißen."
 „Und dann? Ihr lebt von seinem Gehalt."

„Ich weiß, das ist das Problem. Ich verstehe einfach nicht, weshalb sie uns gehen ließen."

„Die Tschechen?"

„Ja."

„Es war der Prager Frühling, da konnten die Menschen das Land verlassen, egal wohin sie wollten, denke ich. Deine Eltern ahnten vielleicht, dass es nicht von Dauer war", sagt Lukas. „Warum fragst du sie nicht?"

„Wer weiß, was sie mir erzählen."

„Ziemlich unfair finde ich. Glaubst du wirklich, dass es dir besser geht, wenn dein Vater den Job hinschmeißt? Sei froh, dass du überhaupt einen Vater hast, auch wenn er nur dein Adoptivvater ist."

Simon schüttelt vehement den Kopf. „Was soll ich in Deutschland, ein Jude, absurd, nach allem was passiert ist. Wir hätten nach Amerika gehen sollen."

„Wegen deiner Musik? Oder wolltest du besser englisch sprechen", lacht Lukas. „Absurd ist nur, dass du immer wieder mit deinem Judentum anfängst. Dabei willst du vermutlich nur wissen, wer dein Vater war. Warum er sich verdrückt hat, oder ob ihn nicht doch die Russen geschnappt und nach Sibirien verfrachtet haben. Vielleicht ist er einfach aus dem Zug gefallen und nie in Israel angekommen."

„Quatsch, warum sollten ihn ausgerechnet die Russen schnappen, er war Kommunist?"

„Weil Stalin alles geschnappt hat, was ihm nicht geheuer war."

„Wie willst du das denn wissen", sagt Simon, dreht sich um und hört für eine Weile nur den Wellen zu, wie sie mit leisem Murmeln auf den Strand auflaufen. Da draußen müssen die Galeeren der Römer gelegen haben, denkt er. „Die Leute in Algier kamen mir tatsächlich verloren vor. *Die Verdammten dieser Erde* hat sie Fanon genannt", sagt er nach einiger Zeit. „Die Stadt hat mich ziemlich mitgenommen."

„Mich auch. Wer ist dieser *Fanon*, du hast ihn schon einmal erwähnt?", fragt Lukas schläfrig.

„Ein Schriftseller und Soziologe, glaube ich. Er schrieb vor allem über Entkolonialisierung. Und dann gab es noch eine Frau, die im Befreiungskrieg, in den Cafés, wo wir saßen, Bomben legte und Leute in die Luft jagte. Den Anführer der Aufständischen in Algier habe ich vergessen. Das ganze Zeug ging mir durch den Kopf, als uns die Leute in Algier anstarrten, als wären wir Feinde."

„Saadi heißt er."

„Wow, woher kommt das denn? Liest du etwa auf einmal?"

„Ja, stell dir vor."

„Weißt du, was komisch ist, wenn ich Bücher, wie das von Fanon lese? Ich fühle mich mitverantwortlich für das, was wir angerichtet haben."

„Den Krieg in Algerien?"

„Nein, den haben die Franzosen verbrochen, die wollten einfach nicht locker lassen. Den ganzen Schutt meine ich: Kolonialismus, Krieg, Sklaverei, alles."

„Hör einfach auf solche Bücher zu lesen, vielleicht geht's dir dann besser. Ich muss jetzt schlafen. Morgen besorgen wir die Tickets für die Fähre. In ein paar Tagen sind wir wieder in Europa, dann kannst du den ganzen Schutt vergessen. - Mein Kopf fühlt sich an, als würde er überlaufen, wird Zeit, dass wir nach Hause kommen. Seit ein paar Tagen träume ich, dass der Käfer den Geist aufgibt und wir hier für immer bleiben müssen."

„Die Nachwirkungen des Sandsturms vielleicht. Du hast wie ein Irrer getanzt?", lacht Simon.

„Pure Erleichterung, als der Motor ansprang. In der Nacht, du hast geschlafen, kam dieser Lastwagen auf mich zu. Die Lichter wirkten wie ein Magnet. Ich konnte gar nicht anders, als direkt draufhalten."

„Hab ich nicht mitgekriegt."

„Gut so."

„Wie eine Träne im Ozean", zitiert Simon *Manes Sperber*, als das Schiff entlang der Kaimauer aufs offene Meer hinaus steuert. „Wie zwei Korken, die auf den Wellen tanzen und nicht mitkriegen, was unter ihnen vorgeht. So kommt mir manchmal unsere Reise vor. Trotzdem gut, dass wir gefahren sind. Ich hatte mir die Länder nur ganz anders vorgestellt, Tausend und eine Nacht, oder so ähnlich." Zum Beweis spuckt er über die Reling, als wolle er den letzten Rest Sand aus Nordafrika loswerden. Im Laufe der Reise ist er nachdenklicher geworden, in sich gekehrt. Manchmal beginnt er einen Satz, lässt ihn dann aber halb in der Luft hängen, als hätte er es sich anders überlegt.

Lukas hat sich längst daran gewöhnt. Er tut es als eine Marotte Simons ab, weil er ahnt, wie verunsichert er ist. Er selbst ist innerlich gewachsen. Die langen Nachtfahrten hat er richtig genossen. Wenn es nichts mehr zu reden gab, und Simon für eine Weile weggedöst war, trugen ihn die Lieder Oum Kulthums durch die Nacht. Die Texte verstand er nicht, die Stimme war anders, als alles, was er gewohnt war, trotzdem mochte er sie. Sie klang fremd, monoton, näselnd. Erst spät begriff er, dass es sich um Improvisationen um eine Note, ein Motiv oder die Antwort auf einen Zwischenruf handeln musste. Während sie sang, hörte er auf das gleichmäßige Grummeln des Motors, das Dröhnen der Reifen und spürte die Druckwellen der entgegenkommenden Autos. Ihre Stimme öffnete ihm die unbekannten Weiten, die sich außerhalb des Lichtkegels des Käfers verbargen. - In Italien wird die Musik wieder vertraut sein, denkt er. Cat Stevens, *Morning has broken*, *Moonshadow*, dann Celentanos rauchige Stimme. Ich werde mitsingen bei *Azzuro*, und Kaffee wird es auch wieder geben, keinen pappsüßen Pfefferminztee mehr.

Am Horizont geht der Himmel in ein bleiernes Grau über, als sie ihren Schlafplatz im Windschatten eines Rettungsboots aufschlagen.

„Das Wetter verändert sich, hat ein Matrose gemeint, wir sollten uns an der Halterung festzurren, nicht dass wir über Bord gespült werden", sagt Lukas, als er sich neben Simon setzt.

In der Nacht wird die See rau und das gleichmäßige Stampfen der Dieselmotoren wird vom Heulen und Wimmern des Winds in den

Aufbauten übertönt. Weiße Schaumkronen springen das Schiff an, Gischt sprüht bis aufs Oberdeck und im Nu sind die Schlafsäcke durchnässt. Sie breiten eine Plastikplane darüber, zurren sie am Rettungsboot fest und legen sich trotz der feuchten Schlafsäcke wieder drunter. Auf keinen Fall wollen sie im Unterdeck eingepfercht sein. So schnell das Gewitter aufzog, ist es auch wieder vorbei, und irgendwann schlafen sie ein. Am Morgen riechen Schlafsäcke und Kleider, als wären sie aus dem Meer gefischt worden.

In den Alpen regnet es, doch sie übernachten trotzdem noch einmal an einem Berghang über Meran. Der freie Himmel über ihnen hat sie süchtig gemacht.

Lukas denkt an die Monotonie der arabischen Lieder und die Freude über Adriano Celentanos Stimme. Simon mag ihn nicht, denkt er, er hört lieber *Pink Floyd, The Who, Quadrophenia*. Er denkt an die Lichter des entgegenkommenden Lastwagens. Selbstmord, es war nicht an der Zeit. Er fragt sich, wie das Studium sein wird.

Simon kommt auch nicht zur Ruhe, er wälzt sich lange im Schlafsack von einer Seite zur anderen. Ich bin gern mit Lukas zusammen, auch wenn mir seine Sprüche zuweilen auf die Nerven gehen, denkt er. Immer tut er so, als wüsste er genau, was richtig und falsch ist. Fehler gibt er einfach nicht zu. Ich glaube er ist in Carla verknallt, warum sonst hat er dauernd nach ihr gefragt.

Carla

Zwei Jahre später, nach dem bestandenen Vordiplom, stehen sie an einem Freitag Abend am Hintereingang der Druckerei der Süddeutschen Zeitung und warten auf die erste Ausgabe des nächsten Tages. Lukas hat die Leichtathletik aufgegeben und spielt gelegentlich in einer Amateurmannschaft Fußball. Simon trägt noch immer seinen Spitzbart, der ihm auf der Nordafrikareise wuchs. Er pflegt ihn, weil Carla ihn mag. Sie meint, er sähe damit aus wie ein Musketier.

Als die Lieferantentür der Zeitung endlich aufgeht, schleicht sich Lukas aus der Warteschlange, schnappt sich ein Blatt und schwingt es triumphierend überm Kopf: „Ich hab eine", schreit er, und wedelt damit in der Luft herum.

„Hast du gut gemacht", sagt Simon und steuert auf den nächstbesten Bordstein zu, wo sie die Anzeigen aussortieren. Sie müssen schnell sein, München, Anfang der siebziger Jahre, ist kein gutes Pflaster für Studentenwohnungen.

Es bleiben drei Anzeigen, die passen könnten: Innenstadt, zwei bis drei Zimmer, Altbau. Sie schwingen sich aufs Rad und rasen los. Kurz darauf klingeln sie an einem schäbigen Nachkriegsbau in der Reitmorstraße. Der Türöffner summt sofort, als hätte die Person direkt neben dem Schalter gestanden. Das Haus hat keine Gegensprechanlage, nur ein Zettel klebt mit Tesafilm unter dem Klingelbrett: Bitte bei Gellert im ersten Stock melden.

„Was denkst du?", fragt Lukas mit hochgezogenen Brauen.

„Nicht gerade Vertrauen erweckend", sagt Simon und reißt den Zettel ab. Er drückt die Tür auf, die in eine düstere Einfahrt zum Hinterhof einer Kohlenhandlung führt.

„Immerhin, die Beheizung ist gesichert", meint Lukas mit hochgezogenen Brauen. Sie nehmen die verwitterte Holztreppe, die seitlich nach oben führt. Im ersten Stock steht die Tür offen und eine Frau, mitte vierzig, erwartet sie. „Sie sind die Ersten", sagt sie. „Die Wohnung liegt zwei Stockwerke höher. Aber bevor ich sie zeige, möchte ich Ihnen ein paar Fragen stellen. Einverstanden?"

„Selbstverständlich", sagt Lukas, mit entwaffnendem Grinsen. Er versucht der Frau zu gefallen, gleichzeitig von seiner Statur, der eines Sportlers, groß und breitschultrig, abzulenken. Seit der Nordafrikareise trägt er die Haare halblang mit einem Band zusammengehalten. Das mögen nicht alle Vermieter, doch die Frau scheint es nicht zu stören.

Simon ist kleiner, zierlicher, die kurzen, dunklen Haare und der Spitzbart geben ihm einen Hauch von Verwegenheit.

„Was möchten Sie denn wissen?", fragt Lukas.

Die Frau sieht ihn skeptisch an, als hätte sie etwas anderes erwartet. Simon würdigt sie keines Blicks. Nach einiger Zeit verzieht sich ihr Gesicht zu einem scheuen Lächeln. „Ich nehme an, Ihre Frau konnte nicht kommen, deshalb haben Sie ihren Freund mitgebracht", sagt sie, und sieht auf Simon. „In der Anzeige hatten wir eine junge Familie ausgeschrieben."

„Genau", sagt Lukas. „Meine Frau ist auf Tournee, aber sie hat mir alle Vollmachten gegeben, die Wohnung sofort anzumieten, sollten wir etwas Passendes finden. Die Lage, gleich neben dem Theater der Jugend, wäre hervorragend für sie."

„Und was machen Sie?", fragt die Frau.

„Ich bin kurz vor dem Abschluss in Maschinenbau, und habe eine Stelle bei Siemens in Aussicht."

„Und Sie glauben, sie können die Miete bezahlen?"

„Selbstverständlich. Wir beide, Simon und ich, kommen aus wohlhabenden Familien im Allgäu. Nebenher arbeiten wir als Computer-Experten bei Siemens. Machen Sie sich wegen des Geldes keine Sorgen. Simon würde gerne, wenn es geht natürlich, als Untermieter einziehen. Sie haben Untermiete erlaubt, wenn ich mich richtig erinnere."

„Ja, um es der jungen Familie leichter zu machen. Wann würden Sie sich denn entscheiden?"

„Sofort, wir brauchen nur einen kurzen Blick, dann wissen wir schon, ob es klappt."

„Na, dann gehen wir mal hoch." Sie legt sich einen gestrickten Schal um die Schultern und geht voraus. „Die Wohnung ist erst vor kurzem frei geworden", sagt sie auf der Treppe zu Lukas. „Sie wurde von einem Künstler bewohnt, der sie dunkelbraun gestrichen hat, aber Sie können sie ja umstreichen, wenn Sie kein Braun mögen."

„Kein Problem", sagt Lukas und schiebt Simon vor sich her. Dabei presst er seinen Arm, als wolle er sagen: Mach ja den Mund nicht auf.

Oben erweist sich die Wohnung als heruntergekommene, abgewohnte Höhle. Das Linoleum in der Küche ist aufgeworfen, der Teppich im Wohnzimmer versifft, die Fenster blind voller Regenschlieren. Simon schüttelt den Kopf, während Lukas abwartend reagiert.

„Das kriegen wir hin", zischt er Simon ins Ohr, als er sieht, wie der sich schnell wieder verabschieden will.

„Und wie?"

„Mit viel Farbe und ein paar Putzeimern. Wirst sehen, das geht. Hauptsache die Wohnung ist richtig geschnitten. Du hast dein eigenes Zimmer mit separatem Zugang zum Bad, das große Zimmer nehmen Carla und ich gemeinsam, den Rest besprechen wir draußen. Wenn Carla zurückkommt, glänzt die Bude wie ein Juwel."

„Bad, Mann, das ist bestenfalls eine Toilette mit Waschbecken. Und wohlhabende Eltern, im Allgäu, wo kommt das denn her?"

„Hast du doch, oder", lacht Lukas. „Und das Bad ist immerhin nicht auf dem Gang. Bitte halt dich noch eine Weile zurück, wenn wir draußen sind kannst du mich an die Wand nageln. Bestimmt, wir kriegen das hin. Jetzt müssen wir sie aber erst mal haben." Lukas richtet sich an die Vermieterin und fragt: „Wie hoch ist die Miete? Die Anzeige war nicht ganz klar, oder ich habe es in der Eile überlesen."

Die Frau, die den Zustand der Wohnung anscheinend nicht kannte, wirkt verunsichert. „Meine Eltern haben mich gebeten, die Wohnung zu zeigen. Sie sind seit ein paar Wochen im Heim und können sich nicht mehr selbst darum kümmern. Hier muss viel getan werden. Ich weiß nicht…"

Lukas merkt, wie unangenehm es ihr ist. „Wir haben ein Budget, das uns dreihundert kalt ermöglicht. Wir müssen einiges hineinstecken, um sie wohnlich zu machen, das sehen Sie ja selbst. Meine Frau soll sich von Anfang an wohl fühlen, wenn sie in zwei Wochen von ihrer Tournee zurück kommt. Wir könnten es hinkriegen, wenn wir uns gleich an die Arbeit machen."

Die Frau reagiert zuerst zurückhaltend, als fühle sie sich überfahren. Der Betrag, den Lukas genannt hat, ist anscheinend niedriger, als sie erwartet hatte. Aber das Bild der ausgeweideten, abgewohnten Absteige hat sie verunsichert. „Mit sofortiger Anzahlung, bar?", fragt sie.

„Ja, sofort auf die Hand."

Für einen Moment druckst sie herum, dann gibt sie sich einen Ruck: „Gut, einverstanden, dreihundert kalt, mit zwei Monatsmieten als Kaution."

„Danke", sagt Lukas erleichtert, während Simon die Augenbrauen hochzieht, ohne sich weiter einzumischen.

Unten auf der Straße, den Mietvertrag in der Tasche, stoßen sie auf ein junges Paar, das das Klingelbrett beäugt.

„Sorry Leute, da hing vor kurzem noch ein Zettel, aber den haben wir abgenommen", sagt Lukas und hebt bedauernd die Hände. „Die Wohnung ist weg, viel Glück beim nächsten Mal."

„Und jetzt?", fragt Simon, als sie vor ihren Fahrrädern stehen.

„Was jetzt? Wir besorgen uns Farbe und fangen an zu malen."

„Und das Gerede von deiner Frau? Bist du jetzt verheiratet, ohne dass ich es mitgekriegt habe?"

„Natürlich nicht, das weißt du doch. Glaubst du wirklich, wir hätten die Wohnung gekriegt, wenn ich gesagt hätte: Wir leben in wilder Ehe?"

„Der reinste Hochstapler", brummt Simon. „Hoffentlich fliegt uns deine Scharade nicht krachend um die Ohren."

Als Carla am Abend aus Hamburg anruft, erzählt ihr Lukas, dass sie eine Wohnung gefunden haben. „Es passt gut, deine Tournee geht noch vier Wochen, in der Zeit machen wir, Simon und ich, aus einer psychedelischen Höhle eine reinweiße Wohnung. Im Moment ist sie tiefbraun, dunkel und unansehnlich, aber gut geschnitten. Wir beide nehmen das große Zimmer und Simon zieht in das kleinere Nebenzimmer. Dazu gibt es ein Gästezimmer neben der Küche. Das nehme ich gelegentlich, wenn ich schnarche und du mich nicht mehr ertragen kannst. - Übrigens, wir sind jetzt verheiratet, musste ich sagen, sonst hätten wir die Wohnung nicht gekriegt. Verquatsch dich also bitte nicht."

„Um die Wohnung zu kriegen?", fragt Carla vergnügt.

Nach dem Abitur hatte sie sich lange mit Lukas über Nordafrika unterhalten. Ihr gefiel die Art, wie er erzählte. Kein Pathos, alles gradlinig, anders als Simon, der gerne ins Ungefähre abdriftete und sich auf nichts festlegen wollte. Lukas erzählte humorvoll, gespickt mit kleinen Begebenheiten, die so oder so hätten ausgehen können. Simon dagegen verlor sich gerne im Grundsätzlichen, sah häufig Probleme, hatte aber auch keine Lösungen parat. Sie spürte, wie stark Lukas die Reise geformt, Simon eher verunsichert hatte.

Ab da traf sie Lukas häufiger und immer öfter auch ohne Simon. Und als Lukas das Vordiplom schaffte und Carla auf der Schauspielschule angenommen wurde, entschlossen sie sich zusammenzuziehen.

Den Beruf als Schauspielerin musste sie sich erkämpfen. Die Mutter hatte darauf bestanden etwas Solides zu wählen, Kunstlehrerin, wenn es schon unbedingt Kunst sein musste. Noch besser wären natürlich andere Fächer gewesen, Deutsch und Mathematik, böten sich an, doch Carla hatte alles abgeblockt.

Ihre ältere Halbschwester hatte sich dem Wunsch der Mutter gebeugt und Lehramt studiert. Ein Fehler in Carlas Augen, und es war das erste mal, dass sie ihre Schwester nicht beneidete. Immer war ihr die legitime Tochter des im Krieg gefallenen Mannes als leuchtendes Beispiel vorgehalten worden. Sie war die Bessere in der Schule, hatte nicht die destruktiven Gene des Mannes, der sie in einer schwachen Minute verführt hatte, fand ihre Mutter. Ein Richter, den sie zu hassen begann, als er ihr unmissverständlich zu verstehen gab, dass er nicht bereit sei, wegen einer Nacht, seine Familie zu opfern. Carla litt darunter, das ungewollte Kind zu sein. Bei jeder Gelegenheit wurde es ihr unter die Nase gerieben.

Lukas gab ihr Stabilität. Er war anders als ihre Schauspieler-Kollegen. Er verfolgte Ziele, was ihr ein Gefühl von Geborgenheit gab. Die Begeisterung in seinen Augen, wenn er über ihre gemeinsame Zukunft sprach, überzeugte sie. Sie wollte sich an keinen Mann hängen, der ihr ein bescheidenes Leben versprach, ein Leben im Präsens, in dem nur der nächste Abend zählte. Mit Lukas, fand sie, war ihre Kompassnadel auf die Zukunft gerichtet. Wir werden leben und reisen, das wird uns zusammenschweißen, bis dass der Tod uns scheidet.

Aufbruch

Simon liegt auf der Matratze, die er der Einfachheit halber auf den Boden gelegt hat, und starrt an die Decke durch deren Weiß noch das Braun des Vormieters scheint. Auf den Stuckaturen um die Deckenlampe liegt Staub, und an manchen Stellen beginnt der Mörtel abzublättern. Gegen Ende der Nacht hat es zu regnen begonnen, und jetzt liegt München unter einem bleiernen Himmel.

Vor ein paar Tagen ist Holger Meins nach langem Hungerstreik gestorben. Sie hatten sich gestritten, ob der Staat das Recht besaß, einen Terroristen einfach sterben zu lassen. Lukas fand es richtig. Gewalt an sich sei keine Lösung, und überhaupt würden die meisten RAF'ler aus privilegierten Kreisen stammen. Die Meinhof vor allem, deren Beweggründe in den Untergrund zu gehen, verstünde er gar nicht. Wie könne es sein, dass jemand auf die Idee komme Menschen umzubringen, nur weil ihr das ganze drum herum nicht mehr passte.

Simon hatte dagegen argumentiert, bis ihm Lukas schwächliches Mitläufertum vorwarf. Da hatte er aufgegeben und sich geärgert, dass Carla Lukas Recht gab. Wie konnte sie auf Lukas' Seite sein, wo er doch wusste, dass sie mit der RAF sympathisierte. Er wollte in sein Zimmer gehen, allein sein, doch dann passierte etwas, das er in seinem vernebelten Hirn nicht mehr auf die Reihe kriegte: Carla begann hartnäckig auf einem humanen Kommunismus zu beharren, bis Lukas einschlief, weil ihm der ganze Disput zu verkopft wurde.

Nachdem Lukas zu Bett gegangen war hatte Carla seinen Kopf genommen und auf ihre Brust gelegt. Einfach so, ohne ein Wort. Sie hatte ihn bei der Hand genommen und in sein Zimmer geführt. Noch im Stehen hatte sie ihn geküsst und mit kleinen, kompetenten Gesten, die ihm wie einstudiert vorkamen, entkleidet. Sie hatte sich auf die Matratze gelegt, und er war in sie eingedrungen, überwältigt von der Hitze und Enge ihrer Höhle. Beide stumm und einverstanden, Becken an Becken in einem synchronen Spiel. Kein Stöhnen, Stammeln, Keuchen, nur ineinander verkettete Körper. Als er mehr wollte, hatte sie den Kopf geschüttelt und war zurück zu Lukas gegangen, als wäre nichts gewesen.

Mit einer Frau, denkt er, als er an die Decke starrt, immer noch benebelt vom vielen Rotwein in der Nacht zuvor, hätte ich ihnen besser Paroli bieten können. Aber da ist weit und breit keine in Sicht. Carla gehört zu Lukas, egal, was das gestern war. Sie ist radikaler geworden, vielleicht hängt es mit ihren Tourneen zusammen. Er riecht ihren Duft auf dem Bettzeug, findet eines ihrer langen, blonden Haare auf dem Kissen, und sieht die scharfen Trennlinien, die das Licht durch die Lamellen der Fensterläden auf die Wand zeichnet. Die Sonne muss schon ziemlich hoch stehen, denkt er.

Draußen hört er Küchengeräusche. Er dreht sich zur Seite und wickelt sich enger in die Decke ein. Plötzlich trifft ihn die Erkenntnis, dass Lukas recht hatte, als er ihn einen Mitläufer nannte. Aber warum hat sie mich nicht verteidigt und dann auch noch mit mir geschlafen, fragt er sich. Andere Menschen lernen das Glück oder die Verzweiflung kennen, mich wird all das nicht wirklich betreffen, denkt er. Ich werde in die Küche gehen, sie wird mich ansehen, zerzaust, wie ich bin, und wir werden beide nicht darüber reden.

Im nächsten Semester wechselt er an die Technische Universität Berlin. München sei ihm zu eng geworden, nennt er als Grund, doch in Wirklichkeit erträgt er Lukas' und Carlas Liebesspiele nicht mehr. Berlin wird gut, denkt er, es ist Zeit weg zu kommen. Ich werde dort allein sein, aber vielleicht finde ich einen Menschen, der mich mag, wie ich bin.

In Charlottenburg, in einem Hinterhaus in der Leonhardstrasse, mietet er sich ein. Mit drei Studentinnen teilt er die Wohnung, und Lara, eine der drei, wird seine Freundin. Sie hat sich aus dem Osten davon gemacht und kommt im Westen mit Kellnern so gerade über die Runden. Studieren tun sie alle vier nicht zu intensiv, dafür diskutieren sie nächtelang über Gott und die Welt.

Als er die Einladung zu Lukas' Abschlussfeier in München erhält, nimmt er sofort an. „Aber mit möglichst wenig Triumphgeheul, wenn ich bitten darf. Ich habe schließlich noch einige Semester vor mir. So Gott will, bis zu meinem Siegeszug durch die Niederungen einer akademischen Laufbahn", macht er zur Bedingung.

„Seit wann hilft dir Gott dabei?", fragt Lukas.

„Wir haben uns ausgesöhnt, nachdem ich in Berlin endlich zum Nachdenken kam. Was sollen wir mitbringen?"

„Nachdenken? Ausschlafen meinst du wohl. Hast du die Musik an den Nagel gehängt?"

„Was blieb mir anderes übrig. Irgendwann muss ich dieses verdammte Studium doch abschließen. Was sollen wir mitbringen?", fragt er erneut.

„Nur gute Laune."

„Das wird schwer. - Wir kommen mit Laras Auto, hoffentlich hält es durch. Die Vorstellung mit einem Motorschaden in der Zone hängen zu bleiben, treibt mir den Angstschweiß auf die Stirn."

Als Simon, eine Flasche Wein in der Hand und einem Strauß Blumen unterm Arm, die Wohnung in der Reitmorstraße betritt, denkt er, dass Lukas das bessere Ende erwischt hat. Sein Beruf planbar, später eine geordnete Beziehung, alltägliche Besorgungen und gemeinsame Erlebnisse. Kinder, für die man wie selbstverständlich Verantwortung übernimmt, eine Ferienwohnung in der Toskana und Weihnachtsabende mit vielen Geschenken und echten Kerzen. Ob Carla in so einem Leben auf Dauer mitspielt, fragt er sich, als er ihr die Blumen überreicht, die er noch schnell am Bahnhof gekauft hat.

„Schön, dass ihr gekommen seid. Ich dachte schon, du sagst wieder in letzter Minute ab", begrüßt sie ihn.

„Hab ich das je getan?"

„Mehr als einmal, aber offensichtlich war es dir nicht so wichtig, sonst könntest du dich daran erinnern."

„Aber du verzeihst mir trotzdem?"

„Was bleibt mir anderes übrig, du bist unser bester Freund, solche Leute muss man feinfühlig behandeln."

„Feinfühlig? Weil ich so empfindlich bin? Und Leute, ich bin also ganz unten angekommen in deiner Sympathieskala?"

Sie lächelt anstelle einer Antwort. „Die Blumen sind schön, Simon, danke. Jetzt solltest du mir aber endlich Lara vorstellen."

Simon verbeugt sich so tief, dass ihm der breitkrempige, schwarze Hut fast vom Kopf fällt und wirft mit einer großartig ausholenden Bewegung die Schöße seines Mantels nach hinten. „Zu Diensten meine Königin. Hier zu meiner Linken, Hochverehrte, sehen Sie Frau Lara Kirsch, aufsteigende Aspirantin in der kommunistischen Partei Deutschlands. Und hier, geliebte Lara, siehst du, in wahrlich voller Montur meine allseits verehrte Carla Born, die sich gerade aufmacht die Bretter der deutschen Schauspielbühnen zu erobern."

„Born?", fragt Carla verwundert.

„Seid ihr immer noch nicht verheiratet? Dann eben Herder, Born gefällt mir aber besser, es hat so etwas erdiges, als ließe es sich bepflanzen. Herder ist leider nicht meine Literatur, war es nie und wird es wohl auch nicht mehr werden." Simon richtet sich auf, dabei sieht er Carla erröten.

„Und wer ist es dann?", fragt Lukas, der anscheinend nur den letzten Satz gehört hat. Er umarmt Simon und reicht Lara die Hand.

„Und das ist Carlas Vasall, Knecht der deutschen Industrie, der sich einfach nicht traut um Carlas Hand anzuhalten", fährt Simon ungerührt fort und legt Lukas die Hand auf die Schulter. „Keruac, wenn du es genau wissen willst. Die Freiheit der Landstraße, er ist zur Zeit in. Gefällt mir sehr." Simon grinst und wirft den Hut auf den Garderobenständer.

„Das kann ja heiter werden", sagt Lara, „so kenne ich ihn gar nicht. Einfach Lara, vergesst den Rest. Schön euch kennen zu lernen, Simon hat viel von euch erzählt."

Simons Augen sind gerötet, als hätte er zu wenig geschlafen. Die langen Locken fallen ihm auf die Schultern. Der Mantel, den er in einem Secondhand-Laden erworben hat, braucht dringend eine Reinigung. Lara sieht neben ihm richtig blühend aus. Das Haar extrem kurz unter dem selbst gehäkelten, orangefarbenen Käppi als Kontrast zu ihrem knöchellangen Mantel aus naturfarbener Wolle. Darunter trägt sie eine grobe indische Bluse über der nackten Brust. Ihr langer, fließender Baumwollrock bedeckt ein paar abgeschabte Cowboystiefel.

Lukas überlegt, ob er auf Simons Spitzen eingehen soll. Er lässt es und knufft ihn nur auf die Brust. „Du hast dich ganz schön verändert. Wie hältst du es aus mit ihm, Lara. Als er von München wegging, war er noch ein halbwegs normaler Mensch. Sogar die Haare sind gewachsen, und der Bart ist auch ab."

„Normal, was ist schon normal? Ich balanciere am Rande des Wahnsinns", knurrt Simon, hängt den Mantel an einen der Kleiderhaken im Gang und geht in die Küche, als wäre er hier immer noch zu Hause.

Als er mit einem Glas Wasser in der Hand zurückkommt, nimmt ihn Carla in den Arm und küsst ihn auf den Mund. „Schön, dass ihr schon da seid. So können wir reden, bevor all die anderen kommen. Und dich, Lara, wollte ich schon lange kennenlernen, ich freue mich, dass du mitgekommen bist."

„Nicht schlecht", sagt Simon. „Das hast du früher nie getan."

„Was?"

„Mich auf den Mund geküsst."

„Da warst du ja auch kein Gast", lacht Carla.

„Hey ihr Turteltäubchen, hört auf. Wenn du nicht acht gibst, Simon, kratzt sie dir gleich die Augen aus", sagt Lukas.

Carla lächelt nur, geht voraus ins Wohnzimmer und sagt: „Wir haben ein paar Freunde eingeladen, die meisten aus dem Theater. Lukas hat sich an sie gewöhnt, obwohl ich glaube, dass ihm die Sprüche meiner Kollegen manchmal ganz schön auf den Geist gehen. Oder etwa nicht?", fragt sie Lukas, der grinsend die Schultern hebt.

„Jetzt kommt erst mal rein, oder wollt ihr etwa im Gang übernachten", sagt er und nimmt Lara den Mantel ab. „Die Diskussionen könnten in der Tat heiß werden. Leon hat seine Einberufung erhalten. Jetzt fürchtet er, dass sie ihn nach Angola schicken. Aber das kann er euch alles selbst erzählen."

„Leon, ist der immer noch hier. Der wollte doch schon vor Jahren zurück nach Portugal."

„Ja, aber die Situation dort hat sich auch nach Salazar nicht sonderlich gebessert. Also ist er hier geblieben und hat gehofft, sie würden ihn vergessen. Hat leider nicht geklappt."

„Und die anderen, wer sind die?", fragt Simon. „Kenne ich noch ein paar?"

„Den einen oder anderen sicher", sagt Carla. „Es sind interessante Leute darunter. Ich hoffe du wirst dich nicht langweilen, Lara. Aber jetzt setzt euch doch, ich hole uns etwas zu trinken."

Als sie mit einer Flasche Rotwein und vier Gläsern erscheint, gibt sie Lukas den Korkenzieher. „Kannst du dich bitte darum kümmern. Du bist der perfekte Flaschenöffner."

„Ist das eine Beförderung oder doch eher ein Abstieg?", fragt Simon.

„Beförderung natürlich", lacht Lukas. „Seit ich einen Job habe können wir uns sogar besseren Rotwein leisten. Du auch Carla?", fragt er, und hält ihr die Flasche hin. „Bei Simon weiß ich ja, dass er dem Rotwein verfallen ist, oder hat sich das auch geändert?"

„Ne, mach mal", sagt Simon und deutet auf sein Weinglas. „Wann haben wir diese Wohnung eigentlich gekriegt. Ich kann mich nicht mehr genau erinnern. Nur, dass du sofort Feuer und Flamme warst. Für mich sah das alles eher wie eine heruntergekommene Bruchbude aus. Alles braun und versifft. Dafür ist sie richtig schön geworden, findest du nicht auch, Lara?"

„Sieht gut aus für eine Studenten-Wohnung."

„Nach dem Vordiplom", sagt Lukas. „Carla spielte in Hamburg und konnte nicht dabei sein, als wir die Wohnung fanden. Wahrscheinlich hätten sie keine zehn Pferde hier rein gebracht, so wie das anfangs aussah. Ich glaube wir haben dreimal soviel weiße Farbe verstrichen, wie normal, und dann schien das Braun an manchen Stellen immer noch durch."

„Erzählt ihr von euren Heldentaten?", ruft Carla aus der Küche. „Ich kann euch leider nicht verstehen."

„Nein, noch nicht, aber bestimmt bald", ruft Lukas. „Erst reden wir vom Theater der Jugend, deinem Stück vom Kaiser ohne Kleider, dann von der Kneipe mit den Riesenschnitzeln und erst danach von Fassbinders Kommune in der Nachbarschaft. Muss alles sein, sonst glaubt uns Lara nicht, dass wir im Zentrum der Welt leben", sagt er todernst und blinzelt Lara zu.

„Die Auto-Reparaturwerkstatt hast du vergessen", sagt Simon. „Sie behandelte nur Corvettes, wie in einer Arztpraxis für Privatpatienten, musst du wissen, Lara. Und wenn sie geheilt waren, die Corvettes meine ich, mussten die Motoren richtig aufjubeln, damit das Auto mit quietschenden Reifen aus der Garage stürmen konnte. Und all das natürlich gegen morgens um sieben, als Weckruf für die ganze Straße. - Und der Alte Simpl in der Türkenstraße, wo Fassbinder die Liz Herrmann nackt auf die Bühne stellte, kommt bestimmt auch noch dran."

„Er hasste eben Prüderie", ergänzt Lukas.

„Gibt es den Alten Simpl überhaupt noch?"

„Klar doch, nur Fassbinder ist weg", ruft Carla aus der Küche.

Während sich die beiden Freunde gegenseitig aufschaukeln, lächelt Lara, als interessiere sie das Gerede, dabei sind ihre Gedanken längst weggedriftet. Sie hat sich in dem Korbsessel zurück gelehnt, ein Bein unter das andere geschoben und fragt eher unbeteiligt: „Warum bist du nach Berlin gegangen, wenn dir München so gut gefallen hat, Simon?"

„Wegen dir natürlich, aber das konnte ich nicht gleich wissen", lacht Simon. „Sorry, Lara, wir wollten dich nicht ausschließen."

Aus der Küche ist Carlas Werkeln zu hören.

„Wie geht es euch in Berlin, es interessiert mich wirklich," fragt Lukas. „Wie lebt es sich in einer geteilten Stadt, ist es nicht zu eng? Und wie habt ihr den Tod der Meinhof aufgenommen?"

Lara richtet sich kerzengerade auf, als sie den Namen hört. Sie sieht gespannt von einem zum Anderen und bleibt dann bei Simon hängen. Als er nichts sagt, fragt sie Lukas: „Was meinst du? Nur weil wir in einer Kommune leben, müssten wir auch mit der Meinhof sympathisieren? Mir ist sie völlig egal."

„So ist Lara, sie nimmt kein Blatt vor den Mund", wiegelt Simon ab. „Ist kein gutes Thema, zu kontrovers. Ich glaube es hat geläutet."

„Carla macht auf. Es sind vermutlich die ersten Gäste", sagt Lukas. Er scheint irritiert über Laras Reaktion auf seine unverfängliche Frage.

„Kommt rein und fühlt euch ganz zu Hause", hören sie Carla im Gang. „Soll ich euch herumreichen? Lukas und Freunde aus Berlin sind im Wohnzimmer."

„Lass nur, das machen wir schon selbst. Du siehst aus, als wärst du bereits voll im Küchenstress."

„Ja, stell dir vor." Carla umarmt einen Kollegen, in Begleitung seiner Freundin, die in der offenen Tür stehen blieb. Dahinter ein jüngerer Mann, auch in Schwarz, mit einer Flasche Wein in der Hand. Carla nimmt ihm die Flasche ab und ruft: „Lukas, Michael, Ingrid und Jörg sind da. Kannst du bitte alle miteinander bekannt machen. Ich muss zurück in die Küche, sonst brennt mir der Reis an."

Langsam füllt sich die Wohnung, jemand schaltet den Platten-Spieler ein, dann ertönt leise Musik, Jazz, die rauchige Stimme Cassandra Wilsons.

Sie stehen in Grüppchen zusammen, zu zweit, zu dritt, reden, trinken, nur Simon lehnt allein im offenen Fenster und raucht eine Zigarette. Er ärgert sich über Laras harsche Reaktion auf die Frage nach der Meinhof. Er trinkt aus und geht zu Carla in die Küche, um nachzuschenken.

Im Türrahmen steht Lukas und unterhält sich in seinem holprigen Englisch mit einem langen, schlaksigen Mann. „Simon, das trifft sich gut, ich wollte dir Jeremy sowieso vorstellen, er ist Historiker, kommt aus Südafrika, wo er an der Stellenbosch Universität arbeitet. Er macht gerade ein Sabath Jahr bei uns und schreibt ein Buch über den Burenkrieg. - Simon ist ein Schulfreund, er studiert Soziologie in Berlin."

„Südafrikaner", sagt Simon, „was bringt Sie nach Deutschland?"

„Meine Urgroßeltern, sie stammen aus Deutschland. Mein Großvater kämpfte auf Seiten der Engländer gegen die Buren", sagt Jeremy, wobei er Simon aufmerksam mustert.

Hört sich nach 1848er Revolutionären an, denkt Simon. Damals gingen viele Deutsche nach Südafrika. Aber ich frage lieber nicht nach, wie und unter welchen Umständen sie auswanderten. „Und jetzt recherchieren Sie über Ihre Familie?", fragt er höflich.

„Ja, ich frage mich, weshalb mein Großvater ausgerechnet zusammen mit den Engländern kämpfte."

„Hört sich spannend an. Ich würde auch gerne wissen woher meine Familie kommt. - Aber ich will euer Gespräch nicht aufhalten", sagt Simon, hebt bedauernd die Arme und wendet sich einer Frau zu, die in ihrem knöchellangen Trikotkleid und ihren ultrakurzen, pechschwarzen Haaren aussieht, als wäre sie gerade von der Bühne eines Jazzklubs gestiegen. „Arbeiten Sie mit Carla zusammen?"

„Nein, wie kommen Sie darauf?"

„War nur so ein Gedanke. Darf ich Ihnen etwas zu trinken bringen?"

„Ja, gern."

Als er mit zwei Gläsern Rotwein zurück kommt, bemerkt er, wie grün ihre Augen sind. Ein seltsamer Kontrast zur dunklen Hautfarbe, denkt er: „Sind Sie allein hier?"

„Was tut das zur Sache?"

Unter all den anderen Stimmen, Fetzen von Konversation, der Musik, die aus dem Wohnzimmer in den Flur dringt, klingt ihre Stimme einen Tick zu energisch für die Gleichgültigkeit, die sie zur Schau trägt.

„Dachte nur, die Art wie Sie sich umsehen."

Sie steht noch genauso da, wie zuvor, lässig an die Wand gelehnt und betrachtet die Leute. Er reicht ihr das Glas und sie bedankt sich mit einem flüchtigen Lächel. Da erblickt sie Jeremy. Sie geht mit ausgestrecktem Arm auf ihn zu, und sagt auf Englisch: „Hätte nicht gedacht, Sie hier zu treffen. Carla hat mit keinem Wort erwähnt, dass Sie hier sind."

„Ich bin wegen Lukas hier", sagt er lachend. „Was macht die Musik?"

„Ich lebe noch, aber es wird langsam besser. In einem Monat geben wir ein Konzert in Hamburg und danach in Köln", sagt sie, und lässt Simon einfach stehen. Jazz, denkt der, hab ich mir doch gedacht.

Er holt einen Teller mit Schnittchen und geht zu Lara, die in ein intensives Gespräch mit Lukas' portugiesischem Freund Leon vertieft ist. Simon setzt sich neben Lara auf den Boden und reicht ihr eine zweite Gabel. „Wenn du auch Hunger hast, Leon", unterbricht er die beiden, „musst du dich beeilen. Jetzt sieht das Büffet noch toll aus, aber wohl nicht mehr lange. Um was geht es bei euch, Leon sieht etwas bedröppelt aus?"

„Er hat seinen Einberufungsbefehl erhalten", sagt Lara, „und jetzt weiß er nicht, was er tun soll."

„Autsch, Salazar sammelt seine Schäfchen, um sie nach Afrika zu schicken. Ist das das Problem?", fragt Simon.

„Genau", sagt Leon, der seit Jahren in München vor sich hin studiert, um dem Militärdienst und einer ungewollten Heirat zu entgehen. „Salazar ist längst weg, hat dich wohl nicht interessiert."

„Wo ist dann das Problem? Ich dachte Diktaturen kollabieren, wenn der Diktator weg ist."

„Dachte ich auch, aber Angola und Mosambik kommen einfach nicht zur Ruhe. Was ist, wenn irgend einem Politiker einfällt, wir müssten uns wieder stärker engagieren, es sind immerhin unsere Kolonien. Die Belgier haben im Kongo schließlich auch ihre Fallschirmjäger geschickt, obwohl sie längst draußen waren."

Wenigstens spricht er inzwischen perfekt deutsch, denkt Simon. Aber das mit Salazar muss glatt an mir vorbei gegangen sein. Und Lara tut so, als hätte sie von all dem gewusst. „Wird schon gut gehen", sagt er und beginnt zu essen. Sofort brennt der Mund, als hätte ihm jemand mit dem Feuerzeug die Zunge versengt. „Autsch, was ist das denn. Das ist ja teuflisch scharf", stößt er hervor und hechelt nach Luft.

„Schmeckt es dir etwa nicht?", fragt Carla, die sich zu ihnen gesetzt hat. „Lara scheint kein Problem damit zu haben."

„Die mag gern scharf, aber bei mir, glaube ich, sind jetzt alle Geschmacksknospen verödet. Wie heißt das Gericht? Muss ich wissen, damit ich es nicht aus Versehen woanders bestelle. Nichts für Ungut, Carla, das Zeug ist wirklich teuflisch scharf."

„Hält uns wach", wirft Lukas ein. „Ich mache noch eine Flasche Wein auf, damit kannst du ausspülen."

„Bring uns lieber einen Kübel Wasser", stöhnt Simon, dem die Tränen über die Wangen laufen.

„Es hat ihn richtig erwischt", lacht Carla. „Ist Pfeffer aus Ghana, den habe ich kürzlich in einem neuen Laden gefunden. Lukas schmeckt er. - Was ist, Leon, du wirkst so bedrückt? Kenne ich gar nicht an dir."

„Entschuldige, Carla, sie haben mich einberufen. Kann sein, dass sie mich nach Angola schicken."

„Angola?", fragt einer von Carlas Freunden. „Ich dachte da sind inzwischen die Kubaner."

„Ist doch egal, von wem ich erschossen werde. Von einem Südafrikaner oder Kubaner, tot bin ich allemal."

„Warum glaubst du, dass wir etwas mit Angola zu tun haben?", fragt Jeremy, der sich zusammen mit der Jazzsängerin zu ihnen gesellt hat. Die Stimme klingt einen Tick zu scharf.

„Das pfeifen ja sogar die Spatzen von den Dächern", sagt Simon. Auf einmal wird es sehr still. Nur einer in der entfernten Ecke des Zimmers redete noch, bis er merkt, dass ihm keiner mehr zuhört.

„Kannst du nicht einfach untertauchen, das machen doch andere auch?", versucht Carla abzulenken.

„Oder dich absetzen, irgendwohin, wo sie dich nicht finden können. Kürzlich habe ich einen Amerikaner kennen gelernt, der ist während des Vietnamkriegs nach Schweden gegangen", sagt Lukas.

„Ich weiß nicht, wie das geht. Ich hatte gehofft, hier in Deutschland würden sie mich vergessen, aber dem ist leider nicht so."

„Warum schließt du dich nicht einer Organisation an, die Deserteuren aus Überzeugung hilft? Du könntest mithelfen das ganze korrupte System auszuhebeln", sagt Lara.

Leon sieht sie verblüfft an, doch Simon reagiert genervt. „Er will nicht Kommunist werden, Lara, er will nur nicht in Angola in einem Schlammloch verrecken."

„Ich dachte nur, dass wir uns früher oder später entscheiden müssen, wohin wir gehören", sagt Lara hilflos.

„Vielleicht passiert ja gar nichts, und du sitzt zwei langweilige Jahre in einer Kaserne ab", sagt Carla.

„Ja, vielleicht."

Lukas mischt sich ein, weil er Jeremys Verspannung spürt. „Als Simon und ich vor ein paar Jahren in Algerien waren, hingen immer noch Plakate einer Frau an den Wänden, Djamila Bouhired hieß sie. Sie hatte im Freiheitskampf der Algerier, mit ihren Bomben, die Franzosen fast allein aus dem Land geworfen."

„Diese Bomben haben meist Unschuldige getroffen, kaum ein Militär war darunter", sagt Jeremy kalt.

„Woher willst du das wissen?", fragt Lara.

„Meine Adoptiveltern kennen einen ehemaligen Legionär. Dem hat eine Straßenbombe in Algier das Bein zerfetzt. Sein Freund wurde von einer Bombe, die Djamila in einem Café deponiert hatte, in Stücke gerissen", gibt Simon Jeremy recht. Warum tue ich das, denkt er. Der Kerl ist mir eigentlich unsympathisch.

„Ich wusste gar nicht, dass du auf Seiten der anderen stehst", sagt Lara sichtlich genervt.

„Komm Lara, hab dich nicht so", sagt Simon.

„Du mit deiner ewigen Ausgewogenheit. Irgendwann wirst du Position beziehen müssen. Benno Ohnesorg wurde in einem unserer Hinterhöfe erschossen und Kurras läuft immer noch frei herum. Und du tust, als wäre nichts passiert", stammelt sie.

Simon schweigt. Ich bin ein Traumtänzer, denkt er. In was unterscheide ich mich eigentlich von diesen Leuten? In gar nichts! Lara macht sich Sorgen um die Revolution und die Kinder in ihrer Nachbarschaft. Und ich bilde mir ein, die Welt verstehen zu können. Wer von uns beiden ist jetzt der Verrücktere? Lukas bastelt an seiner Karriere, als wäre es das Einzige, das zählt, und Carla hält den Mund, als ginge sie das Ganze nichts an. Schließlich sagte er versöhnlich: „Das war vor zehn Jahren, Lara, die RAF hat mit Benno Ohnesorg nichts zu tun."

„Doch, viel mehr, als du denkst. Aber lassen wir das lieber. Es ist unser ewiges Streitthema", sagt sie zu Carla.

„Gute Idee", sagt Simon. „Ist nun mal kein Thema, wo wir uns einigen können. Was macht ihr diesen Herbst, Lukas?"

Lukas kommt der Themenwechsel gerade recht, bevor der Streit weiter eskaliert. „Carla und ich wollen für eine Weile weg aus Deutschland. Ich habe ein Stipendium für Indien bekommen. Ein Jahr in Bangalore, im Süden, nicht weit von Madras entfernt. Mal sehen, wie es dort zugeht."

„Was macht ein deutscher Ingenieur in Indien? Passt nicht so ganz, scheint mir", sagt Jeremy.

„Der Leiter des Hindustan Aeronautics Laboratory war bei uns am Institut, ihm gefielen meine Versuche über den Strömungsabriss an verschiedenen Flügelprofilen. Sein Labor hat einen neuen Windkanal gebaut, und ich soll meine Ergebnisse dort bestätigen.

„Seit wann wisst ihr das schon, und gleich ein ganzes Jahr. Und du gehst mit?", fragt Simon, und sieht erstaunt auf Carla.
„Lukas hat es erst letzte Woche erfahren. Es ging eine Weile hin und her, aber jetzt ist es fest. Ich hab meine Tournee gekündigt und bin froh, dass er mich mitnimmt, auch wenn er vermutlich die meiste Zeit in einem Labor sitzt. Wenn wir zurückkommen, sind wir ganz neue Menschen", lacht sie befreit auf.

Trennung

Von der Terrasse des Parvati Hotels hören sie die gedämpften Geräusche Bombays. Der Flug war anstrengend gewesen und die Fahrt vom Flughafen in die Stadt wirkt noch nach.
„Nur ein paar Kilometer von hier die Hölle, und dann ohne Übergang diese Stadt", stöhnt Carla.
„Was meinst du, das Menschengewimmel oder eher diesen imperialen Schutt, den die Engländer zurückgelassen haben?", fragt Lukas gereizt, dem die schlaflose Nacht im Flugzeug noch in den Knochen steckt. Schon der Geruch von Curry, der durch die Air India Maschine waberte, hatte ihn gestört. Am meisten aber das sinnentleerte Gelaber seines Hintermanns, das sich nicht abstellen ließ. „Entschuldige, ich bin noch ziemlich geplättet. Der Mann im Flieger hinter uns stank und schmatzte wie ein Schwein. Dann die verwahrlosten Kindern überall. Aber der Taxifahrer gab mir den Rest. Was für ein Blödmann, riskiert lieber einen Unfall als nachzugeben."
„All die Menschen?", sagt Carla.
„Bestimmt geht's uns besser, wenn wir ausgeschlafen sind. Erst ruhen wir uns aus, dann besorgen wir die Bahntickets nach Bangalore." Lukas spürt Carlas Hilflosigkeit und macht sich Vorwürfe, dass er sie nicht besser auf Indien vorbereitet hat. Die Armut in Marokko war schlimm, denkt er, aber hier ist sie unvorstellbar. So etwas, wie auf dem Weg vom Flughafen in die Stadt, hatte ich nicht erwartet.
„Die feuchte Hitze macht mir zu schaffen, ich kriege kaum Luft", stöhnt Carla. „Alles, was ich über Indien las, sprach von Harmonie, von edlen Menschen, und jetzt das. Ich fühle mich einfach nur daneben. - Hoffentlich...", lässt sie den unfertigen Satz im Raum stehen.

Zwei Tage später hält der Taxifahrer vor einem riesigen, viktorianischen Gebäude, dessen Mauern von Staub und Regenschlieren bedeckt sind. Eine mächtige Treppe aus rotem Stein führt zum Eingangsportal. „Railway Station", sagt der Fahrer und deutet auf das

Gebäude. Lukas gibt ihm die vereinbarten fünfzig Rupien und schließt zu Carla auf, die skeptisch den Bau beäugt. „Glaubst du wirklich, dass es hier Fahrkarten gibt?", fragt sie.

„Keine Ahnung. Vermutlich sind die Schalter auf der anderen Seite des Gebäudes und der Fahrer hat uns nur am falschen Eingang abgeladen."

Drinnen strömt ihnen stickig feuchte Luft entgegen. Dunkle Gänge, die Wände aus rotem Marmor mit den Schleifspuren der Postwagen, führen tief in das Gebäude. Ein korrekt gekleideter Bote schiebt einen quietschenden, mit Papieren und Paketen beladenen Karren von einem Büro zum anderen.

Lukas fragt ihn nach den Fahrkartenschaltern, doch der Mann lächelt nur freundlich und weist in Richtung eines der Büros. Kafka, denkt Lukas, wir sind in einem seiner Romane gelandet.

Im Vorbeigehen sehen sie in verstaubte Räume mit Regalbrettern, die sich unter überquellenden Papierstapeln biegen. Schreibtische, zugebaut mit Akten, dahinter ein Mensch, gebeugt von der Last der Verantwortung. Niemand scheint sich daran zu stören, dass sie durch das Labyrinth aus Gängen und Zimmern irren. Verwirrt und desorientiert begreifen sie endlich, dass es hier keine Fahrkarten gibt. Zwei deutsche Touristen, verschollen im Bauch der viktorianischen Eisenbahnverwaltung, dümmer geht es nicht, denkt Lukas. Bilder der Fahrt in die Innenstadt drängen sich auf, endlose Slums, unter Lumpen liegende Menschenhaufen. Er denkt an die Kinder vom Pindi-Markt, die sie mit Steinen bewarfen. Nur nicht rennen, hatte er gedacht und es dann doch getan, als Carla die Nerven verlor.

Innerhalb von Tagen verschlimmert sich Carlas Husten dramatisch. Um überhaupt noch atmen zu können, versucht sie mit dem Asthmaspray die Bronchien zu öffnen, doch das Medikament wirkt in der Hitze wie ein Brandbeschleuniger. Ihr Körper schwillt an, die Atmung wird flach und geht schließlich in heiseres Röcheln über. Lukas ruft einen Arzt, doch dem erscheint Carlas Zustand eher normal.

Erst als sie darauf besteht, gibt er ihr eine Antihistamin Spritze, worauf die allergische Reaktion langsam abklingt. Lukas will zurück, Stipendium hin oder her, egal was es kostet. Doch Carla ist nicht bereit dazu.

Langsam bessert sich ihr Zustand und so landen sie Tage später in einem stickigen Abteil mit dunkelgrünen Plastiksitzen hinter vergitterten Fenstern und warten auf die Abfahrt nach Bangalore. Achtundzwanzig Stunden eingesperrt sein liegen vor ihnen. Der Fahrtwind treibt den Ruß der Dampflok in die Kabine, doch das Fenster geschlossen halten geht nicht, ohne zu ersticken. Lukas' hilfloser Versuch einen geöffneten Spalt mit Tüchern zu verhängen, ringt dem alten Brahmanen, ihrem einzigen Mitpassagier, nur ein flüchtiges Lächeln ab.

Das Stampfen der Lokomotive, der warnende Heulton der Dampfpfeifen vor der Einfahrt in die Bahnhöfe, das monotone Tackern der Räder erinnern Lukas an die Fahrt zur Schule. Er denkt an Simon, an ihr Kartenspiel auf den Holzbänken der ausgeleierten Nachkriegswaggons.

In den Bahnhöfen, noch bevor der Zug steht, hängt bereits eine Traube fliegender Händler an Türen und Fenstern. Mit Geschrei und Handzeichen verständigen sie sich mit den Reisenden, um deren Proviant zu erneuern. Carla gefällt das Tohuwabohu auf dem Bahnsteig, sie fühlt sich sicher unter den Menschen, sagt sie, und manchmal bringt sie gefüllte Bananenblätter oder Süßigkeiten zurück.

In der Nacht erreichen sie Bangalore. Vom Balkon ihres Hotelzimmers ist das Kino über der Straße nur ein paar Armlängen entfernt. Die hell erleuchteten Plakate von Bollywood Schauspielern und die laute Filmmusik machen die Nacht zum Tag. An Schlaf ist nicht zu denken.

Als Lukas bei Professor Valuri vorspricht, ist der völlig überrascht ihn zu sehen. „Haben Sie meine Nachricht nicht erhalten", fragt er

irritiert, „anscheinend wurde sie zu spät verschickt", lenkt er sofort ein. „Nicht das erste Mal, dass mich meine Sekretärin in Stich lässt."
Lukas weiß nicht wovon er redet. Der letzte Brief, den er von Valuri erhielt, war voller Hoffnung auf eine fruchtbare Zusammenarbeit gewesen. „Haben Sie es sich anders überlegt?"
„Nein, ginge es nach mir, würden wir morgen mit den Versuchen beginnen. Aber die Regierung hat das Institut zum militärischen Sperrgebiet erklärt. Jetzt darf ich keine Ausländer mehr aufnehmen. Irgendein Grenzkonflikt mit Pakistan ist der Grund, aber vermutlich wollen sie nur unsere Mittel kürzen. Ich habe Professor Hubertus informiert, und ihn gebeten Sie zu benachrichtigen, aber anscheinend hat das nicht geklappt. Ich weiß gar nicht, wie ich das wieder gut machen kann."
Lukas fragt sich, ob er gerade einer Räubergeschichte aufsitzt, um ihn möglichst schnell wieder los zu werden. Carla hat wegen Indien ihr Engagement aufgegeben, denkt er. Ganz so leicht kommt er mir nicht davon. „Würden Sie bestätigen, dass ich hier war, aber in der Zwischenzeit das Projekt gestrichen wurde, und ein Ersatz wegen der Regierungsanordnung nicht möglich ist?"
„Natürlich, ich schreibe was Sie wollen. - Darf ich Ihnen wenigstens einen Tee anbieten, bis die Sekretärin den Brief geschrieben hat?" Valuri wirkt, als fiele eine große Last von ihm ab.
Nachdem der Brief versiegelt ist, tauschen sie noch ein paar belanglose Höflichkeiten aus, um sich dann, jeder auf seine Art erleichtert, zu verabschieden.
War sowieso eine krause Idee: Windkanalversuche, ausgerechnet in Indien, denkt Lukas, und greift nach dem Brief in der Brusttasche. Mein Freifahrschein für ein Jahr in Indien, denkt er. Carla wird sich freuen, sie hat sich sowieso gefragt, was sie die ganze Zeit machen soll, während ich im Labor sitze.
Er winkt eine Rikscha herbei und fährt ins Ashoka. Im Innenhof sitzt Carla bei einer Tasse Tee und sieht ihn erstaunt an, als er plötzlich vor ihr steht. „Was ist passiert?"

„Die Regierung hat das Institut zum Sperrgebiet für Ausländer erklärt."

„Und was heißt das?"

„Dass ich nicht dort arbeiten kann." Ein sattes Grinsen breitet sich auf seinem Gesicht aus.

„Oh, und was machen wir jetzt?", fragt sie verunsichert. „Bist du traurig?"

„Nein, überhaupt nicht. Wir können reisen", strahlt Lukas. „Valuri hat mir bestätigt, dass es sich um höhere Gewalt handelt, das brauche ich für die Uni, schließlich habe ich das Geld für das Praktikum im Voraus gekriegt." Er nimmt sie in die Arme. „Hey, nicht schlecht, oder?"

Bald darauf verschlechtert sich Carlas Zustand erneut. All ihre Willenskraft hilft nicht mehr, den Husten einzudämmen. Der Hotelbesitzer empfiehlt das Krankenhaus eines katholischen Bettelordens in der Nähe, wo Carla noch in der Nacht aufgenommen wird.

Nachdem sie versorgt ist, verabschiedet sich Lukas. Dabei fallen ihm die schrägen Blicke der Krankenschwestern auf, doch er kann sie nicht deuten. Er fährt zurück ins Hotel, schläft ein paar Stunden, mit den Schmerzensschreien der Frauen im Ohr, die gerade eingeliefert wurden, als er das Krankenhaus verließ. Am nächsten Morgen fragt er den behandelnden Arzt nach den Schreien in der Nacht. „Zwei Frauen mit schweren Verbrennungen am ganzen Körper. Eine hat es nicht geschafft", ist die resignierte Antwort. „Das Nylon der Saris war tief in die Haut eingeschmolzen, wir hatten keine Chance. Witwen zählen nicht viel in Indien", ergänzt er eher beiläufig, als er Lukas' Entsetzen sieht. „Die Mütter des Mannes haben das Sagen in der Familie und manche möchte die Schwiegertochter wieder loswerden, wenn der Mann gestorben ist. Dann hilft manchmal ein kleiner Schubs in die offene Feuerstelle und schon geht der Sari in Flammen auf." Er schweigt verlegen, als hätte er bereits zu viel gesagt. „Das Antibiotikum, das wir Ihrer Frau gegeben haben, scheint zu wirken, sie schläft viel. Erschrecken Sie nicht, sie sieht aus, als hätte sie die Masern, doch es sind nur Moskitostiche, weil die Schwestern vergessen hatten, die Netze herunter zu lassen. Das machen normalerweise die Angehörigen", fügt er mit einem abschätzigen Blick hinzu.

Nach einer Woche im Krankenhaus kommt Carla langsam zu Kräften. Sie wird zum Liebling der jungen Hilfsschwestern, die ihr goldenes Haar und ihre fließenden Baumwollkleider bewundern. Bei der Entlassung schenkt Carla den beiden jüngsten Schwestern zwei ihrer Kleider. Sie wollen sie zuerst nicht annehmen, doch als eine ältere Schwester nickt, akzeptieren sie voller Freude.

Zurück im Hotel lässt sich Carla das lange Haar raspelkurz schneiden und am selben Tag nehmen sie den Bus nach Madras, wo sie ein älteres Paar besuchen wollen, das ihnen eine Freundin in München wärmstens empfohlen hat.

„Was machen wir hier?", fragt Lukas, als sie der Rikscha-Fahrer in einem vornehmen Villenviertel Madras' ablädt. „Wir hausen in den billigsten Hotels, nehmen die klapprigsten Busse, um zu sehen wie das Land tickt, und dann das. Was hat Thalita über diese Leute gesagt?"

„Es sind Freunde, aus ihrer Zeit an der Deutschen Botschaft in Neu Delhi. Brahmanen, das sei auch Indien, nicht nur Lärm, Dreck und Armut, hat Thalita gemeint. Vielleicht wird es ja ganz spannend", versucht Carla zu beschwichtigen. Dabei wäre sie am liebsten auch wieder umgekehrt. Lukas hat recht, denkt sie, es wird einer jener grauenvollen Abende werden, belangloses Gerede, jede Bewegung kontrolliert unter den prüfenden Blicken der Gastgeber.

Ein livrierter Diener öffnet die Tür. Er führt sie in den Empfangsraum und bittet sie zu warten. Lukas ist das Aufblitzen der Augen des Mannes nicht entgangen, als er ihre Rikscha sah. Anscheinend empfängt er nur Leute in Limousinen mit Chauffeur, denkt er.

Während Carla noch eingehend die Bronzefigur einer indischen Göttin betrachtet, erscheint Frau Chatterjee. „Schön, nicht wahr", sagt sie und weist mit einem Kopfnicken auf die Statue. „Ich hoffe, Sie haben unser Haus gleich gefunden." Der goldbestickte Sari aus dunkelgrüner Seide bedeckt eine kleine Frau voller Rundungen unter dem knappen Oberteil. Das Haar, das sie zu einem losen Knoten gebunden trägt, ist schon leicht ergraut.

„Es war ganz einfach, wir haben dem Rikschafahrer die Adresse genannt und er hat uns hier abgeliefert", antwortet Carla.

„Mit der Rikscha, vom Ashoka bis hierher, das ist weit. Warum haben Sie nichts gesagt, wir hätten sie abgeholt."

„Wir fahren gern mit der Rikscha", sagt Lukas trotzig.

„Sie ist wunderbar", sagt Carla, die Lukas' Verspannung spürt. Mit der Hand deutet sie auf die Statue der Göttin.

„Mein Mann hat sie mir vor Jahren geschenkt, Tara, meine private Schutzgöttin. - Sie sind also Carla, genau, wie Sie Thalita beschrieben hat, nur die Haare sind anscheinend kürzer geworden", lacht sie. „Und Sie sind Lukas, der in Bangalore arbeiten sollte. Thalita hat uns viel von Ihnen erzählt. Dass sie jedes ihrer Theaterstücke sah, Carla. Mein Mann ist schon sehr neugierig, er interessiert sich sehr fürs Theater. Aber ich überfalle Sie richtiggehend, dabei haben wir den ganzen Abend. Ich hoffe, Sie haben genug Zeit für uns reserviert. Kommen Sie." Sie nimmt Carlas Arm und zieht sie in ein Zimmer, dessen Fenster in den Innenhof des Atriumhauses blicken. Der Duft von Sandelholz schwebt in der Luft. An den Wänden hängen Malereien aus Orissa. Eine leichte Brise bauscht die Gazevorhänge auf. Lederne Sitzkissen mit den Markierungen der Nomaden Rajasthans liegen um einen reich verzierter Untersatz aus Sandelholz, der eine Schale aus getriebenem Messing trägt. „Darf ich Ihnen etwas zu trinken anbieten?", fragt die Hausherrin, als sie Carlas

Blick über die Einrichtung folgt. „Mein Mann stammt aus Rajasthan, von dort kommen viele unserer Sachen. Und von jeder Reise bringt er etwas Neues mit. Ich habe dann die Aufgabe, einen Platz zu finden." Sie lacht, als würde ihr das eher Freude bereiten. „Arri, bitte bring uns vier Gläser Tee", wendet sie sich an den Diener. „Mein Mann kommt gleich, er wollte nur noch das Gespräch mit seinem Vater zu Ende bringen. Jetzt erzählen sie aber, wo waren sie bereits und wo wollen sie noch hin. Thalita hat gesagt, sie bleiben ein ganzes Jahr in Indien."

„So war es geplant, aber es ist ganz anders gekommen", sagt Lukas.

„Was ist passiert?"

„Die Regierung hat das Institut für Ausländer gesperrt. Wegen eines Konflikts mit Pakistan, heißt es, da ließe sich nichts machen hat der Professor, der mich herholte, gemeint."

„Und was machen Sie jetzt?"

„Wir reisen. Früher zurückfliegen hat keinen Sinn. Wir haben ein Ticket mit festem Rückflug-Datum, das lässt sich nicht ändern."

„Es hört sich spannend an. Und Sie Carla, was denken Sie?"

„Ich finde es wunderbar, wir reisen, wo immer es uns hintreibt."

„Was für eine Freiheit…." Sie lacht kurz auf, als fände sie es besser, den Satz nicht zu Ende zu führen. „Erzählen Sie, Lukas, sie sind schon eine Weile hier, wie gefällt Ihnen Indien? Carla hat am Telefon nur so Andeutungen gemacht."

Ihr erwartungsvoller Blick lässt ihm keine Wahl. „Die erste Zeit war schwierig, vor allem für Carla. Jetzt fangen wir langsam an, mit offenen Augen durchs Land zu fahren." Soll ich sagen, dass die krassen Unterschiede zwischen Arm und Reich, in meinen Augen, unerträglich sind, denkt er? Besser nicht, ich kenne sie ja gar nicht. „Die Farben finde ich berauschend, die Menschen etwas unberechenbar für Leute wie mich. Ich bin Ingenieur", sagt er und ärgert sich, dass er es überhaupt erwähnt hat. „Wie siehst du das Carla?"

Carla räuspert sich und setzt ein freundliches Lächeln auf. „Die Kontraste finde ich überwältigend, und die Hitze machte mir anfangs zu schaffen, jetzt geht es besser."

„Dabei sehen sie beide ganz munter aus", sagt Frau Chatterjee und wendet sich einem groß gewachsenen, hellhäutigen Mann zu, der das Zimmer betreten hat. „Mein Mann. Anscheinend dauerte das Telefonat nicht ganz so lang wie üblich."

Der Mann begrüßt sie herzlich per Handschlag und lässt sich auf eines der Kissen fallen. Das graue Haar trägt er kurz, die Augen strahlen die Zuversicht eines Mannes aus, der im Leben Erfolg hatte.

„Sie sind also die beiden Weltreisenden, die uns Thalita ans Herz gelegt hat. Ich hoffe, meine Frau hat Sie nicht zu sehr gelöchert, dass für mich keine Fragen mehr übrig bleiben. Entschuldigen Sie, dass ich Sie warten ließ, aber mein Vater ist schon älter und so werden unsere Telefonate immer länger. Aber jetzt erzählen Sie, was macht Thalita, wie geht es ihr? Und vor allem, was führt Sie beide nach Indien, und was haben Sie noch alles vor?"

Für einen Musik Professor geht er ganz schön ran, denkt Lukas, und überlässt Carla die Antwort.

„Thalita geht es gut, sie lässt Sie recht herzlich grüßen."

„Und Sie Lukas? Wie läuft es am Aeronautical Laboratory. Es ist eines unserer renommiertesten Institute."

„Stell dir vor, sie haben das ganze Institut für Ausländer gesperrt, weil irgend ein Pakistani die Nerven verloren hat", sagt Frau Chatterjee an Lukas' Stelle.

„Gleich alles gesperrt?", fragt Chatterjee verblüfft. „Das heißt, Sie können dort nicht arbeiten wie geplant. Und was machen Sie jetzt."

„Wir reisen, ich habe mich noch nie so frei gefühlt", sagt Carla an Lukas' Stelle.

„Hm, eigentlich nicht schlecht. So etwas hatte ich mir auch immer gewünscht, aber mein Vater meinte, ich solle mich lieber aufs Studium konzentrieren. Über Ihre Reisepläne müssen wir ausführlicher reden, vielleicht können wir Ihnen ein paar Tipps geben. Nur wenn

Sie wollen natürlich. - Langsam könnte ich etwas zu Essen vertragen, was gibt es denn heute, Mrs. Chatterjee?"

„Ich habe Tauben bestellt. Nicht, dass Sie Thalita erzählen, wir hätten Sie schlecht behandelt. Normalerweise dürfen wir, als strenggläubige Brahmanen, nicht zusammen mit Fleischessern speisen, doch heute lassen wir die Strenge einfach weg", lächelt sie ihrem Mann zu. „Und Tauben sind in unseren Augen sowieso kein richtiges Fleisch."

Die beiden verstehen sich, denkt Lukas. „Tauben habe ich noch nie gegessen", rutscht ihm heraus.

Beim Essen reden sie über Chatterjees Jugend in Rajasthan. Wie anderes das Leben dort ist, im Verhältnis zum Süden Indiens. „Meine Vorfahren sind Rajputs, ein Kriegervolk, das sich lange gegen die Moslemherrschaft gewehrt hat. Später wurden einige Rajputs zu Akbars besten Generälen. Passen Sie auf, sollten sie die Wüste sehen wollen, dass sie keinem Banditen in die Hände fallen. Sie versprechen ihnen alles mögliche, doch dann rauben sie Sie aus und lassen Sie allein zurück. Manche bieten Ihnen eine magische Nacht in der Wüste an, empfehlen ein ausgetrocknetes Flussbett für das Zelt. Tun sie das nicht, es gibt flash floods, die kommen innerhalb Minuten aus den Bergen und reißen alles mit."

„Du machst ihnen Angst, Udai, vielleicht gehen sie ja gar nicht nach Rajasthan", sagt Frau Chatterjee. „Lassen Sie uns lieber über Musik reden, das ist weniger gefährlich."

Carla ist froh über den Themenwechsel, sie erzählt von der Aufnahme Ravi Shankars mit Jehudi Menhuin, die sie kurz vor der Reise nach Indien gehört hat. Sie streifen Carlas Tournee, wie schwer es ist, jeden zweiten Tag in einer anderen Stadt zu spielen, und Lukas gibt seine Meinung über den Bericht des *Club of Rome* wider. Dabei vergisst er völlig, dass er sich beim Klassenfeind befindet, zumindest so, wie er ihn sich vorstellt.

Nachdem Chatterjee darauf bestanden hat, dass sie der Fahrer ins Hotel bringt, sagt er: „Kommen Sie doch in den nächsten Tagen an der Musikhochschule vorbei. Dort finden gerade die Abschlussprüfungen des Barata Natjam statt. Am Donnerstag tanzt eine unserer Meisterschülerinnen. Wenn Sie wollen reserviere ich zwei Plätze für Sie."

„Das wäre wunderbar", sagt Carla. „Wann ist die Vorstellung?"

„Am Donnerstag um zehn Uhr", sagt Frau Chatterjee. „Seien Sie pünktlich, mein Mann ist in der Jury."

„Sie können sich darauf verlassen", sagt Lukas.

Auf der Rückfahrt nimmt er Carlas Hand und drückt sie. „Willst du wirklich dahin? Wie geht es dir überhaupt? Du hast den ganzen Abend nicht gehustet."

„Ich bin nur müde. Du warst anfangs ziemlich skeptisch, aber jetzt nicht mehr, oder?"

„Am liebsten wäre ich gleich wieder umgekehrt, als wir vor dem hell erleuchteten Haus standen. Irre, wie viele Gesichter das Land hat."

„Mir ging es ähnlich."

Der Weg zur Musikhochschule führt an einer Reihe neu gebauter Strandsiedlungen vorbei, deren leer stehende Häuser zu verwittern beginnen. Zwischen den zweistöckigen Betonkuben kleben Hütten aus Pappe, Wellblech und Palmwedeln, vor denen nackte Kinder im Sand spielen.

„Warum ziehen die Leute nicht in die Häuser?", fragt Carla den Taxifahrer.

„Geht nicht, es sind Fischer. Wenn jemand in der Familie stirbt, muss das Haus verrückt werden, damit die Seele des Verstorbenen nicht zurückfindet. Mit festen Häusern geht das nicht."

„Und das hat keiner gewusst?", fragt Lukas verblüfft.

„Uns hat keiner gefragt. War sowieso wieder nur ein billiger Trick eines Politikers, um Stimmen zu fangen. So ist das hier."

„Hier?", fragt Lukas.

„Überall in Indien. - Wir sind da, Zentrum für Karnatik Music."

Der Wachmann erwartet sie bereits und zeigt ihnen den Weg in den ersten Stock eines Gebäudes, das schon bessere Tage gesehen hat. Im lindgrün gestrichenen Treppenaufgang blättert die Farbe ab. Die durchgetretenen Holzstufen knarren bei jedem Schritt. Oben, auf dem höchsten Treppenabsatz, wartet Frau Chatterjee bereits auf sie.

„Haben wir uns verspätet?", flüstert Carla erschrocken.

„Nein, nein, es ist alles in Ordnung. Wir möchten nur so schnell wie möglich beginnen. Einer der Musiker muss früher weg." Sie führt sie in den Saal und als sie ihre Plätze eingenommen haben, winkt sie kurz in Richtung Bühne.

Dort am Rand, zusammen mit zwei anderen Brahmanen, sitzt Mr. Chatterjee, mit nacktem Oberkörper, die Beine überkreuz. Um die Lenden trägt er den Lunghi, ein weißes Tuch aus Baumwolle, auf der Stirn ein blutrotes Mal. Diagonal über die Brust läuft die Schnur seiner Kaste.

Nach kurzer Ouvertüre der Tablas, Veena und einer reich mit Perlmutt verzierten Sitar, erscheint die Tänzerin. Eine junge Frau in Sari-Bluse und Lendentuch, dessen Enden unter den Gürtel gerafft sind. Das geölte Haar, geschmückt durch einen winzigen Strauß Jasmin, ist streng zum Knoten nach hinten gebunden. Die Augen tiefschwarz geschminkt, die Handflächen rot, mit Henna gefärbt. Sie stellt sich in Position und für einen Moment scheint es, als wäre sie im Boden verwurzelt.

„Gerade fünfzehn, aber schon sehr reif", flüstert Frau Chatterjee in Carlas Ohr.

Langsam, die Position der Finger und Zehen betonend, beginnt die junge Frau zu tanzen. Das Rollen der Augen, die graziöse Haltung der Arme, ihr Stampfen und Schwingen, das Kreisen der Hüften, alles verläuft gleitend im Rhythmus der Tablas und den sprechenden Tönen der Sitar.

Lukas denkt an die Statue im Vorraum der Chatterjees. Plötzlich sieht er Indien mit den Augen einer Tempeltänzerin, nicht mehr das laute, schmutzige und brutale, das er kaum noch erträgt. Als er sich Carla zuwendet, sieht er, dass sie weint.

Beim Abschied erinnert Frau Chatterjee an ihr abendliches Gespräch. „Vergessen sie Pondicherry nicht. Der Ashram Sri Aurobindos ist wundervoll. Mein Mann und ich verbringen jedes Jahr ein paar Wochen dort und kommen wie neu geboren zurück. Wenn sie wollen, gebe ich Ihnen ein Empfehlungsschreiben mit. Vielleicht erhalten Sie auch eine Audienz bei der Mutter, Aurobindos Lebensgefährtin. Aber erwarten Sie nicht zu viel, sie ist sehr gebrechlich geworden."

„Wir fahren ganz bestimmt hin", sagt Carla. „Und vielen Dank für alles."

Gleich nach der Ankunft in Pondicherry gibt Carla das Empfehlungsschreiben der Chatterjees im Ashram ab. Man verspricht ihr, sich um eine Audienz bei der Mutter zu bemühen. Danach geht sie täglich ans Grab Aurobindos, wo sie die Stille neben dem Sarkophag unter dem hohen Banyanbaum genießt.

Manchmal versucht sie mit Lukas über ihre Empfindungen zu reden, wie viel ihr der Aufenthalt bedeutet, doch sie merkt bald, dass ihn der Ashram, und das Leben in Auroville kaum interessieren.

Eines Abends, als sie mit dem Fahrrad in die Bibliothek fahren, fragt sie: „Warum warst du gestern Nacht so gereizt, als du zurück kamst?"

Lukas dreht sich nur kurz um, das Gewimmel auf der Straße macht ihn nervös. „Ein weiteres unergiebiges Gespräch mit Peter Geller", ruft er zurück.

„Will er dich immer noch bekehren?", fragt Carla, als sie zu ihm aufgeschlossen hat.

„Er ist eben ein Überzeugungstäter, der sich verrannt hat und Verbündete sucht. Vielleicht will er sich auch nicht eingestehen, dass es ein Fehler war, ihnen sein ganzes Geld zu geben. Jetzt sitzt er in Auroville fest und kommt nicht mehr weg."

„Wer ist dieser Geller überhaupt?", fragt Carla, während sie über den Strand auf die Bibliothek zugehen.

„Er war Assistent am Lehrstuhl für Mathematik an der Uni. Von daher kenne ich ihn. Irgendwann ertrug er das Hamsterrad dort nicht mehr. Da hat er sich einen Unimog gekauft, einen Wohncontainer auf die Ladefläche geschraubt, und ist zusammen mit seiner Frau nach Indien gefahren. Irgendwo im Hindukusch hat er einen jungen Wolf aufgegabelt, der aber bald darauf vor Einsamkeit starb. Auf halber Strecke verließ ihn die Frau mit einem Hippie, der die Selbstverwirklichung wohl konsequenter betrieb als Geller. Reicht das?"

„Ganz schön dick. Du hörst dich zynisch an."

Lukas legt den Kopf schief und zieht die Mundwinkel nach unten. „Ich hätte nicht gedacht, dass ein intelligenter Mensch so blöd sein kann. Er wollte mich partout überreden hier zu bleiben. Wir haben auch lange über ein Buch gesprochen, so ein Nachschlag zum *Club of Rome*. Es heißt: *Ihr werdet es erleben* von *Kahn/Wiener*. Ich hab dir davon erzählt, aber es hat dich nicht interessiert. Was meinst du mit zynisch?"

„Der *Club of Rome*?"

„Nein, das Buch. Wir haben uns schließlich darauf geeinigt, dass Indien nichts ist für mich, geschweige denn Auroville. Aber das weißt du ja. Das hier kann man nicht halb machen, wir würden uns darauf einlassen müssen, mit Haut und Haar. - Was meinst du mit zynisch?", fragt er erneut.

Sie setzt zu einer Antwort an, sagt dann aber nur: „Es war nur so ein Gedanke, vergiss es."

Sie ist noch nicht so weit, um klar zu sehen, was hier abläuft, denkt Lukas. Die Welt ist voller menschlicher Experimente, aber ich eigne mich nicht für so ein Leben. Dabei ist hier nicht alles schlecht, die Bibliothek, der Balkon mit dem freien Blick aufs Meer, das leise Rascheln der Palmblätter. Auch die Stille am Grab Aurobindos werde ich vermissen. Aber das reicht nicht, um zu bleiben. „Willst du dich noch einen Augenblick auf den Balkon setzten, bevor das Konzert beginnt?"

Carla steht auf der Terrasse, an der Brüstung, die aufs Meer blickt. Die Wellen laufen in ruhiger Gleichmäßigkeit auf den Strand auf. Das Geräusch des Winds, der sich in den Bäumen neben der Bibliothek verfängt, scheint sie zu beruhigen. „Ich mag dieses Gefühl von Unendlichkeit, das mich jedesmal befällt, wenn ich hier stehe. Schade eigentlich, dass du nicht bleiben willst."

„Glaubst du wirklich, dass diese Inbrunst anhält? Die ersten Christen haben auch nicht an Kreuzzüge, Renaissancepäpste und die Todesurteile der heiligen Inquisition gedacht."

„Du bist so entsetzlich pragmatisch, Lukas. Ich weiß nicht, ob ich das auf Dauer ertragen kann. Manchmal nimmst du mir richtiggehend die Luft zum Atmen."

„Tut mir leid, so war es nicht gemeint. Vielleicht brauchen wir eine Auszeit. Wir kleben seit Wochen wie die Kletten aneinander, das ist nicht gut."

Noch während sie die Weiterfahrt planen, bricht im Zentrum Indiens ein Sprachenstreit aus. Radikale Hindus haben die Hauptstrecke in den Norden, über Hyderabad, gesprengt und der Streit ist zu einem veritablen Gemetzel ausgeartet. Die Züge auf der Nebenstrecke, entlang der Küste, sind total überbucht, auch Bestechung hilft nicht weiter. Schließlich, nach tagelangem Herumlungern im Zentralbahnhof von Madras, gelingt es Lukas, zwei Fahrkarten dritter Klasse nach Bhubaneshwar zu ergattern.

Lange vor der Abfahrt füllt sich der Waggon mit Mensch und Tier. Aus jeder Ecke des Abteils quillt Gepäck. Sechsunddreißig Stunden Fahrt liegen vor ihnen, auf Holzbänken, die für acht Personen ausgelegt sind. Als der Andrang anhält und die Menschen bereits außen am Zug hängen, zieht sich Carla auf die Gepäckablage zurück, wo sie wenigstens nicht begrapscht wird.

Lukas versucht sich der Flut aus Angst und Hysterie zu erwehren. Er scheucht eine Ziege von seinem Rucksack und schiebt den Kopf eines Mannes zur Seite, der vor Erschöpfung sofort an seiner Schulter eingeschlafen ist. Junge Männer steigen auf die Dächer der Waggons und hängen außen an irgendeiner Halterung. Wie Zirkusartisten klettern sie während der Fahrt durch die geöffneten Fenster rein und raus.

Manchmal hält der Zug auf freiem Feld, Polizisten erscheinen mit Schlagstöcken, blinde Passagiere werden verprügelt und laufen gelassen. Sie verschwinden in der Dunkelheit und warten auf den nächsten Zug, um es erneut zu versuchen.

In Bhubaneshwar, suchen sie eine billige Absteige, wo sie endlich schlafen können. Am nächsten Tag nehmen sie den Bus nach Puri und weiter nach Konarak zur schwarzen Pagode. Als der Busfahrer sie für ein kleines Trinkgeld direkt am Gästehaus abliefert, inszeniert die Sonne einen spektakulären Abgang und taucht den Horizont in flammendes Rot.

Ein paar Tage vor Weihnachten versinkt Carla in ihre Feiertags-Depression. Lukas solle sich keine Sorgen machen, meint sie, ohne Kommerz und Lichterterror wäre sie bald wieder auf dem Damm.

Doch Lukas macht sich Sorgen, nicht nur um Carla, er fragt sich, was in der Welt los ist. In Puri hat er in einer englischsprachigen Zeitung flüchtig über den Massen-Selbstmord in Jonestown, im Dschungel Guayanas, gelesen. Ich will nicht in eine ähnliche Situation geraten, denkt er, und weiß doch, dass er mit Carla nicht darüber reden kann, wenn sie sich in ihr Schneckenhaus zurückgezogen hat. Simon könnte mir helfen, mich zu entscheiden, aber ich kann ihn nicht erreichen, denkt er.

Sie bleiben eine Woche, damit sich Carla erholen kann, unternehmen lange Spaziergänge am Strand. Jeden Morgen, vor Sonnenaufgang, wenn die ersten Strahlen die steingewordenen Götter zum Leben erwecken, geht er zur Pagode. Er klimmt zur Spitze, setzt sich in den Schoß einer der übergroßen Götterstatuen und schaut auf's

Meer. Er genießt die Ruhe, als gäbe es kein chaotisches Indien um ihn herum.

Kurz vor Silvester nehmen sie den Bus nach Kalkutta. Bei der Ankunft tritt Lukas in der Dunkelheit in einen Müllhaufen und wird sofort von Ameisen überfallen. Das schummrige Licht der Straßenlaterne neben der Haltestelle beleuchtet eine schemenhaft verschwommene Welt. Die Stadt atmet schwer unter dem Rauch der offenen Feuer, auf denen die Unberührbaren ihr karges Mahl zubereiten.

Kalkutta kommt ihm wie ein Albtraum vor, die Taxifahrer scheinen ihr Handwerk als Krieg der Stärksten gegen alle zu verstehen. Die viktorianischen Bauten verrotten in der tropischen Hitze und jeden Morgen werden die Verstorbenen von der Straße aufgelesen, um sie außerhalb der Stadt zu verbrennen. Über die Howrah Brücke fließt ein nie versiegender Strom aus Reisenden, Kulis, Tieren und Bettlern.

Sie wohnen bei Freunden der Chatterjees, doch jede Nacht erwacht Lukas schweißgebadet, geplagt von einem Traum, in dem Menschen, Würmern gleich, durch die brennende Stadt kriechen. Tagsüber empfindet er das Elend auf den Straßen als persönlichen Affront. Es schmerzt ihn, dass sich nichts daran ändern lässt.

Als sich der Zug beim Verlassen Kalkuttas durch die Menschenmassen aus dem Bahnhof tastet, atmet Lukas auf. „Jetzt fühle ich mich besser. Die letzten Tage waren der reinste Vorhof der Hölle für mich. Meinst du, es sind die Nerven?", fragt er Carla.

„Du bist müde und siehst nur noch die schlimmen Seiten. Ich merke, wie schnell du gereizt wirst. Khajuraho liegt auf dem Land, das wird dir gut tun", entgegnet sie versonnen, während sie in die vorbeigleitende Nacht starrt.

In Khajuraho finden sie ein sauberes Gästehaus der Regierung und genießen das warme Wasser, das ihnen in Kübeln von einem Diener ins Zimmer gestellt wird. Nach der Dusche lieben sie sich, es ist das erste mal seit langem. Den restlichen Tag verbringen sie auf der Tempelanlage, bis Lukas die nackten Leiber der Skulpturen nicht mehr ertragen kann. Er setzt sich ins Gras, den Rücken an einen Block aus Sandstein gelehnt, und sieht den Touristen zu. Die meisten überspielen ihre Befangenheit durch forsches Auftreten, andere wenden sich ab, als sähen sie etwas Unanständiges.

Die Wärme der Mauer macht ihn schläfrig. Hinter dem Stacheldraht der Umzäunung sieht er einen alten Mann sitzen. Verständnislos blickt er auf die Menschen in der Tempelanlage.

Wie Tiere im Zoo, denkt Lukas, drinnen jene, die sich alles leisten können, draußen Hunger und Verzweiflung. Es wird Zeit, dass ich nach Hause komme, ich werde bitter. Er steht auf und ruft Carla zu, dass er zum Gästehaus voraus geht.

Außerhalb der Tempelanlage sitzt ein Schuster hinter seinem Bock und flickt Schuhe. Er lässt sich nicht stören, als sich Lukas neben ihn setzt und schweigend beobachtet, wie er Nagel um Nagel in die ausgetretenen Sohlen schlägt. Er erneuert die Absätze und reiht die reparierten Schuhe in Reih und Glied neben sich auf. Der weiß was er tut, denkt Lukas, nickt dem Mann zu, und geht ins Dorf.

Die meisten Türen sind verschlossen, nur in einer Seitengasse schiebt eine Frau ihr Schaf durch ein Loch in der Wand, danach schüttet sie Abwasser auf den Weg, ohne Lukas zur Kenntnis zu nehmen.

Am Rand94 des Dorfes findet er einen alten Ziehbrunnen neben dem Dreschplatz. Er lehnt sich an die Brunnenmauer und sieht den Geiern zu, wie sie an den Resten einer Kuh zerren.

Er fühlt sich unfähig auch nur einen weiteren Tropfen des Landes in sich aufzunehmen. Als er die Augen schließt, sieht er die Gassen Varanasis vor sich. Er denkt an die Ruhe der Sanskrit Universität, nur einen Steinwurf entfernt von den endlosen Reihen der Bettler auf den Stufen der Ghats. Er denkt an die Stupa Budh Gayas, das

Flackern der Butterlampen und die tief aus dem Innern hervorbrechenden Gesänge der Mönche. Er sieht die überquellenden Straßen Kalkuttas, die überladenen Busse, das tägliche Sterben.
Die gelassene Ruhe der Menschen auf dem Land, alles nur Fassade, denkt er. Sie sehnen sich nach einem besseren Leben. Warum sonst wachsen die Armutsgürtel der Metropolen. Wie ein Magnet zieht es sie in die Städte, dabei ist dort alles noch schlimmer.
„Was machst du?", hört er Carla, die sich über ihn gebeugt hat.
Er öffnet die Augen und sieht ihr besorgtes Gesicht im Gegenlicht. Eine Heilige, denkt er. „Wie kommst du hierher? Ich dachte, wir wollten uns im Gästehaus treffen."
„Ja, aber dann sah ich dich neben dem Schuster sitzen. Und dann bist du einfach ziellos durchs Dorf gewandert. Ist alles in Ordnung?"
„Es sind nur ein paar Häuser aus Lehm und ich brauchte Zeit zum Nachdenken. Hier, auf dem Dreschplatz, schien mir der richtige Ort. Hast du die Geier gesehen? Jetzt weiß ich immerhin, wo die heiligen Kühe landen, wenn sie gestorben sind."
„Über was hast du nachgedacht?"
„Uns, dieses Land."
„Und?" Sie setzt sich neben ihn und schielt unsicher in Richtung der Vögel, die kaum Notiz von ihnen nehmen.
Lukas stützt die Ellenbogen auf die angezogenen Knie und verbirgt das Gesicht hinter beiden Händen. Schließlich sagt er, indem er jedes Wort abwägt. „In Pondi spielten nackte Kinder in der verschleimten Kanalisation direkt vor unserem Fenster. In Konarak sammelte eine Unberührbare das Abwasser des Gästehauses für ihr Abendmahl. Jede Nacht haben Räuber Statuen geköpft, um sich ein paar Rupien zu verdienen. Die Polizei sah zu und hielt die Hand auf. Wir wechseln Geld auf der Bank und hören, wie der Schalterbeamte den Schwarzmarkthändler anruft, um den aktuellen Kurs zu erfragen. Es ist alles zu viel, ich verkrafte es nicht länger. Nicht weil ich überempfindlich bin, Carla, sondern weil ich nichts mehr aufnehmen kann. Ich muss mehr tun, als nur herumreisen und beobachten."

„Ich weiß, aber ich will noch nicht zurück nach Deutschland."

Sie braucht Pondicherry, denkt er. Das Chaos, sie nimmt es hin, als wäre es gottgegeben. Was für ein Unterschied zu unserer Ankunft. Jetzt bin ich es, der das Land nicht mehr erträgt. Er dreht sich zu Carla, die mit geschlossenen Lidern neben ihm sitzt. „Du willst zurück nach Pondi, nicht wahr?"

„Ja, ich glaube schon."

„Schaffst du es allein?"

Sie scheint nicht überrascht, sieht ihn nur lange schweigend an. Als sie antwortet, klingt es, als hätte sie schon lange damit gerechnet. „Wenn es sein muss."

„Es ist wahrscheinlich das Beste, für uns beide", murmelt er. „Von hier gibt es einen Express Bus bis Bhopal. Von dort kannst du fliegen, oder den Zug nach Madras nehmen."

„Du hast schon alles durchgespielt", lacht sie bitter. „Und was machst du?"

„Ich fahre über Jaipur nach New Delhi und fliege von dort zurück."

„Seit wann weißt du, was du willst?"

Lukas zuckt nur hilflos mit den Schultern. „Es wuchs. Kalkutta vielleicht, aber wahrscheinlich erst hier, als ich diesen alten Mann hinter dem Stacheldraht sah. Er draußen, ich drinnen. Ich konnte es plötzlich nicht mehr ertragen. Wenn du nicht gekommen wärst, hätte ich es wahrscheinlich noch eine Weile mit mir herum geschleppt."

„Bin ich schuld?"

„Nein, wir sehen das Land nur mit anderen Augen. Du magst seinen Mystizismus, seine Wärme. Ich sehe nur den Dreck, die Armut, die Verzweiflung und den Selbstbetrug. Das macht mich kaputt."

Wir leben in unterschiedlichen Welten, denkt Carla, dabei lese ich Zeitung, nehme am Leben der Anderen teil. Ich gehe auf Demonstrationen, und empöre mich über das Unrecht in der Welt. Ich kann von mir behaupten, dass ich mich an den richtigen Stellen schäme, und weiß doch, dass es eine völlig folgenlose Scham bleibt. Eigentlich schäme ich mich für meine kleinlaute Art zu leben. Vielleicht ist es das, was mich zurück nach Pondi zieht, dieses folgenlose Leben. „Es ist dein rationales Denken, Lukas, das Streben nach Geld und Macht. Alles was ich nicht brauche. Ich mag dich trotzdem, aber ich will nicht das Anhängsel eines solchen Menschen sein."

„Es hört sich schlimm an", sagt er ganz ruhig. „Unabhängigkeit hast du vergessen, und Geld bedeutet nun mal Unabhängigkeit. Zumindest bilde ich mir das ein."

„Vielleicht täuscht du dich, aber das musst du selbst herausfinden."

„Verzeih, Carla, ich kann nicht anders. Das Land ist für die Chatterjees ein Traum, für einen landlosen Bauern die Hölle und für manch einen Hippie das Paradies. Für mich ist es nur noch belastend."

„Du wiederholst dich." Er sucht ein Leben von einem Job zum nächsten, denkt sie. Von der einen zur nächsten Liebe. Noch ein Essen, noch ein Krimi, Tage, die ineinander fließen. „Lass mich wissen, wo ich dich finde, falls ich dich brauche. Und sag Simon, dass ich hier geblieben bin. Er hat es mir prophezeit. Was machst du, wenn du zurück bist?"

„Ich würde gern die Wohnung behalten. Vielleicht kommst du ja nach, dann hast du wenigstens eine Anlaufstation. Ich frage bei Siemens, ob der Job, den sie mir angeboten haben, noch zu haben ist."

„Du hast mir nichts davon erzählt."

„War nicht so wichtig, wir hatten uns für Indien entschieden. Irgend ein Großprojekt in Afrika. Da will anscheinend keiner hin. Bei mir haben sie wohl gedacht, schafft er Nordafrika, dann packt er auch den Rest. Und jetzt scheitere ich in Indien, aber das werde ich ihnen nicht erzählen", lacht er gequält.

Endlich ist es ausgesprochen, denkt Carla. Vielleicht gelingt uns später ein Neuanfang. „Komm, lass uns zurückgehen, die Geier machen mir Angst. Wann fahren diese Busse?"

„In zwei Tagen."

Entscheidung

Wann ist dieses Gefühl in mir gewachsen, dass ich etwas ändern muss, denkt Simon, es muss schleichend gewesen sein. Mein Hang zur Selbstdarstellung, dieser gelegentliche Impuls, mich als Objekt der Bewunderung aufzuführen, hat mich verblendet. Vielleicht begann es sogar schon auf der Reise durch Nordafrika, in Tunesien, als es Lukas so schlecht ging und ich viel Zeit zum Nachdenken hatte. Oder, als ich Laras Brief neben dem Bett fand? Sie hätte es mir sagen können, dass sie zurück in die DDR wollte, aber sie hat es nicht getan.

Er liest viel in dieser Zeit, Sartres Trilogie, erneut Manès Sperbers *Wie eine Träne im Ozean*, und alles von Camus. Vor allem Sartres Vorwort zu Fanons *Die Verdammten dieser Erde*, in dem er alle Verbrechen der französischen Nachkriegszeit, Sétif, Hanoi, Madagaskar, aufzählt, liest er immer wieder. Da Nang ergänzt Simon im Kopf. Es kam später, und es geht immer weiter.

Eigenhändig überholt er seinen klapprigen Käfer, fährt damit in die Tschechoslowakei und besucht seine alten Freunde aus der Band. Doch sie sind verschlossen, machen ihm den Vorwurf desertiert zu sein.

Bevor er zurück nach Berlin fährt, besucht er noch den jüdischen Friedhof. Lange steht er vor der endlosen Liste der ermordeten Landaus. Er denkt an seinen Vater und weint.

In Berlin interessiert ihn die Soziologie immer weniger, sein Ziel ist die Entwicklungspolitik. Aber nicht als Erfüllungsgehilfe des Westens, wie er es nennt, sondern als U-Boot, das im bezahlten Untergrund zum Wohl der „Verdammten" kämpft.

Als im Juni 1976 die Unruhen in Soweto von einem gnadenlosen Apartheid Regime niedergeschlagen werden, und einen Monat später die Air France Maschine in Entebbe von den Israelis gestürmt wird, entschließt er sich zu handeln.

Während einer Anti-Apartheid Demonstration, am Beginn des neuen Semesters, hält er eine Rede im Audimax. Dort bringt er das rassistische Regime Südafrikas in die Nähe der Nazis. Die Rede findet viel Zuspruch bei den Studenten und am Ende der Veranstaltung wird er von einem Mitarbeiter des israelischen Konsulats angesprochen. „Gute Rede, voller hehrer Prinzipien. Aber sind Sie auch bereit, die zu verteidigen? Wir möchten gerne ausführlicher mit ihnen sprechen, was halten Sie von einem guten Essen?"

„Essen ist immer gut", sagt Simon verblüfft.

„Wie wär's morgen. Ein Uhr, ein Lokal in der Knesebeckstrasse, hier ist die Adresse."

Das Treffen wird zum reinen Abtasten und Simon fragt sich danach, was er sich davon versprochen hat. Als sie sich mit Handschlag verabschieden, ohne dass der Typ auch nur andeutet, was er von ihm hält, denkt Simon: Das war's dann wohl mit meiner Karriere als Handlanger der Israelis.

Ein paar Tage später sieht er eine junge Frau in der Bibliothek der Universität. Ihre halblangen, dunkelbraunen Haare hängen ihr wie ein Vorhang ins Gesicht, während sie konzentriert arbeitet. Simon beobachtet sie eine Weile und spricht sie schließlich an. „Simon Osterholt", sagt er und reicht ihr die Hand, die sie demonstrativ übersieht. „Du kommst jeden Tag, bist du neu in Berlin?"

Sie legt das Buch zur Seite und sagt verärgert: „Hier wird nicht geredet. Ich gehe in die Bibliothek damit mir Typen wie du erspart bleiben."

Ich mag ihre Lachfalten, denkt er, als er sich neben sie setzt. „Typen wie ich? Du kennst mich also schon, bevor ich überhaupt den Mund aufmache? Nicht schlecht. Wie hätte ich denn vorgehen sollen, um dich kennenzulernen?", flüstert er. „Was studierst du?"

„Medizin. Aber jetzt lass mich bitte allein, ich hab zu arbeiten."

„Gleich bin ich weg. Trotzdem, wie wär's mit einem Glas Wein, nachdem du fertig bist. Übrigens ich studiere Soziologie und politische Wissenschaften, wir könnten uns ergänzen."

„Das stelle ich mir schwierig vor." Mit einer flüchtigen Bewegung streicht sie die Haare aus der Stirn. „Ein Politologe in der Anatomie. Wahrscheinlich würdest du bei der ersten Leiche umkippen."

„Gut möglich, aber du scheinst mir noch ziemlich lebendig zu sein."

„Sieht nur so aus. Wann gehst du endlich?"

Simon verzieht das Gesicht. „Sofort Gnädigste, aber du hast meine Einladung noch nicht akzeptiert. Hast du auch einen Namen?" Sie will nicht, denkt er, und betrachtet ihre schlanken Hände, die sie ruhig vor sich liegen hat.

Für einen Moment sieht sie ihn richtig an, die braunen Augen, die halblangen, leicht gewellten Haare, die ihm lose auf die Schultern fallen. „Gerda Janson, Medizinstudentin. Okey, ein Glas Wein, nachdem du mich aus dem Tritt gebracht hast", sagt sie mit der Andeutung eines Lächelns. „In der Nähe ist ein Café, das hier wird ja sowieso nichts mehr."

„Wollen wir gleich gehen?", strahlt Simon.

„Ich dachte, das wäre dein Plan."

Im Café, nachdem sie ein Glas Wein und Simon ein Bier bestellt haben, sagt sie: „So, jetzt erzähl wer du bist. Nur schwafeln und fremde Frauen anquatschen reicht nicht."

Sie ist so viel souveräner, als die anderen Frauen, die ich kenne, denkt Simon. Carla ausgenommen vielleicht. „Was willst du hören? Dass ich ein Waisenkind bin, Jude vielleicht, oder doch alles zusammen?"

„Und ist es so? Demonstrant hast du vergessen."

„Hey, ich bin ein ordentlicher Student", lacht er.

„Ich dachte bei euch Politologen gehört demonstrieren zum Alltag. Während wir Unterprivilegierten brav im Hörsaal sitzen."

Er schüttelt den Kopf, zu schnell, zu aggressiv, denkt er. „Du hast recht, ich bin häufig auf Demos, die alle nichts bringen. Aber ich lese auch viel."

„Warum gehst du hin, wenn es nichts bringt?"

„Kann ich ja vorher nicht wissen", zuckt er mit den Schultern.
„Und was liest du?"
„Alles was ich kriegen kann. Über die Dritte Welt, den Kolonialismus, den Krieg."
Sie verzieht das Gesicht, grinst, als glaube sie ihm nicht. „Ziemlich breite Palette. Was interessiert dich daran?"
Er schüttelt den Kopf. Das wird wohl nichts, denkt er. „Eigentlich würde ich gerne etwas von dir erfahren. Außerdem war die letzte Frage falsch. Ich wundere mich eher, weshalb es nicht jeden interessiert. Wir Europäer haben eine Menge Mist gebaut in der Dritten Welt. Wenn ich mit dem Studium fertig bin, würde ich gerne in die Entwicklungshilfe gehen. Aber so ein Gedanke ist dir wohl fremd."
Mit erhobener Hand winkt er dem Kellner. „Noch ein Bier bitte."
Sie nimmt einen Schluck Wein und betrachtet ihn interessiert. „Warum hast du mich eingeladen, wenn du glaubst, dass ich nur auf meine kleine Welt fixiert bin. Dass es sich nicht lohnt, mit mir über deine Welt zu sprechen. So verstehe ich zumindest die letzte Bemerkung."
„Sei nicht gleich beleidigt. Mir gefiel, wie konzentriert du bei der Arbeit warst, aber jetzt weiß ich nicht, wie ich durch deinen Panzer dringen kann. Anscheinend sitzen wir auf zwei gegenüber liegenden Ufern und rufen uns Parolen zu, und ich plustere mich auf, um dir zu gefallen." Er lacht verlegen. „In Wahrheit fühle ich mich ziemlich hilflos. Der Anfang ist der schwierigste Teil einer Begegnung."
„Und du glaubst, mir geht es anders?"
„Weiß ich nicht, sag du es mir."
Sie überlegt eine Weile, lässt den Kellner das Bier hinstellen und sagt übergangslos: „Ich komme aus einer Arbeiterfamilie. Das Verhältnis zu meinem Vater war nie besonders warm, ich habe einfach nicht verstanden, was ihn bewegt, außer Fußball. Manchmal nahm er mich mit ins Stadion, aber das Spiel gefiel mir nicht. Während des Gymnasiums drifteten wir immer weiter auseinander, und als ich ihm nach dem Abitur sagte, dass ich Medizin studieren wollte, hielt

er es für eine hanebüchene Idee. Jetzt haben wir kaum noch Kontakt."
„Weil er es dir nicht zutraute?"
„Es war einfach außerhalb seiner Vorstellungskraft. Aber eigentlich haben wir nie darüber gesprochen."
„Und deine Mutter?"
„Sie ist früh gestorben."
„Tut mir Leid", sagt er, für einem Moment verunsichert. „Meine Eltern haben mich immer unterstützt. Als ich mit Maschinenbau anfing, fanden sie es gut. Und als ich hinschmiss und in die Soziologie wechselte, fand Mutter es genauso gut. Da könne man doch auch ganz gut verdienen, meinte sie. Dabei verstand sie gar nichts. Aber es war schließlich ein Studium, und damit müsse man, in ihren Augen zumindest, ganz gut leben können. Meinem Vater war egal was ich tat."
„Du magst sie nicht besonders?"
„Sie sind nicht meine richtigen Eltern. Ich wurde adoptiert, als kleiner Junge. Damals lebten wir noch in der Tschechoslowakei."
„Bist du Tscheche?"
„Nein, Deutscher."
Sie schüttelt den Kopf, als passe die Antwort nicht in ihr Bild von ihm. „Wann seid ihr rausgekommen?"
„1968, während des Prager Frühlings."
Sie lehnt sich zurück, stützt das Kinn in die Hand und betrachtet ihn neugierig. „Ich habe eine Freundin, sie ist in der DDR geboren. Ihre Eltern sind kurz vor dem Mauerbau einfach in Westberlin geblieben. Manchmal spricht sie darüber, wie schwer es anfangs war. Und bei dir?"
„Ich musste mich durchbeißen", sagt er und klingt, als wolle er nicht weiter darüber sprechen. „Und warum ausgerechnet Berlin? Für einen unpolitischen Menschen hättest du überall hin gehen können."

„Ich bin nicht unpolitisch", gibt sie ihm mit einem freundlichen Stoß auf den Arm zu verstehen. „Ich wollte einfach sehen, wie es sich auf einer Insel lebt."
„Und, gefällt dir die Stadt?"
Sie zögert einen Moment. „Westberlin ist eine seltsame Stadt", sagt sie schließlich. „Sehr politisch, aber das weißt du ja zur Genüge, und reichlich geschwätzig", fügt sie schnell hinzu. „Manchmal denke ich, dass sich hier eine Menge alter Nazis mit den westdeutschen Wehrdienstverweigerern getroffen haben."
Simon lächelt, schlägt die Beine übereinander und betrachtet das Bild Mastroiannis hinter ihr, Zigarette im Mund, in der verwaschenen Kleidung eines sardischen Bergbauern. Er steht auf der Straße, an einen Laternenpfahl gelehnt, hinter ihm, verschwommen, ein offener Lastwagen mit zwei Reihen deutscher Soldaten, Gewehre in der Hand. Vermutlich ein Erschießungskommando, denkt Simon, und fasst sich an die Nase. „Ich bin auch einer."
Sie wirkt irritiert, als verstünde sie nicht recht. „Was? Wehrdienstverweigerer? Altnazi kann's ja wohl nicht sein. Ich habe nichts gegen Wehrdienstverweigerer, nur deren Ansammlung geht mir manchmal auf den Geist. Sie reden und reden, als müssten sie sich rechtfertigen."
„Muss ich nicht", lacht Simon, „ganz bestimmt nicht". Er sieht, wie ihre Augen erwartungsvoll auf ihn gerichtet sind. Warum erzähle ich es nicht, was kann mir schon passieren, denkt er. „Ich bin Jude, meine Mutter war Kommunistin im Untergrund. Sie hat den Krieg überlebt, nur um dann bei meiner Geburt zu sterben. Absurd, nicht? Sepsis, sagen meine Adoptiveltern. Hätten sie Medikamente gehabt, würde sie vermutlich noch leben. Mein Vater ist kurz darauf nach Israel ausgewandert. Warum er mich nicht mitnahm, weiß ich nicht. Vielleicht wollte er einfach nur seine Spuren verwischen und ich hätte ihn dabei gestört."
Sie sieht an ihm vorbei auf das Paar am Nebentisch, das verliebt miteinander turtelt. „Warum sprichst du so distanziert von deinen

Adoptiveltern? Sie haben dich groß gezogen, haben dir dein Studium ermöglicht, was mehr erwartest du?"

„Liebe, Vertrauen, wie wär's damit. Lauter Sachen halt, die normale Familien verbindet. Zumindest stelle ich es mir so vor. Wir haben uns respektiert und jetzt lebt jeder sein Leben. Meine Wehrdienstverweigerung war wohl eher eine Art Selbstfindung."

„Trotz", sagt sie bestimmt. „Du bist nach Berlin gegangen, weil du weg wolltest von ihnen, stimmt's. Wo wohnen sie?"

„In einem Nest in der Nähe von Augsburg."

„Und?"

„Du willst es ganz genau wissen."

„Ja, ist so meine Art. Wie bist du auf die Idee mit der Entwicklungshilfe gekommen?"

Simon kratzt sich am Kopf, als wüsste er es selbst nicht genau. „Ich habe einen Freund, wir sind gleich nach dem Abitur durch Nordafrika gefahren. Übernachtet haben wir häufig im Schlafsack unter freiem Himmel. Das vergisst du nie. Danach fingen wir gemeinsam in München zu studieren an. Lukas hatte eine Freundin, Schauspielerin, viel auf Tournee, sie teilte die Wohnung mit uns. Nach einer hitzigen Diskussion schlief sie mit mir, einfach so, als würde es ihr überhaupt nichts bedeuten. Aber ich fühlte mich wie ein Verräter. Vor kurzem schrieb sie aus Indien, dass sie sich von Lukas getrennt habe und dort bleiben wolle, ein, zwei Jahre vielleicht. Von Lukas habe ich nichts mehr gehört, ich weiß nicht einmal was er macht. Wahrscheinlich hat sie ihm erzählt, dass sie mit mir geschlafen hat." Simon hört einfach auf. „Es hat nichts mit der Entwicklungshilfe zu tun, ich weiß, aber ich musste mit jemand darüber reden."

„Hast du mich deshalb angesprochen, weil ich dich an sie erinnere? Vermisst du sie?"

„Nein, oder vielleicht doch. Ich weiß es nicht, aber ich denke viel an sie. So, jetzt weißt du alles über mich."

„Glaube ich nicht. - Kriegsdienstverweigerer, also Pazifist", sagt sie, und sieht verwundert, wie sich ein sattes Grinsen auf seinem Gesicht ausbreitet. „Warum grinst du so?"
„Weil Pazifist das Letzte wäre, was ich sein könnte."
„Hätte mich auch gewundert. Ich muss gehen, Simon. Danke für deine Offenheit. Ich würde dich gern wiedersehen. Ein andermal, wenn ich mehr Zeit habe."
„Darf ich dich anrufen?"
„Lieber nicht. Ich wohne bei einem älteren Mann, der mag es nicht, wenn das Telefon dauernd klingelt. In nächster Zeit bin ich regelmäßig in der Bibliothek, immer zwischen zwei und vier. Du weißt also, wo du mich finden kannst." Mit einem Handgriff nimmt sie das Band aus dem Haar und schüttelt ihre Locken zurecht. „Irgendwie fühle ich mich zu dir hingezogen", sagt sie verlegen.
„Ich mich auch."

Wochen später kriecht Gerda aus dem Bett, um ins Bad zu gehen. Bevor sie aufsteht, legt sie Simon den Zeigefinger auf den Mund und sagt bedauernd: „Ich muss in die Klinik, aber ich will dich sehen, später am Nachmittag, wenn du kannst."
Simon zieht ihren zerzausten Kopf zu sich und küsst sie lange auf den Mund. „Ich habe heute ein Treffen am israelischen Konsulat, das ist mir sehr wichtig", sagt er, als er sie freigibt. „Es wird nicht lange dauern, am späteren Nachmittag wäre prima."
„Fünf Uhr? Ich komme zu dir, wir schlafen miteinander und später lädst du mich zum Essen ein. Wie hört sich das an für deine verwöhnten Ohren?"
„Komisch."
„Und was mache ich in der Zwischenzeit ohne dich?", sagt sie lachend und geht ins Bad.
Sie ist schön, denkt er, als er sie vom Bett aus nackt vor dem Spiegel stehen sieht. Sie beugt sich über die Badewanne, dreht den Wasserhahn auf und testet mit der Hand die Temperatur. Als sie sich

umdreht, sagt er: „Wäre schön länger mit dir zusammen zu sein. Warum meldest du dich nicht krank."

„Gestern war ich noch kerngesund, das nimmt mir keiner ab. Außerdem hast du ja deinen Termin." Sie dreht das Wasser ab und setzt sich neben ihn aufs Bett. „Simon, ich bin nicht ganz frei. Aber es ist schön mit dir, lass es uns genießen, solange es anhält. Ich komme um fünf, bestimmt." Ganz beiläufig fährt sie ihm mit den Fingern durchs Haar, dann geht sie zurück ins Bad, steigt in die Wanne und winkt ihn zu sich.

Er kniet sich neben die Wanne auf die nackten Fliesen und streicht mit dem Zeigefinger über ihren Mund bis zur Brust. „Darf ich reinkommen?", fragt er.

„Natürlich", sagt sie, und legt sich auf ihn. „Du magst das", sagt sie, als er tief in sie eindringt. Doch ihn packt ganz plötzlich ein Gefühl völliger Hilflosigkeit. Ganz vorsichtig zieht er sich zurück und lässt ihren Körper sachte neben sich ins Wasser gleiten.

„Was ist?", fragt sie verwundert.

„Ich habe Angst", sagt er traurig.

„Meinetwegen?"

„Nein, ich weiß nicht wo es hinführt, das macht mir Angst." Er steigt aus der Badewanne, dabei denkt er an das letzte Treffen mit den Israelis, als sie auf seinen Vater zu sprechen kamen. Er erzählte von seinem Besuch in Prag und sie nickten nur, ohne groß nachzufragen. Am Ende luden sie ihn ins Konsulat ein und meinten, es wäre an der Zeit, ein paar weitere Leute kennenzulernen.

Oberst Shaffir, der Verbindungsmann, den ihm die Israelis zur Seite gestellt haben, fragt sich, warum er das alles erzählt hat. Dabei weiß er längst, dass es völlig egal ist, wer ihm gegenüber sitzt. Seit Jahren spricht er nur noch mit sich selbst. Es ist wie ein Endlosband, das in seinem Kopf abspult und nur einen Auslöser braucht. Ich sollte meinen Job aufgeben, denkt er. An einem Schreibtisch Leute rekrutieren können auch andere, vermutlich besser als ich. „Haben Sie gedient?" fragt er unvermittelt.

„Nein", sagt Simon, „ich habe verweigert."

„Gut. Das macht es leichter für uns. Warum, wenn ich fragen darf?"

„Als ich erfuhr, dass ich eigentlich Jude bin, konnte ich einfach nicht zum deutschen Militär. Skrupel, Nostalgie, Ablehnung, ich weiß es nicht. Ist mir auch egal."

Der Oberst lacht bitter, als könne er sich vorstellen, was durch Simons Kopf geht. Er greift nach einer Zigarette und bietet Simon auch eine an. Doch der lehnt dankend ab.

„Ich sollte auch nicht rauchen, aber Sie sind ja glücklicherweise nicht mein Arzt." Mit beiden Händen greift er unter das Bein mit der Prothese und setzt es um. Dabei stöhnt er leise. „Wir hatten einen guten Mann im Zaire. Er war Strategieberater Mobutus. Vor ein paar Monaten wurde er wegen einer Lappalie hingerichtet. Wir konnten nichts für ihn tun. Ein echtes Juwel. Loyal vor allem. Wir haben uns darüber gestritten, was die Wahrheit ist und wer du gerade bist, wenn du von der Wahrheit sprichst? Ich hoffe, sie haben ihn nicht zu lange gefoltert, bevor sie ihn erschossen." Verächtlich klopft er sich auf die Prothese, als wäre ihm der Gedanke zutiefst zuwider. „Ich erzähle Ihnen das, damit Sie wissen, auf was Sie sich einlassen. Sie sollen sich keine Illusionen machen."

Simon rutscht auf dem Stuhl herum, wagt es aber nicht, den Oberst zu unterbrechen. Er fühlt sich unwohl in Sol Shaffirs Albträumen, und wartet ab.

Es vergeht eine Weile, bis Shaffir aus seinen Gedanken zurückkehrt. „Seltsam, ich höre mich an, als vermisse ich die Einsätze draußen in der Welt. Vor ein paar Tagen habe ich eine Podiumsdiskussion mit Robert McNamara über Vietnam besucht. Ich wollte wissen, warum das bei denen so schief gelaufen war. Vielleicht wollte ich auch nur besser verstehen, was wir alle so machen. Als ihm der Hass aus dem Plenum entgegenschlug, machte er ein Gesicht, als wolle er sagen: Welt vergib mir, ich habe mich an dir versündigt. Da bin ich gegangen."

Der Oberst zündet sich eine weitere Zigarette an und blickt auf die frisch gemähte Grasfläche hinter der israelischen Botschaft, die alten, verkrüppelten Föhren, die Inseln gleich im Grün des Rasens schwimmen. Dann dreht er sich zu Simon und fragt: „Warum wollen Sie für uns arbeiten?"

Das fragt er jetzt, nach all dem Gerede, denkt Simon. Ich dachte, Leute wie er haben ein Gespür, warum sonst sind sie im Geheimdienst. „Manchmal kommt es mir vor, als wäre ich auf der Flucht, immer in Angst. Aber ich will nicht in der Defensive leben, ich will agieren, will mich wehren können. Deshalb bin ich hier."

„Wenn es Deutschland ist, das Sie nervt, warum wandern Sie nicht einfach aus? Sie könnten nach Israel gehen, dafür müssen Sie nicht für uns arbeiten."

„Nein, ich gehöre nach Deutschland. Ich denke wie die Deutschen, ich handle wie sie, ich bin einer von ihnen. Wenn ich es anders sähe, hätten sie gewonnen in meinen Augen, trotzdem stecke ich irgendwie dazwischen. Außerdem glaube ich, dass ich in Israel nicht heimisch würde."

„Waren Sie je dort?"

„Nein, nur in Nordafrika". Das weiß er doch, ärgert sich Simon.

Shaffir zupft nachdenklich an der Unterlippe. „Ich will Sie nicht davon abhalten, aber überlegen Sie es sich gut. Wenn Sie erst einmal bei uns sind...."

Gibt es kein Zurück, beendet Simon den Satz in Gedanken und sieht zu, wie sich Shaffir mühsam aus seinem Sessel stemmt.

„Rufen Sie mich an, wenn Sie sicher sind. Machen Sie ihr Studium fertig und gehen Sie in die Entwicklungshilfe, wie Sie es geplant haben. Wir können Ihnen dabei helfen einen Job zu finden. Am besten im Zaire, da trifft sich zur Zeit alles was Rang und Namen hat", sagt Shaffir mit verbindlichem Lächeln, während er zum Abschied Simons Hand presst.

Mit der Zeit vertieft sich Simons Verhältnis zu Gerda, ohne dass er es sich eingestehen will. Manchmal, wenn sie eine Nacht zusammen verbracht haben, denkt er, es könnte mehr daraus werden. Doch dann nimmt er sich sofort wieder zurück. Ich kann ihr das nicht antun, denkt er, ich bin auf einem Gleis unterwegs, in eine Richtung, in die sie mir nicht folgen kann.

Monate später, als Gerda aus der Tür ihres Gynäkologen auf die Straße tritt, weiß sie, dass sie schwanger ist. Simon wird das Kind nicht wollen, denkt sie, er ist so abwesend in letzter Zeit. Es wäre weniger bedrückend, wenn ich offen mit ihm darüber reden könnte.

Sie findet ein Taxi an der Ecke Kurfürstendamm und Bleibtreustraße, setzt sich auf die Rückbank und reibt ihre tauben Finger gegen den Ballen der anderen Hand. „Kantstraße 28, bitte."

Müdigkeit packt sie. Obstläden, Straßenschilder, Baustellen, Lastwagen gleiten vorbei. Wenn ich das Kind habe, zeige ich ihm den Weg. Mein Sohn soll wissen, wann und wo er in meinen Kopf kam. Sie drückt die Knie zusammen und setzt sich aufrecht an die Sitzkante, mit den Händen auf den Bauch gepresst.

Dabei dachten wir vorsichtig zu sein, denkt sie. Oh Gott, jetzt kommt die November-Depression schon im Oktober. Ich hasse Winter.

Als sie auf dem grauen Trottoir steht und in ihrer Tasche nach einem Geldschein sucht, wirbelt eine Böe Papierfetzen und Staub auf. Sie geht auf die verwitterte Eingangstür von Simons Wohnung zu und stockt. Sie denkt an Abtreibung und erschrickt. Drinnen, im Halbdunkel des Treppenhauses muss sie sich für einen Moment an die Wand lehnen, um durchzuatmen. Dann geht sie mit schweren Schritten die versifften Treppen hoch.

Simon erwartet sie bereits. „Und?", fragt er.

„Du wirst Vater", sagt sie mit krampfhaftem Lächeln.

Ich will kein Kind, denkt er. Kann es sein, dass es nicht von mir ist? Sie hatte eine andere Beziehung, als wir uns kennenlernten, vielleicht hat sie die aufrecht erhalten.

„Sag doch was", hört er Gerda, wie aus weiter Ferne.

„Ich kann kein Kind brauchen", sagt er in brutaler Offenheit. „Sie werden mich in den Zaire schicken, meine erste Station. Zuvor kriege ich noch Training, danach einen Job in einer Hilfsorganisation, wo das ist, ist noch offen, aber es sieht nach Frankfurt aus. Wie soll all das gehen mit einem Kind", stammelt er. Dabei denkt er an seinen Vater, der ihn bei fremden Leuten zurückgelassen hat.

Neubeginn

Fünf Tage dauert die Odyssee des Flugzeugs schon, und jetzt steht es am Rand des Flughafens in Mogadischu, wie ein paralysierter Riesenvogel. Endlich, am 18. Oktober 1977, stürmt eine deutsche Spezialeinheit den Flieger und befreit die Geiseln. Fast gleichzeitig mit der Nachricht über die gelungene Aktion kommt die Meldung aus Stuttgart, dass sich drei der in Stammheim einsitzenden Terroristen in der Nacht umgebracht haben.

Wie geht das, denkt Simon, der vor dem Radio sitzt und versucht sich aus den überschlagenden Nachrichten einen Reim zu machen. Erschossen, mit einer Pistole, im Gefängnis? Hört sich eher nach Mord an.

Als er sich einen Tag später mit Oberst Shaffir verbinden lässt, hat er nur eins im Sinn: So schnell wie möglich zum Einsatz kommen.

Die dunkle, gebrochene Stimme Shaffirs klingt ruhig, als er fragt: „Haben Sie die Nachrichten verfolgt?"

„Ja. Hat es erneut eine Selektion wie in Entebbe gegeben?"

„Nein, es waren nur Palästinenser im Flugzeug. Sie haben sich eher dumm angestellt." Es klingt, als unterdrücke er ein Lachen. „Die Deutschen haben diesmal gute Arbeit geleistet, besser als in München. Wann kommen Sie vorbei?"

„Wann immer Sie wollen."

„Wie wär's mit Dienstag nächste Woche."

„Einverstanden", sagt Simon, ohne Zögern. München, Entebbe, Mogadishu, zu viele Massaker, ich tue das Richtige, denkt er.

Zurück in der Wohnung ruft Carla an. „Warum hast du dich nie gemeldet?", fragt er.

„Es ging nicht. Ich habe meinen Hausrat aufgelöst, und gehe zurück nach Indien. In Deutschland kann ich nicht bleiben, nach allem, was passiert ist. Ich wollte mich nur verabschieden."

„Bist du in Gefahr?"

„Nein, ich glaube nicht."

„Geht Lukas mit?"

„Nein, wie kommst du darauf, zwischen uns ist es vorbei. Er und Indien sind wie Feuer und Wasser. Hast du noch Kontakt zu ihm?"

„Gelegentlich. Seit einem Jahr ist er im Zaire und arbeitet wie ein Tier, sagt er. Er hat mich eingeladen mit ihm den Kongo hinunter zu fahren. Ich weiß nicht, ob ich mir das antun soll. Am Ende werde ich aber wohl doch zusagen, es riecht zu sehr nach Abenteuer. - Warum gehst du zurück nach Indien?"

„Leute wie ich haben in Deutschland keinen Platz mehr. Ich habe nachgedacht, mich gefragt, warum sie den Stammheimern keine Namen mehr geben, sie nur noch kollektiv als Terroristen beschimpfen. Dabei haben sie Namen wie jeder andere auch, haben Gesichter wie jeder von uns. Vielleicht waren sie sogar empfindsamer, fanatischer, in jedem Fall idealistischer, als die Meisten, die sie jetzt verdammen. Auf einmal habe ich mich gefürchtet wegen dieser Gedanken, als könnten sie mich allein deswegen als eine der ihren abstempeln. Glaubst du ich werde verrückt?"

„Nein, es geht vielen so. - Schleyer war ein ehemaliger SS-Mann, Heydrichs Assistent. Er bekam, was er verdiente."

„Sie hätten ihn trotzdem nicht wie einen Hund erschießen dürfen", sagt sie nach einigem Zögern.

Sie hat Angst, denkt Simon, dabei hat sie nur gelegentlich einen von ihnen bei sich wohnen lassen, hat sie gesagt. Wer weiß, ob es stimmt.

Als er die Abschlusspapiere der Uni in Händen hält, fragt er sich, was er damit anfangen kann. Die Israelis haben sich lange nicht gemeldet und Simon glaubt, dass der Kontakt abgebrochen ist. In einem spontanen Entschluss fährt er nach Prag und mietet sich in einer kleinen Pension in der Altstadt ein. Er geht in die Kneipen, wo sie früher spielten und besucht erneut den jüdischen Friedhof. Lange steht er vor der endlosen Reihe von Landaus, und fragt sich, was aus seinem Vater geworden ist.

Auf der Straße spricht ihn ein alter Mann auf deutsch an. Er sei Professor für Zeitgeschichte und hätte ihn vor den Landaus stehen sehen. Er kenne die Geschichte der Familie gut, und könne ihm helfen, falls er auf der Suche nach einem von ihnen wäre.

Im ersten Moment fühlt sich Simon abgestoßen, versteht nicht, was der Mann will. Doch dann antwortet er auf tschechisch: „Darf ich Sie auf ein Bier einladen?"

„Danke, ich trinke keinen Alkohol, aber einen Kaffee gerne."

„Dann eben ein Kaffee", sagt Simon und wundert sich, als der Mann sofort einwilligt.

In einem kleinen Café, in einer Nebengasse des Wenzelsplatzes, fragt er, kaum, dass sie sich gesetzt haben: „Warum haben sie mich angesprochen?"

Der Mann lächelt freundlich. „Es gibt nicht viele junge Menschen, die auf den Friedhof kommen. Und Sie sahen so verloren aus. Warum waren Sie dort?"

Simon mag nicht, wie der Mann ihn anschaut. „Ich suche meinen Vater, er hieß Landau", sagt er eher widerwillig.

„Aber Sie heißen anders", sagt der Mann, als kenne er Simons Geschichte bereits.

„Ja, Osterholt."

Ein wissendes Lächeln spielt um die Mundwinkel des Mannes.

„Warum amüsiert Sie das?", fragt Simon.

„Es kommt mir so bekannt vor. Jüdischer Vater, Adoption durch deutsche Eltern, die dem Jungen eine heroische Geschichte erzählen, was mit dem Vater, vielleicht auch der Mutter während des Kriegs passiert ist. Die Geschichten sind meist sehr ähnlich, ich habe einige davon gesammelt."

„Stehen Sie deshalb am jüdischen Friedhof und sprechen Leute an?", fragt Simon, einen Schuss zu aggressiv.

„Nein, ich bin Zeitgeschichtler, die sind neugierig", lässt sich der Mann nicht aus der Reserve locken. „Erzählen Sie, vielleicht kann ich Ihnen ja doch helfen."

Er könnte so alt wie Vater sein, falls er noch lebt, denkt Simon. „Ich war fünfzehn, als wir 1968 Prag verließen. Anfangs war es schwer in Deutschland, vor allem in der Schule. Ich konnte die Sprache nicht richtig und wurde abgelehnt." Simon spricht stockend, schließlich befreiter, als hätte er nur darauf gewartet, es endlich aussprechen zu können. „Ich hab gerade mein Studium abgeschlossen und bin eher spontan nach Prag gefahren. Nostalgie vermutlich", lacht er verlegen. „Als ich vor der Liste der Landaus stand …." Seine Stimme verliert sich, er nimmt einen Schluck Bier. „Meine Adoptiveltern meinen, er wäre nach Israel ausgewandert", sagt er schließlich.

„Der Besuch des Friedhofs, war der auch spontan?", fragt der Mann.

„Ich kam zufällig vorbei. Vor ein paar Jahren war ich schon einmal dort."

„Und seither haben Sie die Landaus nicht mehr losgelassen. Alle tot, die meisten Anfang der vierziger Jahre", sagt der Mann lapidar.

Simon überlegt einen Moment. „Und Sie, heißen Sie auch Landau?"

Der Mann schüttelt den Kopf. „Jonas Slezak", sagt er bestimmt.

„Jude?"

„Nein, Kommunist." Wie zur Bestätigung krempelt er einen Ärmel hoch und zeigt auf eine verwaschene Narbe. „Hier war einmal eine Nummer, die hab ich rausoperieren lassen. Wann sind Sie geboren?"

„1953. Warum fragen Sie?"

„Es könnte passen. Anfang der fünfziger Jahre gab es ein Zeitfenster in dem viele Juden ausgereist sind. Mit dem Aufstand in Ungarn war es dann wieder vorbei." Der Mann lehnt sich zurück, greift nach der Kaffeetasse, die längst leer ist, und sieht aus dem Fenster. „Vielleicht war Ihr Vater einer davon. Sie sollten die Melderegister in Israel durchforsten."

„Aber warum hat er sich nie gemeldet, wenn er noch lebt?"

„Das kann ich Ihnen nicht sagen. Ich glaube, ich kann Ihnen auch sonst nicht weiter helfen." Er steht auf und reicht Simon die Hand. „Viel Glück."

Auf dem Fluss

Von der Terrasse des Okapi-Hotels haben sie freie Sicht auf die riesige, ockerfarbene Brühe, die zwischen Brazzaville und Kinshasa dem Meer entgegen strömt.
Simon denkt an die Ankunft in Kinshasa am Tag zuvor, an die klare Sicht auf den Grund. Er wusste nicht, welch Glücksfall es war, dass er später fast immer durch eine graue Suppe aus kochenden Wolken landen würde, die nur gelegentlich aufrissen, um den Blick auf das satte Grün des Kongobeckens freizugeben. Er denkt an das leuchtende Azur des Atlantiks, das in eine türkisfarbene Kräuselung überging, die sich nach und nach in schmutziges Braun verwandelte, in dem unzählige Grasbüschel, Soden und kleine Bauminseln schwammen. Alles, was der Fluss aus der Tiefe des schwarzen Kontinents herbei geschafft und als lästiges Treibgut ausgespuckt hatte.

„Woher kommt die Farbe?", fragt er Lukas, der gelangweilt auf die verschwommene Silhouette Brazzavilles am andere Ufer blickt.
„Vom Fluss?"
„Ja."
„Aus dem Hochland, drunten im Süden, nehme ich an. Er entspringt nicht weit entfernt vom Sambesi übrigens. Zwei mächtige Brüder, von denen sich der eine für den Norden, der andere für den Süden entschieden hat. Sie konn-

ten sich halt nicht einigen, wohin die Reise geht", lacht er. „Auf dem Weg sammelt sich eine Menge Zeug an, das dann in den Stromschnellen vor Matadi ordentlich durcheinander gewirbelt wird. Wegen der Felsen dort ist der Fluss im Unterlauf auch nicht schiffbar, er hat auch kein Delta, wie der Nil oder der Mississippi, nur einen riesigen Fächer braunen Wassers, der sich weit ins Meer ausbreitet. An klaren Tagen kannst du ihn beim Anflug auf Kinshasa sehen. Kommt aber ganz selten vor."

„Ich sah's gestern, anscheinend hatte ich Glück. Du magst den Fluss, oder?"

„Er beeindruckt mich, Rhein und Donau wären hier unbedeutende Nebenflüsse. Flussaufwärts bilden sich anscheinend kilometerweite Seen, umgeben von undurchdringlichem Regenwald, hat mir einer erzählt. - Ich habe uns übrigens Tickets in der Ersten Klasse auf dem Oberdeck gebucht. Dort müsste uns das schlimmste Chaos erspart bleiben."

„Was für ein Chaos erwartest du denn?"

„Dasselbe wie überall, viel Geschrei und jeder macht, was er will."

Simon grinst nur, als hätte er nichts anderes erwartet. „Teuer die Tickets?"

„Keine Sorge, die Reise geht auf mich, oder bist du plötzlich stinkreich geworden."

„Von einem Kapitalisten nehme ich das gerne an", strahlt Simon über's ganze Gesicht.

„Kapitalist?", fragt Lukas und lässt es dabei.

„Seit ich hier bin, fallen mir dauernd die Augen zu. Wie schaffst du es überhaupt hier zu arbeiten?", fragt Simon.

„Nach ein paar Wochen gewöhnst du dich an die feuchte Hitze. Jetzt, wenn ich zurück in die Firma muss, habe ich eher Probleme in Deutschland."

In der Nacht fiel die Klimaanlage aus, denkt Simon. Die Stromversorgung klappt nur sporadisch, sagte der Hotelmanager.

„Wie lange bist du schon hier?"

„Ein Jahr und zwei Monate."

„Ein Jahr ist lang", sagt Simon träge. „Zählst du die Tage?"

„Nein, noch nicht, aber alles ist schlimmer geworden. Manchmal kommen mir Mobutu und seine Kamarilla wie Blutsauger vor. - Noch einen Irish Coffee?"

„Danke, einer reicht mir. Ich kann schon jetzt nicht mehr klar denken. Der Whiskey haut mich um. - Was ist schlimmer geworden?"

„Die Versorgung, die Moral. Am schlimmsten ist die Gier der Regierungsmannschaft. Ein Pack von Speichelleckern, von denen kaum einer dem Job gewachsen ist. Sie sind nur daran interessiert sich die Taschen vollzustopfen."

„Bist du auf sie angewiesen?"

„Leider ja. - Ich nehme noch einen. Leg dich einfach eine Stunde auf die Ohren, danach geht's dir besser."

Für eine Weile horcht Simon in sich hinein und fragt dann übergangslos: „Kannst du dich noch an den Tag erinnern, als mich der Dicke einen Saujuden nannte und du ihm daraufhin einen Tritt in den Bauch verpasst hast?"

„Natürlich, aber wie kommst du ausgerechnet jetzt darauf? Es war vor zwanzig Jahren."

„Du hast ihn einfach umgelegt. Bevor er wusste, wie ihm geschah, lag er schon auf dem Boden", lacht Simon.

„Wäre mir wahrscheinlich ziemlich dreckig ergangen, wenn sich die beiden anderen nicht heraus gehalten hätten. Warum denkst du daran?"

„Weiß nicht, das Pack hat es vielleicht ausgelöst. Kam mir nur so in den Sinn. Ein Jahr, ich frage mich, ob ich das Klima so lange aushalten könnte", sagt Simon.

„In einer Woche wärst du wie ein Fisch im Wasser. Außerdem musst du ja nicht in Kinshasa bleiben. Lubumbashi zum Beispiel, hat ein völlig anderes Klima. - Warum hast du dich damals eigentlich nicht besser gewehrt, feige bist du ja nicht."

„Ich hätte keine Chance gehabt gegen drei. Vor dir hatten sie Respekt. Du warst du einen Kopf größer als alle anderen."

„Alles Schnee von gestern. Erzähl mir lieber, was du heute machst. Studium abgeschlossen und jetzt Entwicklungshilfe, was heißt das?"

Für einen Moment starrt Simon schweigend auf den Fluss. Soll ich oder soll ich nicht, denkt er. „Du bist mein bester Freund."

„Hey, was soll die Feierlichkeit?", fragt Lukas verblüfft. „Immer, wenn du so anfängst, kommt danach etwas Grundsätzliches. Wir Juden ..., oder so ähnlich."

„Und jetzt wieder", lacht Simon. „Ich hab mit den Israelis Kontakt aufgenommen."

Lukas verdreht die Augen, lehnt sich weit zurück, verschränkt die Arme hinterm Kopf und fixiert Simon. „Was du schon vor Monaten angedeutet hast? Ich hielt es für Angeberei."

Simon atmet tief ein. „In Entebbe hat ausgerechnet ein Deutscher die Passagiere aussortiert, Juden links, alle anderen rechts. Dabei hielt er sich nicht einmal für einen Nazi. Und Mogadischu hätte genauso gut schief gehen können."

„Ist es aber nicht. Aber ich kann dich gut verstehen."

„Das ist das erste Mal, dass du es sagst."

„Wir sind älter geworden. Pass trotzdem auf, kann auch schief gehen."

„Genau wie bei dir."

Ein wissendes Lächeln huscht über Lukas' Gesicht. „Weil ich nach Afrika gegangen bin? Neokolonialist und so? Meinst du das?"

Simon geht nicht darauf ein. „Die Unabhängigkeit, die du suchst, glaubst du, du findest sie hier?", fragt er schließlich.

Lukas runzelt die Stirn, als verstünde er nicht, was Simon meint. „Woher kommt das denn?"

„Carla hat gemeint, das wäre es, was du suchst: Unabhängigkeit. Dabei wirst du dich verbiegen müssen, bis du dich gar nicht mehr wieder erkennst", fährt Simon unbeirrt fort.

„Als Knecht der Großindustrie, hast du einmal gesagt." Lukas schüttelt fast unmerklich den Kopf, ein feines Lächeln spielt um seine Mundwinkel.

„Mir wird es genauso ergehen, wenn sie mich überhaupt nehmen."

„Nehmen? Du bist also noch nicht dabei."

„Es sieht ziemlich konkret aus. Sie müssen mich noch genau durchleuchten, haben sie gesagt. Keine Ahnung, was dabei heraus kommt."

„Ein Typ aus Haut und Knochen, mit dem sie nichts anfangen können", lacht Lukas. „Lass uns über die Reise reden, deshalb bist du doch hier, nicht um mir Räubergeschichten aufzutischen."

Simon nickt, froh, dass Lukas nicht weiter nachhakt. Ich hätte nicht damit anfangen sollen, denkt er. Er glaubt mir sowieso nicht. Ist vermutlich auch besser so, kann ja alles ganz anders kommen. „Wann geht es los?"

„Morgen früh, mit einer kleinen Cessna nach Kisangani. Von dort nehmen wir das Schiff zurück. Wenn wir über dem Regenwald abstürzen, brauchst du dir wegen der Israelis keine Sorgen mehr zu machen."

Arschloch, denkt Simon. „Wird schon klappen", sagt er. „Und dann?"

„Dann hoffen wir, dass alles gut geht. In einer Woche sollten wir wieder hier sein. So genau weiß man das aber nicht, habe ich mir sagen lassen. Hängt alles vom Kapitän ab, wie oft er auf der Strecke anlegt, um neue Passagiere aufzunehmen. Manchmal steckt der Konvoi auch tagelang auf einer Sandbank fest, bis er wieder frei geschleppt wird."

„Konvoi?"

„Ja, ein Schlepper mit Kajüten, da sind wir drauf, dahinter mehrere Lastkähne."

Lukas und Simon sitzen am Kai und sehen dem Treiben der Lastenträger und Passagiere zu, von denen einige aussehen als wollten sie ihr restliches Leben auf dem Schiff verbringen. Seit Stunden wird die „Major Mudimbi", das Schiff, das sie nach Kinshasa bringen soll, beladen. Der offizielle Abfahrtstermin ist längst verstrichen.

„So ähnlich saßen wir auch in Algeciras", sagt Simon.

„Nur gab's da Shrimps und kaltes Bier. Hier sind nur die Chaoten dieselben", meint Lukas.

Doch plötzlich geht es ganz schnell. Der Steward, der sie immer wieder vertröstet hat, kommt gerannt, um sie sofort an Deck zu bringen. Der Grund für die Eile wird ihnen klar, als sie die Kabine sehen. Er hat sie vom Oberdeck ins Mitteldeck zurückgestuft, weil irgendein Regierungsbeamter in letzter Minute das gesamte Oberdeck mit seiner Entourage belegt und die bestehenden Reservierungen einfach streichen ließ.

„Und was machen wir dagegen?", fragt Simon.

„Sinnlos, sich zu wehren. Nimm's in deinen Erfahrungsschatz auf. Wenigstens müssen wir die Kabine nicht auch noch mit anderen Leuten teilen", sagt Lukas. „Schau dir den Kapitän an, der Kerl gefällt mir in seiner goldbestickten Fantasieuniform. Wenn er sein Handwerk so gut versteht wie er aussieht, können wir uns beruhigt zurücklehnen."

Sobald die kolonialen Reste der Uferpromenade Kisanganis hinter ihnen liegen, beginnt der Regenwald. Allein das Rumoren des Schiffsmotors ist zu hören. Zwanzig Meter hohe Baumriesen säumen die Ufer, die übergangslos aus dem Flusswasser emporragen. Das Schiff, nicht mehr als ein hoch gebauter Schlepper, zieht fünf verrostete und verbeulte Barken hinter sich her, was dem Verband den Charakter einer lang gezogenen Insel verleiht.

Bald lösen sich die ersten Einbäume aus dem Unterholz und versuchen während der Fahrt an der „Major Mudimbi" anzudocken. Für sie ist es der einzige Markt, auf dem sie ihre Waren, meist lebende Affen, Zwerggazellen, Ziegen und junge Krokodile anbieten können. Vorne und hinten paddeln zwei muskulöse Männer, während in der Mitte eine meist solide gebaute junge Frau die Waren zusammenhält. Der Andockvorgang muss schnell erfolgen, denn wenn es dem Frontmann misslingt, sich auf das tief liegende Unterdeck zu schwingen, das Seil, an dem der Einbaum hängt, an einer Strebe der Reling zu befestigen, wenn er ausrutscht und in den Fluss stürzt, dann ist die Gelegenheit für eine weitere Woche vertan.

Das Spektakel wiederholt sich Stunde um Stunde, während das Schiff mit unverminderter Geschwindigkeit flussabwärts dampft. Dabei verwandelt sich die schwimmende Insel in einen stinkenden und lärmenden afrikanischen Markt.

Unter den Passagieren sind viele Zwischenhändler, die eine Menagerie aus Farm-, Wald- und Flusskreaturen für ein Trinkgeld erwerben, um sie in Kinshasa zu überhöhten Preisen weiterzuverkaufen. Über allem thront der Kapitän, der sich die besten Stücke reservieren lässt, die er dann auf eigene Rechnung versilbert. Längst hat er die beeindruckende Uniform gegen einen himmelblau gestreiften Pyjama getauscht. Durch Zurufe und versöhnliche Gesten regiert er sein Reich. An jedem Zwischenstopp verkaufen seine Leute zusätzliche Tickets, weit mehr als das Schiff eigentlich verkraften kann. Wenn einer der Passagiere während der Fahrt auf den schmierigen Stahldecks ausrutscht und ins Wasser fällt, kümmert sich kaum jemand um ihn. Entweder seine eigenen Leute ziehen ihn mit Geschrei zurück an Bord, oder er ertrinkt. Das Schiff hält nie an.

„Eine größere Ansammlung aus Gier, Dreck und Gestank habe ich noch nie erlebt", sagt Simon, als sie vorne am Bug, dem einzigen Platz zu dem der penetrante Gestank von Mensch und Tier nicht vordringt, die Nacht erwarten. „Wer profitiert eigentlich davon, dass die Verhältnisse im Zaire so bleiben wie sie sind?"

„Mobutu natürlich, seine Speichellecker und hier in erster Linie der Kapitän", überlegt Lukas nicht lange. „Vor einem Jahr wollten sie ihn auf einen besser bezahlten Job bei der Schiffsverwaltung versetzen, aber er hat abgelehnt. Verständlich, wenn du siehst, was sich hier abspielt. Am Schreibtisch wäre es vorbei gewesen mit seinen Pfründen, die er hier einfährt."

„Und Mobutu, nach all den Jahren müssten die Leute eigentlich doch genug von ihm haben."

„Haben sie auch, aber seine Schlägertrupps und die CIA, die ihn immer noch stützt, sind wohl zu stark. Jetzt hilft hier nur noch die biologische Uhr, und wer weiß, ob es danach besser wird", sagt Lukas gelangweilt, als lohne es nicht darüber nachzudenken.

„Und du, wie lange hältst du es aus?"

„Ich mache meinen Job, zwei Jahre, dann musst du zurück, sonst frisst dich das Land auf, und bevor du es merkst, wirst du einer von denen, die die Hand aufhalten."

„Sie wollen mich für eine Weile hier stationieren", sagt Simon leise.

„Als Entwicklungshelfer?"

„Ja."

„In Kinshasa?"

„Eher in der Kupferregion."

„Da geht es ziemlich wild zu. Wann?"

„Weiß ich noch nicht", sagt Simon, und sieht zu, wie sich Lukas eine Zigarette anzündet. „Gibst du mir auch eine?", fragt er.

„Ich dachte, du rauchst nicht."

„Nur gelegentlich, wenn ich schnorren kann." Simon nimmt ein paar tiefe Züge, während Lukas ihn still betrachtet.

„Wann kommen wir in Kinshasa an?", fragt Simon, nachdem sie eine Weile schweigend geraucht haben.

„Morgen Nachmittag, wenn der Kapitän nicht noch ein paar ungeplante Häfen anläuft, um weitere Tickets zu verkaufen", lacht Lukas gequält. Fer spürt Simons Unsicherheit, dass es keinen Sinn hat weiter über seine Zukunftspläne zu reden.

„Ich träume jede Nacht von einer Dusche und sauberen Laken", stöhnt Simon plötzlich auf. „Dabei geht es uns blendend im Vergleich...". Er stoppt abrupt. Als Lukas ihn fragend ansieht, sagt er:

„Zu den Konzentrationslagern. Unvorstellbar, dass überhaupt Menschen überlebt haben."

Lukas nickt. „Willst du deshalb für die Israelis arbeiten?"

„Ein anderer Geheimdienst käme wohl kaum in Frage", sagt Simon, und blickt mit verschränkten Armen auf das vorbei strömende Wasser.

„Du hasst Deutschland, nicht wahr?"

„Nein, ich verachte es, für das, was es seinen eigenen Leuten angetan hat, und wie es sich immer noch wegduckt." Wie zum Beweis schnippt er die Zigarette ins Wasser.

„Es gibt Leute die daran arbeiten."

„Und die wären?"

Nach einigem Zögern sagt Lukas: „Wie wär's mit Brandt."

„Du hast zu lange gebraucht mit der Antwort", lacht Simon. „Warum, glaubst du, hat uns der marokkanische Bauer die Trauben geschenkt?"

„Wird das ein neues Thema, wie mit der Schule, die dir plötzlich in den Sinn kam", lacht Lukas. „Keine Ahnung, weil er uns mochte vermutlich."

„Weil wir als Deutsche in seinen Augen besser, schöner, klüger, tapferer, blauäugiger sind", sagt Simon bestimmt.

„Genau, blauäugig", lacht Lukas. „Du hast ihm ein Hemd geschenkt. Fand ich etwas übertrieben für ein paar Trauben."

„Er wollte kein Geld und etwas anderes fiel mir nicht ein. Übrigens, ich war noch nicht fertig mit meiner Aufzählung." Simons Stimme klingt auf einmal eine Oktave höher. „Wir halten uns für blonder als die Skandinavier, arbeitswütiger als die Japaner, Musik liebender und Kultur besessener als der Rest der Welt. Aber wir leiden an Amnesie. Für den Bauern waren wir Übermenschen. Lichtgestalten, die er anfassen wollte, um weiter glauben zu können, dass es sie gibt."

„Du spinnst. Blonder! Schau uns doch an, zwei schwarzhaarige Kerle in einem klapprigen VW. Wenn so Lichtgestalten aussehen,

ist die Welt noch in Ordnung. Der Bauer wollte uns einfach nur seine Gastfreundschaft zeigen." Lukas zuckt mit den Schultern, als wolle er damit sagen, dass es nicht weiter lohnt darüber zu reden. „Komm wir trinken noch einen. Morgen sind wir raus aus dem Dreck. - Übrigens, ich habe mit meiner Vergangenheit Frieden geschlossen."
„Was meinst du?"
„Du hast es getriggert."
„Und?"
„Ich hatte nur ein kleines Foto meines Vaters in Wehrmachts-Uniform, sonst nichts. Den Rang kannte ich nicht, und Mutter fragen wollte ich auch nicht. Es hätte ja sein können, dass er in der SS war. Aber letzthin fand ich in einem alten Lexikon die Wehrmachtabzeichen der Deutschen im Zweiten Weltkrieg. Vater war Sanitäter in der Luftwaffe. Vor Erleichterung habe ich eine ganze Flasche Wein getrunken."
„Allein?", lacht Simon. „Das machst du doch sonst auch."
„Es war anders. Jetzt habe ich eine Baustelle weniger."
„Es wird nie vorbei sein", sagt Simon nachdenklich. „Die Israelis haben mir erzählt, dass ein Deutscher General, der beim Warschauer Aufstand alles niederbrennen ließ, in der fünfziger Jahren auf Sylt Bürgermeister wurde. Er fühlte sich absolut sicher und behauptete, von Massenerschießungen unter seinem Kommando nichts gewusst zu haben. Vermutlich wollten sie damit sagen, dass es nie vorbei sein wird."

Neuland

„Geh hin und schau's dir an", sagt Shaffik. „Wenn es dir nicht gefällt, finden wir etwas anderes. Die GTZ ist ein renommiertes Institut."

„GTZ?", fragt Simon.

„Gesellschaft für Technische Zusammenarbeit. Die Deutschen lieben solch lange Namen. Elrod, der Leiter, ist ein guter Freund von mir und wird dir beim Einstieg helfen. Such dir eine Wohnung in Frankfurt, von dort ist es nur ein Katzensprung nach Eschborn, wo sie ihren Hauptsitz haben. Die Position in der Shaba Region ist immer noch vakant, als Entwicklungshelfer kannst du dir ein eigenes Netz aufbauen, auch wenn der Anfang schwierig sein wird. Mach dir darüber keine Illusionen, aber wir alle mussten da durch. Wie war dein Ausflug in den Zaire?"

Er weiß alles, denkt Simon. Durchleuchten, hat er gesagt, anscheinend geht das so, Flugtickets, Kreditkartenabrechnungen, Telefonverbindungen, wer weiß, was sonst noch. „Weiß Elrod über mich Bescheid?", fragt er, ohne auf die Reise in den Zaire einzugehen.

„Alles, außer, dass du mit uns arbeitest. Tust du ja auch noch nicht", lacht Shaffik, und klopft Simon freundlich auf die Schultern. „Du ziehst nach Frankfurt, kriegst den Job in Eschborn, und später gehst du nach Lubumbashi. Sie werden dich hinschicken, wenn du dich nicht ganz dumm anstellst. Verlass dich darauf."

„Lubumbashi?", fragt Simon, „Im Süden?"

„Ja, mitten im Kupfergürtel, umgeben von Sambia, Rhodesien, Malawi, Angola. Du wirst dort der König, nur Südafrika gehört dir nicht, da haben wir schon ein paar gute Leute. Wo warst du im Zaire?"

Er will es genau wissen, denkt Simon. „Eine Woche auf dem Kongo. Ein Freund lud mich ein mit ihm von Kisangani nach Kinshasa zu fahren. Eine Woche, mit Ziegen und sonstigem Gekrauche auf dem Schiff. Vom Süden habe ich keine Ahnung."

„Das wird dir in Afrika häufiger passieren."

„Das Gekrauche?", fragt Simon, doch Shaffik grinst nur als Antwort. „Was soll ich dort?"

„Zuschauen, herumfahren, mit Leuten reden und berichten. Die Sowjets wollen ihren Einfluss im Süden Afrikas ausdehnen und die Amerikaner wollen das verhindern. Die Bodenschätze im Zaire sind zu wichtig, um die Großmächte einfach machen zu lassen. Wir sollten zumindest wissen woher der Wind weht, wenn sich ein Sturm zusammenbraut."

Simon nickt und nimmt das Kuvert entgegen, das ihm Shaffik über den Schreibtisch zuschiebt.

„Deine ID. Lies und lern es auswendig. Du warst ein Praktikant an der israelischen Botschaft, hast du für dein Studium gebraucht. Den Rest haben wir bis auf die Verstrickungen deiner Eltern gelassen, ist besser so, sonst verhedderst du dich zu leicht. Sieh zu, dass es mit der GTZ klappt und dann reden wir weiter, aber nicht mehr hier. Ich melde mich ab sofort immer bei dir. Du rufst mich nicht mehr an, nur noch in absoluten Notfällen, dann auf dieser Nummer." Er zeigt ihm einen handgeschriebenen Zettel. „Merk sie dir." Dann reicht er Simon die Hand. „Auf eine gute Zusammenarbeit."

Als sich Simon bei Elrod vorstellt, beschleicht ihn das Gefühl, dass der bereits einiges über ihn weiß. Er übergibt ihm die Papiere und ein paar Wochen später ist er im Besitz eines Beratervertrags mit klar umrissenen Aufgaben. Eine davon ist eine Studie über den Ausbau der Benguela Eisenbahn.

In der Projektbeschreibung wird ausdrücklich darauf hingewiesen, wie wichtig diese Strecke zwischen Katanga und Lobito am Atlantik für die ganze überregionale Entwicklung ist. Vor der Ausreise bestellt ihn Elrod noch einmal in sein Büro. Bestandsaufnahme, hat er den Termin genannt.

„Wie geht es, Herr Osterholt? Den Einstieg bei uns gut überstanden? Ich höre nur Gutes über Sie."

„Ich bemühe mich."
„Und Ihr Französisch?"
„Es kommt. Der Crash-Kurs hat geholfen."
„Wir wollen doch, dass Sie Erfolg haben. - Lassen Sie uns eine Weile über Ihren zukünftigen Einsatz reden. Ich war in den sechziger Jahren selbst für einige Zeit im Kongo, so hieß das Land damals noch. Vielleicht kann ich Ihnen etwas von meinen Erfahrungen mitgeben."
„Sie denken nicht, dass der Einsatz zu früh für mich kommt?"
„Nein, Sie schaffen das, wir haben Sie genau beobachtet. Sehr methodisch, gewissenhaft, sie schaffen das, ganz bestimmt. Wissen Sie, im Zaire zeichnet sich wieder mal ein potenzielles Desaster ab. Es war schon vor der Unabhängigkeit ein unruhiges Pflaster, aber jetzt taumelt das Land von einem Konflikt in den nächsten. Schwer zu sagen, wie lange Mobutu noch durchhält. Aber für den Westen ist das Land einfach zu groß, zu reich an Bodenschätzen, als dass wir es ignorieren könnten. Es darf auf keinen Fall wegdriften, weder an die Russen noch ins Chaos." Elrod hört für einen Moment in sich hinein, bevor er fortfährt. „Als die Belgier 1960 abzogen, war der Kongo das am schlechtesten vorbereitete Land Schwarzafrikas, das in die Unabhängigkeit entlassen wurde. Seither hat sich wenig geändert. Das Land ist immer noch eine Ansammlung von Stämmen, in Regionen, die nichts verbindet, als ihre koloniale Vergangenheit, und der Sprache, die ihnen die Belgier hinterlassen haben. Die Zentralregierung in Kinshasa ist völlig unbedeutend, trotzdem bleibt sie für uns der Ansprechpartner. - Lumumba hätte, meiner Meinung nach, eine Chance verdient gehabt. Aber Tschombé ließ ihn in Katanga ermorden. Alles mit Zustimmung der CIA. Ist dokumentiert, aber keiner wurde je dafür belangt. Den Leichnam haben sie verscharrt, wie einen Hund."

Es macht ihm noch heute zu schaffen, denkt Simon. So emotional habe ich ihn noch nie erlebt. Vielleicht wird man so in Afrika. „Waren Sie während der Unruhen dort?"

„Nein, erst kurz danach. - Die Belgier haben eine Menge Fehler gemacht. Ach was, alle haben sich angestellt wie Amateure. Aber im Nachhinein ist es immer leicht, Recht zu haben."

„Was ist schief gelaufen?"

„Lumumba war Idealist, auf keinen Fall war er Kommunist, wie ihn die Amerikaner gerne darstellen. Er ging nur deshalb nach Moskau, weil er Hilfe brauchte und ihn die Belgier, die Amerikaner und die Vereinten Nationen im Stich ließen. Er wusste sich einfach nicht anders zu helfen, als die Russen mit ins Boot zu holen, wenn er ein Mindestmaß an Unabhängigkeit behalten wollte. Seine Rede bei der Übergabe der Regierung war in der Tat ein einziger Affront gegen die Belgier, aber so war die Denke nun mal überall in den ehemaligen Kolonien. Danach fürchteten die Amerikaner aus dem Land geworfen zu werden, also suchten sie nach einer sauberen Lösung. Tschombé kam ihnen gerade recht. Die sechziger Jahre, müssen Sie wissen, waren eine gefährliche Zeit für Abweichler, sie lebten nicht lange, egal ob im Osten oder im Westen. Nur die Art, wie sie Lumumba umbrachten, war ziemlich dilettantisch, sie machten ihn zm Märtyrer."

„Und wann kam Mobutu an die Macht?"

„Er war Lumumbas Sprecher, ein unbedeutender Lokaljournalist, den die CIA zum Präsidenten machte. Es dauerte nicht lang, bis er sich für einen Halbgott hielt."

„Sie hören sich frustriert an", sagt Simon.

„Stimmt. In Schwarzafrika wurden einfach zu viele Fehlern gemacht. - Aber lassen wir das, es geht schließlich um Sie. - In Rhodesien haben die Rebellen eine Schule in Vumba, mitten im Land attackiert. Zwölf Tote, Schüler und Lehrer, das zeigt, wie stark sie schon sind. Smith wird zurückschlagen, aber letztendlich hat er keine Chance. Mugabe in Mozambique und Nkomo in Sambia werden nicht mehr lange warten. Die ganze Region könnte bald kippen, wenn auch die Kubaner in Angola erfolgreich sind. Der Westen wird das nicht zulassen, deshalb brauchen wir diese Eisenbahn."

„Und was passiert, wenn tatsächlich alles im Chaos versinkt?"
„Mit Ihnen?"
„Ja, auch."
„Keine Sorge, Sie werden evakuiert, wie alle anderen Europäer. So ist es immer, wir lassen Sie nicht im Stich. Wie und wann es losgeht kann ich Ihnen aber nicht sagen."
Nachdem er sich verabschiedet hat, steht Simon eine Weile vor der Aufzugstür, bis er merkt, dass er vergessen hat den Knopf zu drücken. Im Gang hängt der Duft von Parfüm in der Luft. Carla hat nie Parfum benützt, denkt er, ich mochte auch so, wie sie duftete. Er verzichtet auf den Aufzug und geht die Treppe hinunter zum Ausgang. Ihm ist, als spüre er den Staub Marokkos zwischen den Zähnen, als sähe er die Fliegen auf dem Gesicht des kleinen Jungen in Fez vor sich. Ist so weit weg, denkt er, als er das Gebäude verlässt. Damals habe ich alles kritisch gesehen, vielleicht hatte ich auch nur Angst, ein Jude umgeben von lauter Arabern. Bin gespannt, was im Zaire passiert.

Er schläft schlecht in Lubumbashi, hat Albträume von Urwäldern, die von Liliputanern bevölkert sind. Er sieht sich unter Gebeugten und Krüppeln, die auf Rettung warten, die er ihnen nicht bringen kann, so sehr er sich auch bemüht.

In den Augenblicken des Erwachens, wo ihn der Traum noch gefangen hält, wo er glaubt, dass Moos auf seiner rissigen Haut wächst und die Füße, mit Wurzeln bewehrt, in der Kühle der Erde stecken, sucht er nach Erklärungen für seine Wirren, die er in der Realität Lubumbashis nicht finden kann.

„Es sind die Kubaner, die den Ausschlag geben werden", sagt ein Kupferhändler an der Bar. „Sie formieren sich an der Grenze und führen immer mehr Truppen über die Benguela heran."

„Und was haben sie vor?", fragt Simon, der hofft, aus dem Wust an Gerüchten, konkrete Informationen filtern zu können.

„Ist doch klar, die Angolaner wollen die Minen. Sie brauchen das Kupfer, denn irgendwie müssen sie schließlich für die russischen Waffen bezahlen. Und Castro ist auch nicht bekannt dafür, etwas umsonst zu machen. Aber die Amerikaner werden nicht einfach zusehen. Sie wären ja völlig vernagelt. Zuerst bauen sie Mobutu auf, schlucken dessen Eskapaden, und wenn es spannend wird, präsentieren sie den Russen den Kupfergürtel auf dem Silbertablett. So blöd sind die nicht." Der Kerl sieht triumphierend in die Runde und schenkt sich Whiskey nach. Er setzt an, um weiter zu spekulieren, doch Simon hat genug. Er begleicht die Rechnung und geht auf's Zimmer. Was mache ich hier, denkt er, höre mir das Geschwätz von Wichtigtuern an und komme keinen Schritt voran. Er nimmt den Vertrag mit der GTZ aus der Aktentasche und sucht die Ausstiegsklausel. Doch gleich legt er das Papier wieder zur Seite. Ich kann mich nicht konzentrieren, denkt er. Wenn es losgeht, hoffe ich, dass ich mit den Amerikanern ausgeflogen werde. Allein schaffe ich es nur über Land, am besten über Sambia, wenn die Grenze offen bleibt.

Tage später, als er Abends noch allein an der Bar sitzt, spürt er plötzlich eine Hand auf der Schulter. Als er sich umdreht, sieht er das strahlende Gesicht Kyle Waltons vor sich, den er zusammen mit Lukas in Kisangani kennen gelernt hat. Eine Menge Bier ist in dieser Nacht geflossen, während sie sich gegenseitig die Welt erklärten. „Was machst du denn hier?", fragt Simon, als er Kyle die Hand schüttelt.

„Dasselbe könnte ich dich fragen. Anscheinend hat es geklappt mit der Entwicklungshilfe."

„Ja, ich bin bei der GTZ gelandet. Ich soll herausfinden, ob die Benguela-Eisenbahn wieder flottzukriegen ist, aber ich komme über Gerüchte nicht hinaus."

Kyle schüttelt den Kopf. „Hier erfährst du gar nichts. Hier stapeln sich nur die Kupferbarren und keiner weiß, wie es weiter geht. Wenn du wissen willst, wie es wirklich um die Eisenbahn steht, musst du nach Angola. Würde ich dir aber nicht empfehlen, Savimbi ist auf dem Vormarsch." Ein breites Grinsen erscheint auf Kyles Gesicht. „Wie lange sitzt du hier schon und drehst Däumchen?"

„Seit ein paar Wochen. Eigentlich ist es die Weltbank, die wissen will, ob die Trasse noch besteht, damit Mobutu sein Kupfer nach Lobito schippern und verkaufen kann", sagt Simon. „Die Angolaner sperren sich, geben keine Informationen her. Deshalb hat sich die Weltbank an die GTZ gewandt, die hier gut vernetzt ist. Aber keiner von den Leuten, mit denen ich reden sollte, weiß etwas Konkretes. Und einfach nach Angola gehen und die Trasse abfahren, scheint mir zu gefährlich. Hast du eine Idee?"

„Nein, Angola ist Neuland für mich. Sprichst du Portugiesisch?"

„Nein."

„Schon komisch: Ein deutscher Entwicklungshelfer versucht vom Zaire aus herauszufinden, was in Angola läuft, ohne, dass er die Leute versteht. Da muss man erstmal drauf kommen. Noch ein Bier?"

„Ja." Er glaubt mir nicht, denkt Simon, als er Kyle zusieht, wie er mit zwei Flaschen Bier in der Hand zurück kommt.

„Also was sagen die Buschtrommeln? Vielleicht fallen mir ja doch noch ein paar Leute ein, die dir helfen könnten." Zur Bestätigung schiebt er Simon eine der Flaschen zu.

„Meinst du das Gerede über die Kubaner, oder dass Tschombés alte Söldner wieder aktiv werden?", fragt Simon.

„Was halt so herumschwirrt."

Er kennt Leute, die drüben aktiv sind, denkt Simon. Auch Trader, oder doch ganz andere? Für jemanden, der im Norden Kobalt einkauft, ist er ziemlich neugierig. „Irgendetwas scheint sich zusammenzubrauen. Ich glaube kaum, dass die Kubaner die Grenze überschreiten werden, und von den Söldnern, die in allen Köpfen herumspuken, weiß ich gar nichts. Es wird viel heiße Luft produziert."

„Du sagst es, wie überall in Afrika", sagt Kyle. „Prost, Simon, so heißt es doch bei euch Deutschen."

„Prost. - Was machst du, wenn es hier krachen sollte?"

„Abwarten. Den Kobalt-Job hab ich aufgegeben, zu viele Leute, die die Hand aufhalten in dem Gewerbe."

„Und jetzt?"

„Berate ich die amerikanische Regierung. - Und wie kommst du raus, wenn es hier eng werden sollte?"

Simon grinst, ein Kollege, denkt er. „Ich nehme den Flieger nach Kinshasa und warte ab. Wenn sie den Flughafen einnehmen, gehe ich auf der Landroute über Rhodesien nach Südafrika." Simon verschweigt, dass er das Ticket bereits in der Tasche hat.

„Bleib nicht zu lange hier. Wenn es knallt, hilft dir dein Pass wenig. Ich fliege auf jeden Fall morgen raus. So wie die Dinge liegen, kann ich hier nichts tun. Da bin ich in Nairobi besser aufgehoben. Dort sprechen sie wenigstens Englisch", sagt Kyle voller Überzeugung und nimmt einen tiefen Schluck aus der Flasche.

Simon verlässt Lubumbashi mit einem der letzten Flugzeuge in Richtung Kinshasa, bevor die Shaba Region im Chaos versinkt. Als er über das Rollfeld geht, und gerade die Gangway betritt, sieht er Kyle Walton, der in einer Ausbuchtung des Taxiways steht und darauf wartet, dass die Propeller einer viersitzigen Maschine zum Stillstand kommen. Er trägt die kakifarbene Uniform eines US-Marines. Hinter ihm steht ein gepanzerter Landrover mit einem auf der Pritsche montierten Maschinengewehr.

Oben auf der Gangway blickt sich Simon noch einmal um. Zwei Offiziere der Zairischen Armee steigen gerade in Kyles Auto, das daraufhin mit hoher Geschwindigkeit das Rollfeld verlässt.

Rückkehr

Nach Schleyers Ermordung suchte Carla die Geborgenheit des Ashram in Pondicherry, doch sie fand auch dort keine Ruhe. Es war immer noch dasselbe Meer, derselbe Bodhi-Baum am Grab Sri Aurobindos, dieselbe Bibliothek, doch Auroville war zu einem Marktplatz der Eitelkeiten geworden.

Nicht mehr meine Welt, ahnte sie schon bald nach der Ankunft, aber was ist meine Welt? Eine bis ins kleinste Detail durchorganisierte Gesellschaft, wie in Deutschland, wo nichts vergessen und jeder Fehler, den du je begangen hast, geahndet wird? Der Gedanke ließ sie nicht mehr los. Er wuchs in ihr, wie eine Krankheit, für die sie keine Medizin fand. Als das Geld knapp wurde, ging sie trotz ihrer Vorbehalte, zurück nach Deutschland.

Bei der Ankunft am Frankfurter Flughafen bewegt sich die Schlange vor der Passkontrolle nur im Schneckentempo voran. Irgendetwas muss passiert sein, denkt sie, und merkt, wie das ungute Gefühl in ihr wächst, das sie immer spürt, wenn sie in die Nähe eines Polizisten kommt.

Als ich vor meiner Reise noch kurz mit Vater, dem Richter, sprach, hat er angedeutet, dass er all die Jahre seine Hand schützend über mich gehalten hat, denkt sie. Ich wäre schon lange im Visier der RAF-Ermittler, aber jetzt, als Pensionär, könne er nichts mehr für mich tun. Dabei hat er noch nie etwas für mich getan. Für was sind Eltern überhaupt da? Nur um Kinder in die Welt zu setzen und sie dann zu verleugnen? Dabei wollte ich nur nicht in einem repressiven Staat leben, der keinen alternativen Gedanken mehr zuließ. Und das habe ich dem Richter auch gesagt. Es ist nun mal das Land in dem wir leben, ein anderes haben wir nicht, hat er gesagt, als er mich mit leeren Händen gehen ließ.

Sie denkt an den späten Abend, als einer aus dem inneren Kreis der RAF zu ihr gekommen war. Sie kannte ihn von einem flüchtigen Besuch in der WG von früher, als er sich noch frei bewegen konnte.

Sie kochte Spaghetti und sie tranken zwei Flaschen Rotwein. Dann schliefen sie miteinander. Kühl und geschäftsmäßig, kaum, dass sie sprachen. Im Morgengrauen ging er wieder und sie hatte ihn nur noch auf den Fahndungsplakaten gesehen, bis das Foto durchgestrichen wurde. Als die Angst kam, schien ihr Indien die einzige Alternative, die sie noch hatte.

Mit dem Fuß schiebt sie ihre Tasche einen Schritt vorwärts.

Nach einer Stunde hat sie es endlich bis zum Schalter der Grenzbeamten geschafft. Doch als der Polizist ewig braucht ihre Daten abzugleichen und die Leute hinter ihr in der Schlange zu murren beginnen, weiß sie, dass sie in Schwierigkeiten ist.

„Sind Sie Carla Herder?"

„Ja." Nur jetzt nicht zu viel reden, denkt sie. Vielleicht verwechselt er mich, Herder ist ein häufiger Name in Deutschland und Carla auch nicht so selten. „Stimmt etwas nicht mit meinem Pass?"

„Würden Sie bitte dort rüber gehen, es will sich jemand mit ihnen unterhalten."

„Warum, mein Pass ist gültig."

„Gehen sie einfach, die Dame dort kann Ihnen helfen", weist er mit dem Arm auf eine uniformierte Beamtin.

Helfen, denkt Carla, ich brauche keine Hilfe. Sie nimmt ihr Handgepäck und geht zu der ausgewiesenen Frau. „Kommen Sie", sagt die junge Polizistin, „ich bringe Sie ins Verhörzimmer."

Verhörzimmer? Ich habe nur mit ihm geschlafen, denkt Carla.

Die Frau bringt sie in einen kargen Raum, in der Mitte ein Holztisch mit zwei Stahlrohrstühlen, sonst nichts. „Es kommt gleich jemand", sagt die Polizistin.

Es dauert, bis ein junger Mann erscheint und sich als Kommissar vorstellt. Den Namen versteht sie nicht. „Darf ich zuerst ihre Personalien aufnehmen?", fragt er höflich.

„Können sie mir vielleicht sagen, weshalb ich überhaupt hier bin?", fragt sie gereizt. „Ich bin müde, habe einen achtzehn Stunden Flug hinter mir und will nur noch schlafen."

„Gleich, Ihre Personalien bitte", sagt er, einen Tick schärfer.

„Wird es lange dauern? Ich muss auf die Toilette, im Flugzeug ging es nicht, und dann diese lange Schlange vor der Passkontrolle. Jetzt ist es dringend."

„Selbstverständlich. Frau Melzer wird sie begleiten."

Wow, die nehmen mich aber ernst, denkt Carla, als sie in Begleitung der Polizistin von vorhin zur Toilette geht.

Der Kommissar hat inzwischen eine Karaffe Wasser und ein Glas besorgt.

„Ich dachte, Sie könnten Durst haben nach so einem langen Flug. Woher kommen Sie?"

„Aus Indien, Neu Delhi, mit Zwischenlandung in Kairo."

„Und wie lange waren sie außer Landes?"

Warum schaut er nicht auf die Stempel im Pass, denkt Carla. Müdigkeit kriecht ihr in die Knochen. Sie haben nichts Konkretes in der Hand, wahrscheinlich wollen sie nur auf den Busch klopfen. „Diesmal drei Monate, ich bin häufig in Indien."

„Die ganze Zeit in Indien? Und wo dort, möglichst genau bitte."

„Kennen Sie das Land?", fragt sie irritiert. Sie schenkt sich Wasser ein und trinkt das Glas auf einen Zug leer.

„Beantworten Sie einfach meine Fragen", sagt der Mann, der jede ihrer Bewegungen beobachtet hat.

„Pondicherry, im Süden, in einem Ashram."

Der Kommissar blättert kurz in seinen Unterlagen, blickt dann auf und sieht ihr in die Augen. „Früher hatten Sie Kontakt zur RAF, und vor ein paar Monaten waren sie plötzlich verschwunden. Wir haben uns gewundert. Bitte nennen sie mir eine Adresse, wo wir Sie in Deutschland erreichen können, falls es nötig sein sollte. Danach können Sie gehen."

„Werde ich observiert?"

„Das kann ich Ihnen nicht sagen. Ihre Adresse bitte."

„Ich habe keine Adresse. Bevor ich nach Indien ging, habe ich meine Wohnung aufgelöst. Ich hatte nicht vor zurückzukommen.

Aber ich gebe Ihnen die Adresse eines Freundes, er wohnt hier in Frankfurt. Entweder ich wohne bei ihm, oder er weiß, wie ich erreichbar bin. Genügt Ihnen das?"

„Für's erste ja." Er schreibt ihre Daten in ein kariertes Heft, dann sieht er sie an und sagt: „Sie können gehen."

Nachdem Carla ihr Gepäck aus einem separaten Stauraum geholt hat, wo es ganz offensichtlich durchsucht wurde, ruft sie Simon an. Der Anrufbeantworter quakt und sie versteht kaum, dass Simon zur Zeit nicht erreichbar ist, der Anrufer möge aber eine Nummer hinterlassen. Sie hängt sofort wieder auf.

An einem Zeitungsstand sieht sie die Schlagzeilen über die Ermordung Dr. Ernst Zimmermanns, der vor den Augen seiner Frau exekutiert wurde. - Das war es, denkt sie, und jetzt werfen sie die Netze aus, irgendwas finden sie immer.

In der Nähe des Hauptbahnhofs nimmt sie ein billiges Zimmer in einer Pension und geht sofort unter die Dusche. Danach betrachtet sie ausführlich ihren schlanken, eher dünnen Körper, die Falten um die Augen und die ersten grauen Strähnen im Haar, als wolle sie prüfen, wie sehr sie sich in Indien verändert hat. In Wirklichkeit sucht sie, ohne es sich einzugestehen, nach den ersten Anzeichen des Alters.

Nachdem sie eine weite Pluderhose, ein verwaschenes T-Shirt und eine bestickte Weste aus Rajasthan angezogen hat, ruft sie erneut Simons Nummer an. Als der Anrufbeantworter anspringt, gibt sie Adresse und Telefonnummer der Pension durch. „Bitte melde dich sobald du zurück bist", fügt sie hinzu und fragt sich, ob Simon der Rettungsanker ihres Lebens ist.

Tage später, als Simon desillusioniert aus Asien zurückkommt, prüft der Zöllner nur das Ablaufdatum und vergleicht das Bild mit der Person. Kommentarlos winkt er ihn durch. Anscheinend haben sie das Suchprofil geändert, denkt Simon, so schnell ging es noch nie. Jetzt braucht nur noch das Gepäck anzukommen, dann bin ich in einer Stunde in der Stadt.

Im Taxi schläft er ein.

Als er die Wohnungstür öffnet, schlägt ihm kalte, abgestandene Luft entgegen. Hoffentlich läuft die Heizung, denkt er, als er die Fenster öffnet, um durchzulüften. Aus den Augenwinkeln sieht er das Blinken des Anrufbeantworters.

Simon hasst die Wohnung im Frankfurter Westend, sie ist kalt und dunkel, doch weil er sowieso immer unterwegs ist, hat er nicht weiter gesucht. Seine Arbeit als Experte für den Fernen Osten, den er schon vor Jahren gegen Afrika eingetauscht hat, ist einer festen Beziehung nicht förderlich, und das, was er für die Israelis tut, schon gar nicht. Manchmal fragt er sich, wie es wäre, jemand vorzufinden, wenn er nach Hause kommt. Vor allem an Tagen wie diesem, wenn der Winter sich noch festkrallt, spürt er die Einsamkeit wie einen Klotz in der Brust.

Als Carla, nach Jahren in Indien zurückkam, hatten sie eine Weile zusammen gelebt, aber es klappte nicht. Die Trennung von Lukas ging ihr noch nach, und so gab es zu viele ätzende Anschuldigungen und Verdächtigungen, die fast immer in eisiges Schweigen übergingen. Schließlich trennten sie sich in aller Freundschaft. Er gab ihr den Schlüssel zur Wohnung, für den Notfall, meinte er, als sie frustriert zurück nach Indien ging. Anfangs wartete er auf eine Nachricht , doch es kam nichts.

Von Lara hatte er nie mehr etwas gehört, seit sie ohne Vorwarnung in die DDR zurück gegangen war. Alle Versuche mit anderen Frauen waren fehlgeschlagen und über ein flüchtiges Abenteuer nie hinausgekommen. Sie alle wollten letztlich einen verlässlichen Partner, kein Phantom, das gelegentlich aus irgendeiner Ecke der Welt anrief, nur um zu sagen, dass es noch am Leben sei. Anfangs fanden sie alle sein Herumreisen in fremden Ländern spannend und exotisch, aber eigentlich interessierte sie nur, bei welchem Italiener sie gut essen konnten.

Mit Gerda war es anders. Er besuchte sie manchmal in Berlin, dann fuhr er mit der Bahn und genoss die Abwechslung vom Fliegen. Oder sie kam nach Frankfurt, meist nur für ein paar Tage, an denen sie bei ihm wohnte. Sie schliefen nicht mehr zusammen, aber sie konnte zuhören und mochte seine Geschichten. Gleichzeitig spürte er ihre Angst, sich wirklich auf ihn einzulassen. Dass sie sein Kind abgetrieben hatte verschwieg sie lange. Er dachte, ihre Schwangerschaft hätte sie nur vorgetäuscht. Erst als sie in eine tiefe Depression stürzte und ihr Therapeut ihr riet mit Simon darüber zu reden, erzählte sie ihm, dass es unzweifelhaft sein Kind gewesen war. Ihr half die Offenheit, doch er konnte mit seinen Schuldgefühlen nicht umgehen. Sie redeten immer weniger miteinander und irgendwann ertrug er die Sprachlosigkeit nicht mehr.

Sie hielten Kontakt, obwohl Simon nicht hätte sagen können, was er an ihr noch mochte. Vielleicht ihr Schutzbedürfnis, dachte er, oder weil ich mich bei ihr stark fühle. Ich kann Ansichten äußern, die für uns beide Gültigkeit haben, als hätte sie keine eigene Meinung. Oder weil ich schuldig bin, ich hätte sie nicht abweisen dürfen, als sie mir von dem Kind erzählte.

Er wickelt ein Handtuch um die Lenden, fühlt die Heizkörper und stellt befriedigt fest, dass sie warm werden.

Als er die Taste des Anrufbeantworters drückt, hört er Carla, die ihm eine Nummer hinterlässt. Es ist eine Frankfurter Nummer, denkt er. Was macht sie hier? Warum hat sie nicht den Schlüssel benützt? Am Empfang der Pension hinterlässt er die Nachricht, dass Carla ihn jederzeit erreichen kann.

Beim nächsten Anruf will Elrod wissen, wann er ins Büro kommt. Sie hätten ein wichtiges neues Projekt zu besprechen, das er aber nicht am Telefon erläutern möchte.

Er hat mich als feste Größe eingeplant, denkt Simon. Möglichst schnell von einem Projekt zum anderen lotsen, wie eine Figur auf seinem Schachbrett. Vermutlich glaubt er, dass er mir damit einen Gefallen tut.

Erstmal anziehen, dann Gerda anrufen, denkt er.

„Hallo, ich bin's Simon, vor einer Stunde zurückgekommen", sagt er, als er ihre zögerliche Stimme hört. Keine Freude, kein Zeichen irgendeiner Emotion. „Wollte mich nur zurück melden. Wie geht es dir?"

„Schön, dass du wieder da bist. Wie war die Reise?"

„Gut. Nein, gar nicht gut. Ich bin fast nur gegen Mauern gerannt. Die Indonesier wollen sich freischwimmen, selbst entscheiden, wie sie ihre Entwicklung vorantreiben. Ich hab dich vermisst."

„Ich dich auch. Kannst du nach Berlin kommen, ich würde dich gerne sehen."

Das hat sie noch nie gesagt, denkt Simon. „Elrod braucht mich, es geht anscheinend um ein neues Projekt. Ich melde mich sobald ich weiß, was ansteht. Wenn ich ein paar Tage freinehmen kann, komme ich gern."

Als er den Hörer auflegt, fühlt er sich leer. Für eine Weile sitzt er zusammengesunken auf dem Stuhl neben dem Telefon und blickt starr auf Carlas Nummer, die er auf einen Zettel neben dem Anrufbeantworter geschrieben hat.

Vor Jahren hatte Carla schon einmal überraschend angerufen und um ein Treffen in München gebeten. Sie redeten über Gott und die Welt, und schliefen miteinander, mit großer Selbstverständlichkeit, wie zwei alte Freunde, die sich etwas Gutes tun. Dann hatten sie weiter geredet, als wäre nichts gewesen. Er flog nach Frankfurt zurück und versank in seiner Arbeit. Sie richtete sich ein, in ihrer verqueren Beziehung zum Vater, der sich immer noch nicht zu ihr bekennen wollte.

Danach trafen sie sich gelegentlich bei einem entspannten Abendessen und tauschten Erinnerungen an die gemeinsame Zeit in der Band aus. Dabei taute Carla richtig auf und Simon merkte, wie oft sie dieselbe Begebenheit völlig anders im Kopf hatte, als er. Es störte ihn nicht, er genoss diese Momente großen Vertrauens, in denen sie sich öffnete wie ein Buch. Als sie von dem nächtlichen Besuch des Terroristen erzählte, überließ er ihr den Wohnungsschlüssel in Frankfurt, weil er vermutete, dass sie irgendwann einen Unterschlupf brauchen würde. Nur über ihre Beziehung zu Lukas sprach sie nie.

Wenn nur ihre Angst nicht schlimmer geworden ist, denkt Simon. Sie hört sich nicht gut an, und warum ist sie überhaupt hier und nicht in München. Irgendetwas muss schief gelaufen sein.

Als sie nicht zurückruft, wählt er erneut die Nummer des Hotels und lässt sich ihr Zimmer geben. Diesmal geht Carla ran. „Wo bist du, noch im selben Hotel?", fragt er, und ärgert sich sofort über seine Gedankenlosigkeit. „Warum bist du nicht in meine Wohnung gegangen?"

„Sie haben mich am Flughafen bei der Einreise gefilzt. Ich musste deine Adresse angeben, weil ich sonst keine mehr habe. Ich hab angerufen, aber du warst nicht da."

„Hast du gedacht, ich sitze hier rum und warte auf deinen Anruf. Das war doch die Idee mit dem Schlüssel, dass du eine Bleibe hast, auch wenn ich nicht da bin. Pack deine Sachen zusammen und komm sofort her."

Kurz darauf klingelt es und als er öffnet, steht sie vor der Tür. „Ich hab den Schlüssel nicht gefunden", sagt sie entschuldigend.

„Komm rein." Er nimmt ihr den Koffer ab und hält die Tür auf. „Jetzt wird es langsam wärmer. Die Bude kommt mir jedesmal wie eine Gruft vor, wenn ich von einer langen Reise zurückkomme. Wie geht es dir? War es schlimm? Musst du dich melden?"

„Nein, ich glaube, sie wollten mich nur warnen. Eigentlich wollten sie nur wissen, wie sie mich erreichen können."

„Und willst du das?"

„Ist mir egal. Es gibt nichts, was ich zu verbergen habe. Diejenigen, mit denen ich einmal Kontakt hatte, sind alle tot, oder im Knast."

„Das wird ihnen nicht reichen."

„Wahrscheinlich. Kann ich ein paar Tage bei dir bleiben?"

„Solange du willst. Wir müssen nur gleich einkaufen gehen. Hier gibt es nicht einmal genug für die Mäuse. Heute Abend gehen wir essen. Ich muss mich aber zuerst für eine Weile hinlegen. Diese Langstreckenflüge gehen mir langsam an die Nieren."
„Woher kommst du?"
„Aus Fernost, Taiwan, Indonesien, ein bisschen China."
„Bisschen?"
„Das Land ist so groß. Mach's dir bequem, ich leg mich nur eine Stunde hin. Weck mich bitte."
Beim Abendessen hängt anfangs beklommene Stille zwischen ihnen, die erst mit der zweiten Flasche Rotwein in fröhliches Gelächter übergeht. Simon macht sich Sorgen wegen der RAF, doch er will nicht nachbohren. Wenn sie sie schon bei der Einreise abgefangen haben, wird es wohl keine Lappalie sein, denkt er.
Carla spürt seine Verunsicherung, schließlich fragt sie nach Lukas.
„Weißt du, was er macht?"
„Geld vermutlich. Eben das, was er immer schon wollte."
„Nein, Geld ist es nicht. Er wollte Unabhängigkeit, damit ihn keiner am Nasenring durch die Manege führen kann, hat er gesagt."
„Manege! Glaubt er solches Zeug, wirklich?. Es gibt keine Unabhängigkeit, man tauscht die eine Abhängigkeit nur durch eine andere ein. Das hat er womöglich noch nicht kapiert. Tut mir leid, ich bin abgeschweift, du wolltest mehr über Lukas wissen. - Er ist dabei, seine Firma an einen Fonds in Singapur zu verkaufen. Zumindest hatte er das vor, als wir das letzte Mal telefonierten. Gesehen habe ich ihn schon lange nicht mehr. Und du?"
„Nicht, seit wir uns in Indien getrennt haben. Er hat ein paarmal versucht mich zu erreichen, aber ich habe nie zurück gerufen. Ich wusste gar nicht, dass er eine Firma besitzt."
„Schon eine Weile. Sie stellen medizinische Geräte her. Endoskope und so, Kameras mit denen sie im Körper herum fahren können und gucken wo etwas faul ist."
„So klein sind die?"

„Anscheinend. Die Chinesen sind daran interessiert. Lukas hat das ganz clever eingefädelt. Er verkauft die Mehrheit an einen Fonds in Singapur und der soll ihm dann helfen mit der Firma nach China zu gehen. Für ihn allein, hat er gesagt, wäre das Land einfach zu groß. Außerdem spricht er kein chinesisch."

„Das hat er dir alles erzählt?"

„Warum nicht, wir sind Freunde."

„Immer noch?"

„Was sollte sich daran geändert haben?"

Carla streicht sich die Haare aus der Stirn und schiebt sie hinters Ohr. Sie legt die Arme auf den Tisch und sucht Simons Augen. „Manchmal denke ich, wir drei hätten es leichter, wenn ich mich nicht mit jedem von euch beiden eingelassen hätte."

„Eingelassen? Geschlafen hast du mit jedem von uns, das ist etwas anderes."

„Vielen Dank Herr Schulmeister."

Simon verzieht das Gesicht, als hätte er in eine Zitrone gebissen. „Du hättest es ihm nicht erzählen dürfen, von mir hätte er es nie erfahren."

„Du denkst, es war ein Fehler?"

„Was? Das Sagen oder das Tun?"

„Für mich stand außer Frage, dass er es wissen musste", fährt sie unbeirrt fort. „Ich hab mich nur über seine Reaktion gewundert. Er hat nicht dir, sondern mir einen Vorwurf gemacht."

„Habt ihr euch deshalb in Indien getrennt?"

„Nein, er wollte zurück, das Land hat ihn erdrückt."

„Du hast immer getan, was dir in den Sinn kam. Beide gleichzeitig ging eben nicht."

Sie bläst die Luft durch die Nase und sieht an ihm vorbei aus dem Fenster. Als sie nichts sagt, fragt Simon: „Warum haben sie dich verhört?"

„Es hängt mit meiner angeblichen RAF-Vergangenheit zusammen", sagt sie, erleichtert das Thema zu wechseln.

„Du warst nie aktiv, hast du gesagt."
„War ich auch nicht, aber warum sollten sie mir glauben. Und weil ich einen von ihnen bei mir übernachten ließ, macht mich das in ihren Augen zur Sympathisantin. Dabei kannte ich ihn gar nicht richtig. Eine Freundin hatte mich darum gebeten, weil sie an dem Wochenende Besuch bekam, und sie ihn deshalb nicht selbst aufnehmen konnte. Also bin ich eingesprungen. Er kam spät abends, übernachtete und am nächsten Morgen zog er weiter. Anscheinend fanden sie meine Adresse im Notizbuch der Freundin, als sie sie festnahmen."
Simon nickt, warum lügt sie mich an, denkt er. Sie traut mir nicht, vermutlich niemand mehr. Er hebt sein Glas und lächelt ihr zu. „Prost Carla. Lass gut sein, es ist lange her. Ich hätte Lust uns drei, Lukas, dich und mich, wieder zusammenzubringen. Es gäbe viel zu erzählen. Was denkst du?"
„Es ist zu früh, Simon. Lukas ist noch nicht angekommen."
„Wo denn? Wo soll er denn hin, deiner Meinung nach?"
„Dort, wo er weniger getrieben ist."
„Er treibt sich nur selbst", sagt Simon kalt.

Carla schläft noch, als er Elrod anruft, doch er erreicht nur dessen Sekretärin. „Susanne, Simon Osterholt. Ich bin erst seit gestern zurück und habe seine Nachricht auf dem Anrufbeantworter gefunden. Er wollte nicht sagen, um was es sich handelt. Gibt es etwas Dringendes, oder hat es Zeit bis morgen?"
„Oh, Herr Osterholt, schön, dass Sie wieder da sind. Warten Sie einen Moment, er ist in seinem Büro, ich stelle Sie durch."
Gut, dass sie noch keine Musik einspielen, denkt Simon, als er in die Stille der offenen Leitung hört. Er erschrickt, als er Elrods Stimme hört.
„Simon, welcome back, wie war der Flug? Hoffentlich nicht zu voll. Du kommst aus Taiwan?"

„Ja, Shue lässt dich grüßen. Den Rest muss ich dir im Detail erzählen, geht nicht am Telefon. Du hast angerufen?."

„Schon vor Tagen, wusste nicht, wann du zurück bist und Susanne war nicht da. Ohne sie bin ich hilflos, sie ist mein ausgelagertes Gehirn", lacht er. „Komm morgen vorbei, wenn du ausgeschlafen bist. Es sieht so aus, als würde sich die Sache in China beschleunigen. Du erinnerst dich, das Dammprojekt, wir haben kurz darüber gesprochen."

„Ich dachte, du wolltest jemand anders einsetzen, aber jetzt denkst du wohl, dass ich das machen sollte?"

„Du bist der beste Mann für so etwas."

„Lass uns morgen darüber reden, ich komme um zehn."

Was für ein Wahnsinn, denkt Simon, als er den Hörer auflegt. Natürlich fahren die Chinesen auf den Damm ab. Je größer desto besser, was kümmert es sie, dass Millionen umgesiedelt werden müssen und ganze Landstriche im Schlamm versinken. Ich soll der Weltbank ein Alibi liefern, genau wie bei der Benguela. Damals wollten sie wissen, was ich drauf habe. Wie ich mich anstelle, ob ich hinwerfe, wenn ich nicht mehr weiter weiß. Und jetzt wollen sie den Profi, hinter dem sie sich verstecken können, wenn alles aus dem Ruder läuft. Shaffir wird nicht mögen, dass ich nach China gehe, seit Tiananmen haben sie genug gute Leute vor Ort, besser vernetzt, als ich es je sein kann.

Am nächsten Morgen stiehlt er sich an der Empfangsdame vorbei und geht sofort in Elrods Büro. „Hey, Susanne, Sie sehen ja heute zauberhaft aus. Haben sie einen neuen Verehrer?"

„Hallo, Herr Osterholt. Wie kommen Sie darauf, ich glaube, die modernen Männer sind einfach zu kompliziert für mich. Die Bräune steht Ihnen gut. Haben Sie einen der Strände in Indonesien per Hand vermessen?"

„Ja, und danach habe ich meine Hängematte zwischen den Mangroven aufgehängt. Die Seebrise war wunderbar. Ist er schon da?"

„Was denken Sie, er kommt seit geraumer Zeit um sieben, da kann er in Ruhe etwas wegarbeiten, ohne dass ihn das Telefon oder einer von ihnen stört", lacht sie.

„Und Sie?"

„Ich störe nie, wenn Sie das meinen. Gehen sie einfach rein, ich glaube, er erwartet Sie schon."

Sie hätte mehr gekonnt, als hier im Vorzimmer eines Regionalchefs zu sitzen, denkt Simon. Die Schule verbaut, dann der falsche Mann und schnell zwei Kinder. Die Männer hauen ab und die Frauen müssen die Jobs annehmen, die sie kriegen können.

Elrod sitzt strahlend hinter seinem ausladenden Schreibtisch und breitet die Arme aus, als Simon eintritt. Ihm gefällt der Job, denkt Simon, dabei behauptet er, dass ihm Afrika immer noch im Blut liegt. Als könne man sich nach einem versifften Büro sehnen, mit Fensterkühler, der rumort wie ein Panzer und nur noch warme Luft ins Zimmer schaufelt.

„Hallo, Simon."

„Hallo, großer Meister, du siehst aus, als würdest du keinen Tag älter. Willst du gleich einsteigen oder brauchen wir erst noch eine Tasse Kaffee?"

„Komplimente? Was habe ich verbrochen? Oder willst du nur bessere Konditionen für China aushandeln."

„Weder noch. Ein Kaffee wäre trotzdem gut."

Elrod grinst und nimmt den Hörer ab. „Susanne, würden Sie uns bitte zwei Tassen Kaffee bringen, doppelt stark. Unser Gast liebt den German Mud, wie er sagt, wenn er uns beleidigen will. Und das will er oft." Er legt den Hörer ab, steht auf und umarmt Simon. „Also du willst wissen, was mich umtreibt", sagt er, nachdem er sich hinter seinen Besprechungstisch geklemmt hat. „Willst du dich nicht setzen?"

Simon schüttelt den Kopf. „Ich stehe gern ein wenig, wenn es dich nicht stört."

Elrod zuckt mit den Schultern, verschränkt die Arme hinterm Kopf und bleibt sitzen, wobei er Simon aufmerksam mustert. „Du erinnerst dich an unser Gespräch vor deiner Abreise?"
„Über den Damm in Yunnan, nehme ich an."
„Ja, die Weltbank. Sie will, dass wir mitmachen. Aber ich kann das nicht allein entscheiden. Wir müssen, bevor wir uns beteiligen, selbst untersuchen welche Auswirkungen der Damm auf die Dörfer hat, die jetzt am Fluss liegen. Das chinesische Energieministerium macht Druck. Sie vertrauen uns mehr als den Amerikanern und wollen, dass du eine Verträglichkeitsstudie machst. Nur für ein paar Monate. Shaffir hat nichts dagegen, ich hab das vorab geklärt", erwähnt er ganz beiläufig. „Du schaust nicht gerade begeistert?"

Was soll das Ganze noch, denkt Simon, und sieht Susanne zu, wie sie zwei Tassen Espresso auf den Tisch stellt und sofort wieder geht. Den Verweis auf Shaffir hätte er sich sparen können, denkt er. Elrod hat sich doch längst entschieden. Er kann da nicht mehr raus. Nicht bei einem Projekt dieser Größenordnung. Er weiß doch, wie skeptisch ich das Projekt sehe, aber er will, dass ich die Leitung übernehme, um sagen zu können, er hätte den besten Mann draufgesetzt. Dann kann er sich entspannt zurücklehnen und mit dem Finger auf mich zeigen, wenn etwas schief geht. Und wenn ich ihm einen Korb gebe, mit was er eigentlich nicht rechnet, weil er mir immer noch Shaffir vor der Nase herum wedelt, wird er maulen. Dabei gibt es immer einen anderen. „Du weißt, wie sehr ich diese Großprojekte ablehne. Sie sind wie Drogen. Für Politiker die Pyramiden der Neuzeit. Wenn erst mal das Geld bewilligt ist und die Bulldozer alles platt gemacht haben, fragt keiner mehr nach dem Nutzen, geschweige denn nach dem Schaden. - Ich finde, die Weltbank sollte ihre Förderpolitik überdenken, aber das ist nur der Traum eines kleinen Beraters."

„Dessen Stimme zählt", sagt Elrod. „Überleg es dir, ich hätte dich wirklich gern dabei."

„Mach ich, aber lieber wäre mir, es fiele dir ein Anderer ein."

„Darüber denke ich nach, wenn du endgültig absagst. Wie geht es Carla?"

„Wie geht es Carla? Wenn ich das nur wüsste. Sie ist gerade aus Indien zurückgekehrt und wurde bei der Einreise verhört. Wahrscheinlich immer noch die alte Sache."

„Und?"

„Nichts. Eher eine kleine Demonstration der Macht, um ihr zu zeigen, dass sie das Sagen haben, meint sie. Aber du kennst sie ja, sie hält nicht viel von Polizisten."

Lukas agiert

Für Singapur ist es von extremem Interesse, dass China wirtschaftlich wächst, denkt Lukas, als er nach der Landung in Changli, das Gepäck vom Karussell hebt. Er findet den Chauffeur der Limousine, die ihm Tata geschickt hat, und als sie auf der Palmenallee in die Stadt gleiten, fährt Lukas das Seitenfenster herunter, und riecht das Meer. Links breitet sich der Hafen aus und rechts sind ganz neue Hochhausviertel entstanden. Sie erwarten einen Ansturm aus Hongkong, wenn die Engländer dort abziehen und die Chinesen die Macht übernehmen, denkt er. Zwei Jahre noch, und sie bereiten sich jetzt schon darauf vor, während wir auf der Stelle treten und einige immer noch von blühenden Wiesen träumen. Dabei stehen die ersten Shopping Malls schon wieder leer, nachdem der ersten Kaufrausch verflogen ist, geht ihm durch den Kopf, als der Fahrer die Rampe zum Goodwood Hotel hochfährt. Ich mag das Hotel, aber wenn alles gut geht, werde ich wohl kaum mehr so oft hier sein, wie in den letzten Jahren.

Am Empfang nimmt er den Kugelschreiber, den ihm die Dame reicht, und füllt seinen Meldeschein aus. Die junge Frau zieht einen Beleg seiner Kreditkarte und gibt sie ihm mit beiden Händen und einer leichten Verbeugung zurück. Als er gehen will, sagt sie: „Einen Moment bitte, ihr Schlüssel."

Er nimmt die Magnetkarte und lächelt sie an. „Bin noch nicht ganz da. In Deutschland ist es jetzt fünf Uhr morgens. Wecken Sie mich bitte in zwei Stunden."

„Wie immer", sagt sie.

„Woher wissen Sie das, ich hab Sie noch nie gesehen."

„Es steht hier, Sie sind Stammgast", sagt sie mit freundlichem Lächeln.

Der gläserne Mensch, denkt er, und wendet sich dem Fahrer zu: „Charly, ich brauche Sie heute nicht mehr. Fahren Sie mich auch morgen?"

„Ja, während des ganzen Aufenthalts in Singapur."

„Gut, es ist nur ein Tag. Dann bis morgen um acht. Wir fahren zuerst ins Raffels, dann zur Temasec Zentrale und um vier Uhr spätestens zum Flughafen. Ich muss unbedingt den Flieger um 18 Uhr nach Peking erreichen."

Als er die Senior Suite erreicht, die er immer hat, wenn er in Singapur ist, stellt er die Klimaanlage ab und öffnet die Schiebetür zum Pool. Eine leichte Brise bauscht die hauchdünnen Vorhänge auf.

Bin gespannt ob Tata über die Höhe des Preises jammert, denkt er. Dabei wissen wir beide, dass das Economic Development Board etwas vorweisen muss. Sie wollen ihre Beteiligungen in Europa ausweiten, und ich bin zur Zeit ihre beste Chance. Aber vermutlich wird sich Tata, wie immer, nichts anmerken lassen. Er ist viel zu gewieft und kennt die Spielregeln. Außerdem hatte er alle Zeit der Welt zu üben, ein Inder in einem Meer von Chinesen, noch dazu in einem Stadtstaat, wo jeder jeden kennt. Beherrschung ist alles was du brauchst, wenn du es hier zu etwas bringen willst, hat er einmal, in einer Anwandlung von Vertraulichkeit, gesagt.

Am nächsten Morgen, im Raffles, nimmt Lukas einen Tisch im Innenhof und wartet auf Arjun Tata. Alles um ihn herum atmet das Flair des britischen Empire. Die umlaufenden offenen Balkone mit den Lattenrosttüren grün und weiß gestrichen. Die Kellner, die in ihren Fantasieuniformen das Frühstück servieren.

Hier gab es einmal rauschende Feste in Ausgehuniform und Abendgarderobe, denkt Lukas. Sir Thomas Stamford Raffles, Stütze des britischen Empire im Fernen Osten und Gründer der Stadt Singapur, klassische Geschichte von rags to riches, wie sie nur in den Kolonien möglich war. Dabei war er auch nur ein Nichtsnutz und Aufsteiger, der seine Karriere den Umständen verdankte. Und da hat er sich eben einen Zipfel davon an Land gezogen. Geht heute nicht mehr, zumindest nicht mehr so einfach. Obwohl, wenn mir der Coup am Nachmittag gelingt, bin ich ein ganzes Stück weiter. Trotzdem wird es ein kleiner Fisch sein, nicht erwähnenswert, auch wenn ein paar Millionen bei mir hängen bleiben. In der Oberliga wird mit ganz anderen Einsätzen gespielt.

Er winkt dem Kellner und bestellt einen Orangensaft, zusammen mit der International Herald Tribune. Gerade, als er die Zeitung aufschlagen will, sieht er Arjun Tata, wie er sich im Tor zum Innenhof mit einem Chinesen unterhält. Ganz beiläufig hebt er die Hand, um Lukas zu zeigen, dass er ihn gesehen hat.

„Schön, dass du so schnell kommen konntest. Auf einmal muss es schnell gehen, nachdem sie vorher monatelang herumeierten. Vermute, dass sie auf das grüne Licht aus China gewartet haben", sagt Tata, als er sich zu Lukas an den Tisch setzt.

Er ist, wie immer, makellos gekleidet, blütenrein gestärktes Hemd mit Seidenkrawatte, die er trotz der brütenden Hitze trägt. Der Anzug in hellem Grau, frisch gebügelt, die ganze Erscheinung der erfolgreiche Anwalt, der es sich leisten kann, dem Staat einen Teil seiner Zeit zu schenken. Aber Tata verschenkt nichts, er bringt Menschen zusammen, und lebt gut davon. Er hat Lukas, der ihn bei einem langweiligen Botschaftsempfang kennen lernte, mit dem Singapur Investment Fonds in Verbindung gebracht, und seither die Übernahmeverhandlungen vor Ort geführt. Seine Vorzeigerolle als Inder in einem Meer von Chinesen ist ihm durchaus bewusst, und er weiß, dass auch bei ihm einiges an Prozenten hängen bleibt, wenn der Deal zustande kommt. „Bist du einverstanden mit dem, was ich dir geschickt habe?", fragt er, ohne die leiseste Spannung in der Stimme.

„Natürlich, es hat sich ja kaum etwas verändert am Text. Blöd nur, dass der ganze Vertrag von der Zustimmung der Festland-Chinesen abhängt. Was ist, wenn die in letzter Minute einen Rückzieher machen?"

„Dann wird es nichts mit der Übernahme", schüttelt Tata den Kopf. „Aber keine Sorge, sie werden nicht zurückziehen, dafür habe ich gesorgt."

„Den Vorvertrag mit dem Fonds unterschreiben wir heute, wie besprochen?", fragt Lukas.

„Ja, wie besprochen. - Hast du schon bestellt? Ich bekomme Hunger. War heute schon im Gym. Lass uns hier frühstücken und dann gehen wir rüber in den Club, da können wir alles noch einmal in Ruhe durchgehen, bevor wir Low und seine Leute treffen."

Lukas nickt nur. Es läuft wie geschmiert, denkt er.

Nachdem sie gegessen haben, greift Lukas nach dem Beleg, den der Kellner unauffällig an den Rand des Tisches gelegt hat, doch Tata winkt ab. „Lass mal, ich habe hier eine offene Rechnung." Er unterschreibt, legt das Trinkgeld auf den Tisch und verlässt mit Lukas im Schlepptau das Hotel.

Sie treten auf die Straße, lassen ein paar Autos vorbei und überqueren eine weite Grünfläche, an deren Ende eines der letzten alten Gebäude Singapurs liegt.

„Hast du je selbst Cricket gespielt?", fragt Lukas, dem es bereits zu heiß wird.

„Nein, nie. Ehrlich gesagt, ich verstehe nicht einmal die Regeln."

„Und warum bist du dann ein Mitglied im Club?"

„Weil sich das so gehört in Singapur. Hat ja auch was, diese altehrwürdigen Holzvertäfelungen. Wenn ich in einem der Ledersessel im Rauchersalon sitze, lacht mein Herz. Ich Arjun Tata, Sohn eines indischen Kulis, den sie gegen seinen Willen ins Militär gezwungen haben, hab's geschafft, denke ich dann, und genehmige mir noch einen", sagt er im Gehen. „Die Chinesen mögen den Club nicht besonders. Er erinnert sie zu sehr an die Kolonialzeit, als die Engländer ihre Kanonen aufs Meer fixiert hatten, weil sie sich nicht vorstellen konnten, dass die Japaner durch den Dschungel kommen könnten. Aber genau das passierte."

„War dein Vater bei der Burma-Kampagne dabei?"

„Na klar, er war überzeugt von den Engländern. Wenn du wochenlang durch den Dschungel getrieben wirst, bleibt dir wohl auch nichts anderes übrig, sonst wirst du verrückt. Nach der Kapitulation der Japaner hatte er die Wahl, zurück nach Rangoon, oder hier bleiben. Er entschied sich fürs Bleiben. Ich bin ihm heute noch dankbar dafür."

Geschichte, was für ein Irrsinn, denkt Lukas. Leute wie Fukuyama, die vom Ende der Geschichte schwafeln, liegen falsch. Es geht immer weiter, irgendwie, nur mit China im Fahrersitz, wenn der Westen nicht aufwacht.

Tata hebt nur flüchtig die Hand, als sich der Portier am Eingang des Clubs vor ihm verbeugt. Sie gehen eine breite, knarrende Holztreppe in den ersten Stock und setzen sich in den Rauchersalon mit Blick auf das Grün und die imposante Hochhauskulisse der Stadt.

„Besser wir gehen es langsam an", sagt Tata, nachdem er zwei Wasser bestellt hat, „feiern können wir, wenn die Tinte trocken ist. Dann wollen wir mal." Er nimmt einen Stapel Papiere aus seiner Aktentasche und legt ihn auf den Tisch neben sich. „Wenn alles klappt, Lukas, fliegst du heute Nachmittag nach Peking und bist ein wohlhabender Mann."

Und du auch, denkt Lukas, aber das bist du ja schon längst, auch ohne meinen Deal.

„Low ist einverstanden die Mehrheit zu übernehmen. Er will aber unbedingt, dass du sofort das Joint Venture in Xian angehst. Er spürt politischen Druck aus Peking. Er spricht nicht darüber, ist aber offensichtlich, so wie er auf einmal drängt. Und er will, dass du noch eine Weile dabei bleibst. Nicht, dass du dich mit deinen Millionen schnurstracks auf eine Insel verziehst."

„Hatte ich eigentlich nicht vor."

„Dabei zu bleiben oder dich auf eine Insel zu verkriechen?"

Lukas verzieht das Gesicht zu einem breiten Grinsen. „Das erzähle ich dir später, wenn alles in trockenen Tüchern ist. Eigentlich will ich meinen Job schon noch eine Weile machen", schiebt er schnell hinterher, als er das unsichere Flackern in Tatas Augen sieht.

„Ich will nur, dass du die Linie hältst."

„Keine Sorge, ich will den Deal, mehr als du."

In Xian, im Herzen Chinas, dauert die gegenseitige Beweihräucherung schon so lange, dass Lukas' Blase zu zwicken beginnt. Er ist nicht sicher, ob die Dolmetscherin das Ganze hinzieht oder der Regionalkader wirklich so viel zu sagen hat. Lächeln, denkt Lukas, und gelegentlich nicken, egal, wie lange es dauert. Was für eine absurde Veranstaltung, denkt er, versunken in seinem geräumigen Polstersessel, wir verbreiten hohle Phrasen, die von der Dolmetscherin zusätzlich verstümmelt werden. Dabei geht es für einige im Saal um viel. Sie sollen heraus aus der Gewohnheit ihres staatlichen Instituts und in das Joint Venture wechseln. Sie machen sich Sorgen, hat Charly gemeint, aber sie müssten eben lernen, dass China jetzt kapitalistisch wird. Ich soll mir keine Gedanken machen, er kriegt das schon hin, was immer das zu bedeuten hat.

Lukas denkt an die ausgetretenen Schuhe neben der Aufzugstür, den kalten Konferenzraum ohne Heizung. Er denkt an den Arbeiter, der ihm die Auflösung des Röntgengeräts demonstrierte, indem er die Hand darunter hielt. Es wird schwer werden, ihnen so etwas abzugewöhnen, denkt er, während das Chinesisch des Partei-Kaders an ihm vorbei rauscht.

„Wir sind glücklich, bei uns willkommen zu sein. Der Shaanxi Parteisekretär bittet, Ihnen Grüße zu übermitteln. Er hofft, aus der Kooperation viel Erfolg wird", sagt die Dolmetscherin, deren Englisch sich anhört, als habe sie es nur aus Büchern gelernt. Sie spricht stockend, indem sie einzelne Wörter aneinander reiht, die wenig Sinn ergeben. Lukas hat sie völlig verunsichert, als er ihr anstelle eines vorgefertigten Skripts nur ein paar Zeilen mit Stichwörtern gab. Er sieht, wie sich kleine Schweißperlen auf der Stirn der Chinesin formen.

„Ich darf Ihnen auch meinerseits, im Namen des Singapur Investment Funds, und der Asian Development Bank versichern, wie sehr wir uns geehrt fühlen hier im Herzen Chinas, in der alten Kaiserstadt

Xian, dieses richtungweisende Gemeinschaftsprojekt zu realisieren", sagt er, als er an der Reihe ist.

Die Schweißperlen auf der Stirn der Übersetzerin werden größer. Zu kompliziert, denkt Lukas, ihr fehlt die Routine, einfach nur etwas Unverbindliches zu sagen. Dabei würde ich mich gerne mit dem Kader privat unterhalten, er scheint ein intelligenter Mann zu sein. Vielleicht hat er in den Wirren der Kulturrevolution seine Familie verloren. Vielleicht war er einer der jungen Kerle, die Mao zuliebe alles auf den Kopf stellten, und dann hilflos zusahen, wie das Land im Chaos versank. Ich muss noch ein paar Abschiedsworte finden, denkt er, als ihn die Dolmetscherin fragend anblickt.

„Ich danke Ihnen für die konstruktiven Worte, Minister Tschen. Und ich darf Ihnen versichern, dass wir alles tun werden unser gemeinsames Projekt erfolgreich zu gestalten. Herzlichen Dank für das ausgezeichnete Bankett und auf eine gute Zusammenarbeit." Er erhebt sich aus seinem voluminösen Polstersessel und reicht dem Chinesen die Hand. Dann verbeugen sie sich vor den Zuhörern und lächeln in die Kamera des Lokalreporters.

Schön, dass sie mir Tschou En Lais Präsidenten Suite gegeben haben, denkt er, während er auf das Auto wartet. Zeigt, wie hoch sie uns einschätzen. In ein paar Jahren müssen wir hier entwickeln, dann wird es spannend.

Auf dem Weg ins Shaanxi Gästehaus betrachtete er die vorbeigleitende Pappelallee mit den dahinter versteckten Bauernhäusern, die gelegentlich im Kegel der Scheinwerfer des Autos auftauchen. „Wie lange noch, Charly?", fragt er den Mitarbeiter der Bank, der weggedöst ist.

„Was? Entschuldigung Herr Born, ich habe sie nicht verstanden."

„Wie lange dauert es noch bis zum Gästehaus? Können Sie bitte den Fahrer fragen."

Charly sagt etwas auf Chinesisch, das sich für Lukas wie das Zwitschern eines Vogels anhört. „Zehn Minuten höchstens", antwortet er auf Englisch.

Singapur habe in den fünfziger Jahren ausgesehen wie hier, meint Low, denkt Lukas. Schön, wie er von den niedrigen Bänken und Tischen schwärmt, den Garküchen, die es früher an jeder Straßenecke Chinas gab. Kindheitsnostalgie, es gibt sie in jeder Kultur. Die Radfahrer in ihren bunten Regencapes sehen aus wie Schmetterlinge, wenn sie sich in die Kreuzung stürzen. Auch das wird sich bald ändern, wenn alle auf's Auto umsteigen. Eine Milliarde Menschen in Autos, was für ein Albtraum.

„Charly, ich gehe gleich aufs Zimmer", sagt Lukas, als sie in den Hof des Gästehauses einfahren. „Bitte achten Sie darauf, dass der Fahrer morgen pünktlich hier ist. Wir sehen uns um sieben zum Frühstück."

Nachdem er sich ausgiebig die Hände gewaschen hat, setzt er sich an Tschou En Lais Schreibtisch und streicht über das dunkle, altmodisch verarbeitete Eichenholz mit der kleinen verwitterten Lederauflage.

Hier also hat er gesessen und geschrieben, denkt er. Ob er sich vorstellen konnte, was aus dem heutigen China geworden ist? Mao hätte nie zugelassen, was Deng vorhat. - Sie werden Fehler machen auf dem Weg, alle machen Fehler. So funktioniert es nun mal. Derjenige mit den wenigsten Fehlern behält die Macht.

Am Flughafen schleust ihn Charly vorbei an den Warteschlangen zum Air China check-in. Er zeigt ihm den Weg zum Warteraum und überlässt ihn sich selbst. Der Raum ist überfüllt, stickig und laut. In einer Ecke findet er einen freien Platz auf einem angebrochenen Plastiksitz. Ein Fernsehgerät hängt am anderen Ende des Raums. Die Farben sind blass und der Sprecher, verzerrt durch gelegentliche Frequenzschwankungen, stößt für Lukas unverständliche Stakkatosätze hervor.

Auf einmal verschärft sich der Ton des Ansagers und es wird still im Raum. Drei verwildert aussehende Chinesen werden vor die Kamera geführt, begleitet von je einem Mann in Uniform. Eine schnelle Bewegung der Bewacher, synchron wie im Ballett, die Pistolen kaum zu sehen, dann sacken die Verurteilten zusammen und die Regie schaltet zurück zum Ansager. Im Raum geht das Geschnatter weiter, als wäre nichts gewesen. Nur einige werfen verstohlene Blicke auf ihn, den einzigen Europäer im Raum. Sie scannen den maßgeschneiderten Anzug, die Seidenkrawatte und tuscheln.

„Was war das", fragt Lukas die Bodenstewardess, die inzwischen gekommen ist, um den Flug aufzurufen.

„Korruption", sagt sie in kaum verständlichem Englisch.

Vermutlich sähen sie lieber mich mit einer Kugel im Kopf, als einen ihrer Landsleute, denkt er. Im Vietnamkrieg, als die Bilder des südvietnamesischen Generals um die Welt gingen, wie er den gefangenen Vietcong auf offener Straße erschoss, war ich entsetzt. Jetzt sehe ich vor laufender Kamera einer Exekution zu, und wende mich ab, als wäre nichts gewesen. Du siehst nur noch was du sehen willst, Lukas, denkt er, nimmt sein Handgepäck und geht zum Flugzeug.

Treuhand

Jahre später, Lukas hat die Firma verlassen, die Chinesen hatten eine andere Vorstellung von Management wie er, spekuliert er mit dem Geld aus dem Verkauf seiner Anteile, als Firmengründer und ‚Business Angel'.

Er manövriert das Auto aus der Parkbucht vor dem Büro der Treuhand in Berlin und macht sich auf den Weg zum Hilton am Gendarmenmarkt. Sie wollen unbedingt, dass ich die Firma übernehme, denkt er, nur das Management zieht nicht richtig mit. Sie träumen noch von der Geborgenheit der DDR, aber die werde ich ihnen nicht bieten können, wenn das Unternehmen erfolgreich sein soll.

Zwei Kreuzungen weiter überquert er die Französische Straße und parkt das Auto in der Tiefgarage des Hotels. Die Empfangshalle passiert er ohne zu grüßen und nimmt den Aufzug in den dritten Stock. Im Zimmer wirft er die Aktentasche aufs Bett und zieht sich die Krawatte ab. Er schaltet den Fernseher ein, doch das endlose Gerede einer belanglosen Talkshow stört ihn eher. Er legt sich angezogen aufs Bett, schaltet mit der Fernbedienung das Gerät aus und betrachtet die rote Stand-by Lampe.

Das Gespräch mit Simon auf dem Kongo kommt ihm in den Sinn. Wie grün wir damals waren, denkt er, eine Woche auf einem Schiff, dem nicht zu trauen war, noch dazu ausgeliefert einem unberechenbaren Kapitän. Sie hätten uns über Bord werfen können, ohne dass ein Hahn nach uns gekräht hätte. Dann der Tag in Kinshasa, als er sich maßlos über eine Angestellte im Postministerium geärgert hatte und Entspannung in einer Tanzbar suchte, aber nur schlechte Musik und Abzocke fand. Als er ging, das Auto starten wollte, spürte er plötzlich das Messer am Hals. Die Angst, die einer Springflut gleich in ihm aufstieg, vergaß er nie. Vielleicht waren das die entscheidenden Sekunden meines Lebens, denkt er, ich habe einfach nur Glück gehabt.

Ich werde es machen, denkt er. Ich gebe dem Management einen fairen Anteil, das wird sie motivieren.

Ein Jahr später, entwickeln sich die Dinge völlig anders als erwartet. Der Geschäftsverlauf, wie ihn das Management dargestellt hat, erweist sich als grandioses Wunschdenken. Ab da traut er keinem mehr. Als die Verluste wachsen, mietet er eine Wohnung am Schlachtensee an, um näher am Geschehen zu sein. Die Wände behängt er mit Bildern eines jungen Malers, um deren klinisches Weiß zu brechen. Mitten ins Wohnzimmer stellt er einen großen Schreibtisch, an dem er meist bis tief in die Nacht arbeitet.

Schließlich wechselt er das Management aus, doch auch das bringt nichts. Er muss sich eingestehen, dass es ein Fehler war die Firma zu kaufen, dass sie ihn ruinieren könnte, und er am Ende mit leeren Händen dasteht.

Als er sich mit Simon auf ein Bier trifft, erzählt er ihm von seiner Misere.

„Lass sie doch sausen, bevor sie dich umbringt", sagt Simon salopp. „Liquidier sie einfach, vielleicht bleibt ja doch ein Happen übrig, mit dem du dich in die Weiten der Südsee verziehen kannst."

„Ausgerechnet Südsee. Ist nichts mit Happen, wenn ich jetzt aussteige", sagt Lukas traurig. In Gedanken verflucht er die Treuhand, die ihm das Unternehmen mit Versprechungen aufgeschwatzt hat, die sich allesamt als Luftnummern erwiesen haben. Dabei weiß er genau, dass er es selbst verbockt hat. Der Preis war zu verlockend, und seine Gier zu groß. Schnee von gestern, wenn es vorbei ist, ist es vorbei, denkt er, und prostet Simon zu.

Eines Abends, er ist müde und deprimiert, ruft Carla an: „Simon hat mir von deiner Misere erzählt, er gab mir deine Nummer. Du kannst sofort wieder auflegen, wenn du nicht mit mir reden willst."

„Unsinn, ich freue mich von dir zu hören. Wo bist du, immer noch in Indien?" Blöde Frage, ärgert er sich.

„Nein, hast du geglaubt ich sei Inderin geworden?", lacht sie hell auf. „Ich war ein paarmal dort, aber beim letzten Mal ertrug ich die verlogene Atmosphäre in Auroville nicht mehr. Auf einmal habe ich verstanden, wie es dir damals ergangen sein muss."

„In Pondicherry?"

„Ja."

„Der Ashram war schön. Manchmal denke ich, man könnte sich dort niederlassen im Alter."

„Man?"

„War nur so ein Gedanke. Mir gehen viele Gedanken durch den Kopf, wenn mir spät abends die Zahlen vor den Augen verschwimmen." Ich bin mitverantwortlich, dass sie geworden ist wie sie ist, denkt er. Hätte ich in Indien mehr Geduld gehabt, wäre sie nie dort hängen geblieben und letztlich wohl auch nicht in den Fängen der RAF gelandet. „Warum hast du nicht schon früher angerufen."

„Ich hab mich geschämt. Und dann war ich eine Zeit lang mit Simon zusammen."

„Das hat er mir erzählt. Und jetzt nicht mehr?"

„Nein, ich glaube, ich bin einfach keine Partnerin fürs Leben."

Er weiß nicht, was er darauf antworten soll. Und dann rutscht ihm heraus, was er eigentlich nicht sagen wollte: „Ich hab all die Jahre Kontakt zu deinem Vater gehalten, weil ich mir Sorgen um dich machte. Er meinte, du wärst erwachsen und wüsstest schon, was du tun musst. Hatte er recht?" Für eine Weile herrscht Stille in der Leitung. Als er denkt, sie könnte aufgehängt haben, fragt er nach: „Und, wo bist du jetzt?"

„In Berlin, für ein paar Wochen bei einer Freundin." Ihre Stimme klingt seltsam aufgekratzt, als fände sie sein Geständnis eher ermunternd.

Ich sollte abwiegeln, denkt er, ich weiß nicht, ob ich schon bereit bin, sie zu treffen. Doch dann gibt er sich einen Ruck. „Hast du Lust mit mir zu essen? Wir könnten uns in der Stadt treffen, was denkst du?"

„Das wäre wunderbar", sagt sie, wie aus der Pistole geschossen.
„Wie wär's mit morgen Abend. Ich kenne ein nettes Restaurant in der Nähe des Gendarmenmarkts. Warum treffen wir uns nicht um acht Uhr in der Bar des Hilton. Von dort sind es nur ein paar Schritte ins Sagrantino. Du weißt wo das Hilton ist?"
„Ja, auf der Schmalseite des Gendarmenmarkts. Nicht gerade meine Adresse."
„Macht nichts, die Rechnung geht auf mich."

Carla hat sich schön gemacht, Rouge aufgelegt, ihre Kleider geprüft und das meiste verworfen. Am Ende hat sie ihre inzwischen gewohnte Tracht angezogen. Die Einheitsuniform der selbstbestimmten Frau, alleinstehend und ohne die Mittel, um allzu extravagant mit der Mode zu gehen. Monochrom in Schwarz, gerippter Pulli und Jeans zu Stiefeletten, der Jahreszeit entsprechend. Ihre farbenfrohen indischen Kleider hat sie allesamt einer Flüchtlingshilfe geschenkt. Nur die schwere Kette aus rohem Bernstein, die sie von einem Tibetaner erstand, und die silbernen Ohrgehänge aus Rajasthan erinnern noch an ihre indische Vergangenheit.

Ich hätte ihn bitten sollen in die Schönhauser Allee zu kommen, denkt sie, als sie sich im Hilton umsieht. Sie geht in die Bar und setzt sich an einen Tisch, von wo sie alles überblicken kann. Nachdem sie ein Wasser bestellt hat, fallen ihr die vielen Leute ihres Alters auf, die auf Jemanden zu warten scheinen.

Kurz darauf sieht sie Lukas in der Eingangstür der Bar, den Kopf tief in den hochgestellten Mantelkragen gezogen. Wo sind die Haare hin, denkt sie. Womöglich glaubt er, ein Kurzhaarschnitt gehört zu einer erfolgreichen Managerkarriere, oder sie fallen ihm bereits aus, wäre nicht verwunderlich in seinem Alter.

Als er sie erkennt, strahlt er über's ganze Gesicht. „Carla. Ich war mir fast sicher, dass du in letzter Minute absagst", er küsst sie auf beide Wangen, wobei er sachte ihre Schulter berührt. „Du siehst aus wie ein Frühlingstag und duftest auch so. Was für eine wunderbare Kette."

Die Falten um die Mundwinkel sind tiefer geworden und die Geheimratsecken auch, denkt sie. Trotzdem ist er immer noch ein großer, stattlicher Mann. Das Dilemma in der Firma, von dem Simon sprach, scheint ihm nichts anzuhaben. „Zerzaust und wechselhaft wie ein Aprilschauer meinst du wohl", sagt sie schmunzelnd. „Du kannst mich auch auf den Mund küssen, oder bist du mir noch böse."

Er schüttelt den Kopf. „Böse war ich nie. Verunsichert trifft es vermutlich ganz gut. - Es ist warm hier." Er legt die Jacke ab und wirft sie achtlos auf den Stuhl neben sich. „Du siehst wirklich gut aus. Wie machst du das nur? Morgens ausführlich die Zeitung, danach eine Runde Tai Chi, lange Spaziergänge und möglichst früh zu Bett. Ist das dein Geheimnis?"

Wenn ich nicht wüsste, dass er ganz anders ist, denkt sie, würde ich ihn für einen Trottel halten. „Bist du ein Süßholzraspler geworden, oder gehört das jetzt zu deinem Repertoire, um fremde Frauen einzuwickeln?"

„Fremde?"

„Wir haben uns lange nicht gesehen."

„Zu lange. Willst du hier bleiben? Ich habe einen Tisch im Sagrantino reserviert und könnte einen Bissen vertragen."

„Dann lass uns gehen. Ich mag keine Hotelbars, schon gar nicht, wenn sie so geschniegelt sind wie hier."

Lukas hilft ihr in den Mantel und winkt dem Kellner, um ihr Wasser zu bezahlen.

„Dein Aufzug gefällt mir übrigens", sagt sie beiläufig, als sie den Gendarmenmarkt überqueren und sie seinen Rollkragenpulli, Lederjacke und Cordhose begutachtet. „Anscheinend musst du niemand mehr etwas beweisen."

Was meint sie, denkt er, dass ich verkleidet wirke? Vielleicht hätte ich doch meine Manageruniform, tragen sollen. „Musste ich das früher?"

„Wo gehen wir hin?", vermeidet sie eine Antwort.

„Ein kleiner Italiener, gleich um die Ecke, in der Behrenstraße. Er hat erst vor kurzem aufgemacht."

„Ich mag Italiener."

„Weiß ich, da drüben ist es."

Ein junger Mann hält ihnen die Tür auf und nimmt Carla den Mantel ab. Dabei begrüßt er Lukas, als wären sie gute Freunde. Er zeigt ihnen den reservierten Tisch und reicht die Speisekarten. „Darf ich ihnen schon etwas zu trinken bringen?", fragt er.

„Wie wär's mit einer Flasche Rotwein?", sagt Lukas. „Sie haben einen wunderbaren Monte Falco. Du trinkst doch noch Rotwein, oder?"

„Zu viel", sagt Carla und nickt dem Kellner zu.

„Möchtest du lieber nach Außen oder nach Innen sehen?", fragt Lukas.

„Nach Innen. Der Blick auf die Bürofassade über der Straße ist nicht gerade einladend."

„Stimmt. - Du hast gerne auf dem Balkon der Bibliothek in Pondi gesessen und aufs Meer geschaut." Er spürt ihren Fuß an seiner Wade und fragt sich, ob es Absicht oder Zufall ist.

„Schön, dass du dich daran erinnerst", sagt sie verträumt. „Monte Falco, was ist das für ein Wein. Es hört sich an, als wäre es deine Hausmarke."

Er verzieht das Gesicht zu einem breiten Grinsen, erfreut, dass sie ins Schwarze getroffen hat. „Südlich von Perugia gibt es einen kleinen Ort, den Friedrich II. auf dem Weg nach Canossa platt gemacht hat, da kommt er her." Lukas nimmt ihre Hand und drückt sie, überrascht, dass sie es zulässt. „Und weil Friedrich ein begeisterter Falkner war, haben die Bewohner ihr Dorf, nachdem sie das wieder aufgebaut hatten, Monte Falco genannt", fährt er fort. „Heute ist es ein zauberhaft verschlafener Flecken mit ausgezeichnetem Wein."

„Was du alles weißt!"

„Ich saß auf dem Marktplatz bei einem Glas und hatte Zeit mir die Geschichten des Wirts anzuhören. - Was nimmst du?"

„Sie haben Nieren, die mochtest du, oder hat sich das geändert?"

Ich mag, wie sie altert, denkt er, während er die tiefen Falten auf ihrer Stirn betrachtet. „Ich nehme lieber die schwarzen Linguini. Und du?"

„Ich auch. Kannst du dich noch erinnern, in Rom, noch bevor wir zusammenzogen. Du hast mich eingeladen und wir beide aßen Sepiareis. Mir kam es ziemlich abenteuerlich vor, als ich die schwarze Masse auf dem Teller sah."

„Ja, im Il Corsaro, gleich hinterm Quirinale."

„Den Namen des Lokals hatte ich vergessen. - Bitte erzähl, was du all die Jahre gemacht hast, oder willst du nicht."

Lukas zuckt mit den Schultern, als gäbe es nicht viel zu erzählen. Er winkt dem Kellner, der schon darauf gewartet hat: „Zweimal die Linguini bitte", sagt er. Dann nimmt er sein Rotweinglas und stößt es ganz leicht an Carlas. „Auf meine beste Freundin."

„Willst du mich veräppeln?"

„Nein, ich freue mich wirklich dich zu sehen. Aber es ist so lange her, dass ich fast vergessen hatte, wie du aussiehst."

„Wie Indien eben, zerfurcht und verarmt, trotzdem voller Hoffnung. - Warst du noch einmal dort?"

„Nur einmal, während einer Geschäftsreise, auf dem Weg zurück von Singapur. New Delhi war immer noch der stinkende Moloch, an den ich mich erinnern konnte. Die Zahl der Motorradtaxis hatte abgenommen, zumindest schien es mir so."

Sie lehnt sich zurück, nimmt einen Schluck Wein und sieht ihn an, als wolle sie etwas sagen. Dann dreht sie sich halb nach außen und schaut auf die erleuchtete Fassade des Bürohauses auf der anderen Straßenseite, Autos, die ein und ausparken, Fußgänger, die irgendwo hin eilen. „Als du in Khajurao an der Brunnenmauer gelehnt hast, verloren und verzweifelt, wie mir schien, habe ich für einen Moment gedacht, wir könnten reden. Aber es ging nicht mehr."

„Warum?"

„Weil du dich emotional eingemauert hattest, und mir die Kraft fehlte, die Mauer zu schleifen. Ich konnte einfach nicht mehr mit einem Eisblock leben, der sich immer mehr in sich zurückzog."

„Zu anstrengend, meinst du?"

„Nein, eher so ein: Wenn ich diese Mauer einreiße, dann kommt eine neue und dann noch eine und so geht es immer weiter." So war das, einfach so, denkt sie, aber er würde es vermutlich immer noch nicht verstehen. Ich wollte leben und hatte Angst, dass er mich zwischen seinen Aktendeckeln erdrücken könnte. Wie hätte ich ihm das erklären sollen? - „Wie kamst du überhaupt nach Afrika? Simon hat mir von eurer Schiffstour erzählt, es hörte sich ziemlich spannend an", wechselt sie das Thema.

Er sieht sie verwundert an, fragt sich, warum sie Indien so abrupt abhakt. Ist wohl immer noch nicht ganz vernarbt, denkt er. „Ich wollte unbedingt raus, aus Deutschland, vielleicht erinnerst du dich daran, wir haben oft darüber gesprochen. Die Art, wie wir mit den Altnazis umgingen, zu beschönigen suchten, was sie getan hatten, machte mich wahnsinnig. Nach Indien war alles noch schlimmer, einerseits der Mief der siebziger Jahre, andererseits die Verrückten der RAF. Entschuldige, das hätte ich nicht sagen sollen."

„Schon gut, für mich ist das Thema abgeschlossen, und wie du darüber denkst, habe ich immer gewusst."

Er nickt nur. „Und als mir Siemens das Projekt im Zaire antrug", fährt er fort, „das sie mir schon vor Indien angeboten hatten, griff ich sofort zu." Lukas hält einen Moment inne, als liefe ein innerer Film vor seinen Augen ab. „Es wurde dann eher schwierig."

„Was?", fragt Carla einen Tick zu schnell.

„Das Land und ich passten nicht zusammen. Wir sollten ein rechnergesteuertes Telefon-Netz aufbauen. Mobutu hatte verordnet, dass der Zaire schnellstmöglich zum Westen aufschließen sollte, aber die Menschen waren nicht so weit. Sie brauchten Nahrung und litten unter der grassierenden Korruption. Letztendlich kamen wir über die Planungen nie hinaus. Das Ministerium wollte immer mehr, noch eine Stadt, die wir anschließen sollten usw., und ich kapierte viel zu spät, dass sich die Beamten mit jedem neuen Auftrag nur die Taschen füllten. Schließlich haben wir aufgegeben. In der Zwischenzeit war die Elektronik im Hafen von Matadi verrottet, weil der Zoll die Kisten am Kai ‚vergessen' hatte. Vermutlich hatte ich den falschen Beamten bestochen. Aber lass uns nicht darüber reden, es rumort immer noch in meinen Eingeweiden. Für eine Weile habe ich gedacht, ich hätte versagt, du weißt, wie mich das wurmt."

„Immer noch?"

„Ist eher schlimmer geworden."

„Und Simon hat dich damals besucht?"

„Ja. Wir beide haben nicht verstanden, wie das Land tickt. Zwei Blinde auf einem stinkenden Schiffskonvoi durch die Schweigsamkeit des kongolesischen Urwalds", lacht er. „Später, als ich längst raus war aus dem Zaire, hat Simon einige Zeit in Lubumbashi gearbeitet. Im Kupfergürtel, im Süden, komischer Zufall findest du nicht? Vielleicht hat er den Job bei der GTZ auch nur gekriegt, weil er schon einmal afrikanische Luft geschnuppert hatte. Schwamm drüber, erzähl mir lieber, was du die ganze Zeit gemacht hast."

„Du willst meine RAF Geschichte hören", sagt sie, einen Tick zu aggressiv. „Ich nehme an, Simon hat dir davon erzählt."

„Nur wenn du willst."

Sie atmet tief ein. In dem Moment bringt der Kellner das Essen. „Ich komme darauf zurück, versprochen", sagt sie, und beugt sich über den Teller. „Duftet wunderbar. - Erzähl du mir zuerst etwas Nettes. Meine Geschichte könnte uns auf den Magen schlagen, sie eignet sich bestenfalls zum Kaffee." Ihr Lachen klingt bitter.

„Na gut, ein Märchen. Ok?: Es war einmal ein verlorener, junger Mann", beginnt er. „Nein, jetzt essen wir erstmal."

Sie tauschen nur ein paar Allgemeinplätze über die Politik, über den Zustand der Welt aus, bis Carla fragt, als hätte sie die ganze Zeit darauf gewartet: „Und der junge Mann?"

Lukas lächelt. „Er war arm, aber ehrgeizig, also zog er aus, die Welt zu erobern. Anfangs musste er eine Menge Drachen erlegen. Das war schwer, doch mit der Zeit gelang ihm das immer besser. Und eines Tages fand er in der Höhle des letzten Drachen, den er erlegt hatte, einen riesigen Schatz. Das änderte alles. Auf einmal hielt sich der junge Mann, der inzwischen gar nicht mehr so jung war, für einen Glückspilz. Das war ein Fehler. Er legte seine Rüstung ab, kämpfte mit offenem Visier und verlor eine Schlacht nach der anderen. Aber ich habe ja noch meinen Schatz, dachte er, bis er merkte, dass er den in kleinen Häppchen an die Drachenbrut verfüttert hatte, damit sie ihn in Ruhe arbeiten ließen. Und als die vielen kleinen Drachen merkten, dass er ihnen nichts mehr bieten konnte, fielen sie über ihn her und fraßen ihn auf."

„Und in seiner Not rief er ein wunderschönes Burgfräulein zu Hilfe, die ihn aus den Fängen der Drachen retten sollte", sagt sie. „Also lud er sie mit den letzten Resten seines Schatzes zum Essen ein, und sie aßen beide Linguini, schwarz wie die Seele seiner Drachen. - Geht es dir so schlecht? Was ist passiert?"

Er zieht die Mundwinkel hoch, als hätte er ein Problem mit dem Wort schlecht. Er lehnt sich zurück und legt die Serviette auf den Tisch. „Nachdem die Mauer gefallen war, habe ich meine damalige Firma an einen chinesischen Investor verkauft. Sie haben gut bezahlt und wollten, dass ich noch eine Weile dabei bleibe. Aber es ging nicht lange gut. Ich war zu sehr daran gewöhnt allein zu entscheiden. Also bin ich gegangen mit all meinem Geld. Aber es wurde mir langweilig, außerdem bin ich auf diesen Hoffnungstrip im Osten abgefahren. Blühende Wiesen und so, du weißt schon. Dachte, ich könnte etwas beitragen, damit sie schneller auf die Beine kommen. Es war ein Fehler. Ich traf einen Mann von der Treuhand, der hat mir die jetzige Firma in Teltow verkauft, an der ich immer noch zu kauen habe. Ich verstand zwar das Geschäft, aber nicht wie der Osten tickt."

„War das, als Rohwedder noch lebte?"

„Ja, er wollte auch mehr aus dem Osten machen, als nur zu verschrotten. Ich hab's einfach nicht kapiert. Dachte, das war einmal das Herzland der Industrialisierung Deutschlands, die stabilste Wirtschaft im ganzen Ostblock, was kann da schon schief gehen. Und genau das tat es dann auch."

„Hört sich schrecklich an. Ein bisschen überheblich, finde ich." Sie schiebt den halb vollen Teller zur Seite und sieht ihn lange schweigend an, als würde sich langsam ein Gedanke in ihr formen. „Du liebst es Macht zu haben, nicht wahr? Es ist in dir gewachsen und hat dich stark gemacht. Unverwundbar, hast du lange gedacht, und dann ist das Gefühl in Hybris umgekippt. Anfangs hast du es nicht bemerkt, doch plötzlich, als die Dinge nicht so liefen, wie du wolltest, kamst du dir wie ein leck geschlagenes Schiff vor. Du stehst an einer Weggabelung, Lukas. Aber du erkennst sie noch nicht, weil du an vielen Weggabelungen gestanden hast, die dich immer nur aufwärts gebracht haben. Doch diesmal bist du in einer Sackgasse gelandet, aus der es kein Entkommen mehr gibt. Wir sind nicht jünger geworden, Lukas."

„Wow, Carla. Ein Orakel. Wie lange hast du schon über den Dämpfen gesessen? Sagst du Simon auch die Zukunft voraus?"

„Nein, er ist ein guter Freund. Du bist mehr. Ich wollte mich nie zwischen euch entscheiden und werde es auch in Zukunft nicht tun. Alles andere, was zwischen euch beiden steht, geht mich nichts an. In Indien habe nicht ich dich verlassen, Lukas. Du bist gegangen, weil du das Land nicht mehr ertrugst."

„Ich weiß."

Sie nickt und fragt. „Und was tust du, damit dich deine Drachen nicht auffressen können?"

„Aufgeben vermutlich. Mir fehlt der finanzielle Atem, um es noch lange durchzustehen. Aber vergiss es, kein gutes Thema für heute

Abend." In Gedanken ist er bei dem, was sie über Simon und ihn gesagt hat.

Es nagt an ihm, denkt Carla, und schenkt sich Wein nach. „Ich war für eine Weile in Pondi gewesen, und als ich zurückkam haben sie mich bei der Einreise aus der Schlange gefischt. Zimmermann war am Tag zuvor ermordet worden und sie waren anscheinend hypernervös. Sie wollten wissen, wo ich gewesen war und wie sie mich erreichen können, falls es nötig sein sollte. Ich gab ihnen Simons Adresse, weil ich selbst keine mehr hatte. Da ließen sie mich gehen. Simon war nicht da, aber am nächsten Tag rief er in meinem Hotel, einer billigen Absteige, an, und ich zog zu ihm. Er fragte mich dasselbe wie du: Was ist dran an meiner RAF Sache." Sie betrachtet Lukas als wäre er ein Fremder, als wolle sie sagen: Warum tust du mir das an, ich will nicht darüber reden. Doch als er aufmunternd nickt, sagt sie leise. „Ich komme anscheinend nicht davon los. Nicht bei den Behörden und nicht bei euch. - Als sie Schleyer wie einen Hund im Kofferraum eines Autos erschossen, habe ich mich geschämt. Auf einmal machte es keinen Sinn mehr sich aufzulehnen."

„Alles, was sie taten war sinnlos. War es von Anfang an, Carla, aber du wolltest es nicht sehen. Mit einhundertsechzig Sachen durch Berlin brettern, sich aus der Haft schießen lassen, obwohl der Typ kurz darauf sowieso frei gekommen wäre. Alles machte keinen Sinn. Mit der Kalaschnikow herumfuchteln und unschuldige Leute umbringen. Machte alles keinen Sinn."

„Es ging gegen einen repressiven Staat", sagt sie, ohne groß aufzubegehren.

„Nein, es ging um das Ego von ein paar Traumtänzern, die sich einbildeten sie könnten die Welt verändern."

„Hör auf Lukas, ich will nicht darüber reden. Ich zahle immer noch dafür, dass ich einmal mit ihnen sympathisierte. Erzähl mir lieber, was du jetzt machst. Das mit deiner Firma hörte sich nicht gut an."

„Ich muss noch keine Teller waschen", sagt er ausweichend.

„Bist du auf die Treuhand reingefallen?"

„Nein." Er wirkt irritiert, als hätte er sich dieselbe Frage auch schon gestellt. „Selbstüberschätzung vermutlich", sagt er schließlich. „Möchtest du einen Kaffee? Ich glaube, ich brauche einen Espresso, du auch?"

„Ja", sagt sie.

Er hebt zwei Finger in Richtung des Kellners, als wüsste der Bescheid was das bedeutet. „Und dann? - Die RAF war es nicht, aber Indien. Und ich Idiot habe nicht gemerkt, wie sehr du dem Land verfallen warst. Du warst oft krank, manchmal dachte ich, du überlebst es nicht, und doch…" Er hört einfach auf.

„Du denkst, Indien hat mich aus der Bahn geworfen", sagt sie mit feinem Lächeln. „So war es nicht, Lukas, wir mussten uns entscheiden. Jeder von uns, du für deine Karriere, Simon, keine Ahnung, ich weiß immer noch nicht, was genau er tut. Und ich? Bei mir weiß ich es wohl am wenigsten von uns Dreien." Als einer von ihnen an meiner Wohnungstür stand, weil er eine Unterkunft für eine Nacht brauchte, habe ich ihn reingelassen, denkt sie. Ich habe demonstriert, die Vietnamkriegsgegner unterstützt, hab gewählt und mich über das Unrecht in der Welt empört. Dass ich mich über manche Zeitungsberichte fremdschämen konnte hat nichts genützt, die Welt wurde nicht besser dadurch. Schließlich widerte mich meine kleinlaute Art zu leben nur noch an, aber das ist nichts, worüber ich jetzt mit ihm reden will.

Lukas sieht sie nur an. Sein Kopf nickt, wie der einer kleinen Tänzerin aus Pappe, die es zuhauf in Indien gab und deren loser Kopf bei der geringsten Berührung zu nicken begann. Wir alle haben eine eigene Wahrheit, die wir uns in den Jahren zurecht gebogen haben, denkt er. „So ähnlich dachte ich es mir schon. Simon hat mir davon erzählt, aber nur in Fragmenten. Wir hätten uns früher treffen sollen, Carla. Vielleicht wäre mir der Kampf mit den Drachen und der ganze Schatz erspart geblieben, wenn ich mich um dich gekümmert hätte."

„Warum hast du nie angerufen?", Carlas Augen füllen sich mit Tränen. Sie sieht aus dem Fenster, als läge Lukas' Antwort draußen auf der Straße. Einer Straße, die seit Jahren nicht mehr grau und verfallen aussieht. Auf der neue Gebäude entstanden sind, mit jungen Menschen hinter Laptops, die nicht wissen, wie die siebziger Jahre waren. „Ich wollte nie, dass du dich um mich kümmern musst."

Ein wissendes Lächeln spielt um seinen Mund, als er sagt: „Es hat keinen Sinn, der verlorenen Zeit nachzutrauern. Ich war verbittert und dachte, nur der Erfolg hilft mir aus meinem Loch. Und dann wurde ich ein Anderer und es fehlte mir die Kraft dich zu finden. Jedes Mal, wenn ich an dich dachte, schmerzte es, das ertrug ich nicht auf Dauer, also versuchte ich, dich zu vergessen."

„Vergessen? Wir haben Jahre zusammen gelebt. Es gab eine Zeit, da dachte ich, wir könnten Kinder haben und gemeinsam alt werden", sagt sie bitter.

Er atmet tief durch, kramt eine Schachtel Zigaretten aus der Tasche und hält sie ihr hin. „Du auch? Ich brauche jetzt eine."

„Danke, ich rauche nicht."

„Darf ich?"

„Natürlich."

Er zündet die Zigarette an und betrachtet sie lange durch den aufsteigenden Rauch: „Von was hast du die ganze Zeit gelebt?", fragt er schließlich.

Wie kann er das fragen, denkt sie. Ausgerechnet jetzt. Aber er ist eben pragmatisch, da denkt man so: „Jobs. Ich war eine gute Kellnerin", sagt sie. „Und von den Zuwendungen meines Vaters, der mich zwar nie als seine Tochter anerkennen wollte, aber auch nie ganz von sich wies. Und jetzt hat er mir sein gesamtes Vermögen vermacht. Absurd nicht?"

Lukas nickt, als hätte er nichts anderes erwartet. „Er war ein Ehrenmann. Ich hielt den Kontakt zu ihm, bis zu seinem Tod, wollte wissen, wie es dir geht, wo du bist. - Ich habe dich nie vergessen, nur wusste ich mit der Zeit nicht mehr, an was ich mich erinnern könnte." Lukas wirkt auf einmal, als wäre er in Gedanken weit weg. „Ich wollte zu dir, aber es ging nicht. Also habe ich gearbeitet, Tag und Nacht gearbeitet. Ich wurde reich dadurch, aber es hat mir wenig bedeutet. Und als die Mauer fiel, glaubte ich, eine Aufgabe zu haben."

Carla hat die ganze Zeit still zugehört, ohne ihn aus den Augen zu lassen. „War das dein Leben?", fragt sie ganz ruhig.

„Ja, ich glaube schon."

Sie lehnt sich zurück, doch dann beugt sie sich vor und stützt den Kopf in die Hand. Sie starrt auf einen Punkt über Lukas' Kopf, als fände sie dort die Antwort auf alle Fragen. „Ich glaube ich muss jetzt gehen. Ich ertrage es einfach nicht, dich anzusehen und so zu tun, als wären all die Jahre nicht gewesen. Ich brauche Zeit, bitte versteh das."

Er nickt wieder, dieses hilflose Picken des Kopfs, das ihn älter aussehen lässt. „Ich mache mir Sorgen um dich", sagt er, bevor sie aufstehen kann.

„Nicht nötig, ich habe mehr als ich brauche. Stell dir vor, ich bin jetzt sogar Besitzerin eines Hauses auf Ibiza. Nein, eher einer Ruine", lacht sie. „Die lasse ich gerade von ein paar Marokkanern umbauen. Zwei, dreimal im Jahr bin ich dort. Es wird schön, du solltest mich besuchen kommen. Die Winter sind kurz dort."

„Und die Menschen oberflächlich."

Sie zuckt zurück, als wäre sie von einer Schlange gebissen worden, doch sie geht nicht darauf ein.

„Was habe ich gesagt? Ach ja, oberflächlich. Nicht du, du bist nicht lange genug dort. Außerdem reagierst du immer noch zu empfindlich. Ist nicht gesund in unserem Alter."

„Danke, du könntest als mein Therapeut kommen. Vielleicht findest du auch noch andere Abnehmer für deine Weltanschauungen", sagt sie spitz.

„Weltreisende", sagt er. „Auf unsere alten Tage sind wir Weltreisende geworden. Simon ist für ein Projekt auf Bali. Er betreut ein

Vorhaben in China, einen dieser gigantischen Staudämme. Das Ding läuft nicht so, wie er es sich vorstellt, hat er gesagt. Er braucht Abstand und Bali wäre schön und erholsam, meint er. Er hat mich eingeladen ihn dort zu besuchen, warum kommst du nicht mit. Allein will ich nicht fliegen."

„Simon", sagt sie nachdenklich. „Erst Afrika, jetzt Asien, ein Projekt nach dem anderen. Wie schafft er das? Was tut so ein Berater? Erzählt er den Leuten, was sie falsch machen, und wenn sie es nicht ändern, bestraft er sie? Gibt ihnen kein Geld mehr, das er zuvor von irgendeiner dubiosen Bank locker gemacht hat. Ist es das, was er macht?", fragt sie gehässig.

„So ähnlich und einiges mehr, aber das kann er dir selbst erzählen. Komm mit nach Bali, es würde uns Dreien gut tun."

„Damit sich der Kreis schließt?", fragt sie, steht auf und holt sich den Mantel. „Ich rufe dich an. Danke für das Essen. Wir sollten das öfter machen, bestimmt, aber jetzt muss ich gehen."

Terror

Auf dem Flughafen von Denpasar, sieht er Lukas und Carla neben dem Gepäckband stehen und gestikulieren. Wie ein älteres Paar, das sich die immer gleichen Geschichten erzählt, denkt Simon. Sie gehören zusammen, aber irgendwie schaffen sie es nicht, das hinzukriegen.

Als die beiden durch die automatische Tür in den Empfangsbereich treten, löst sich Simon aus der wartenden Menge und geht auf sie zu: „Ich habe euch schon am Gepäckband gesehen, wie ihr angestrengt ein Problem gewälzt habt. Hab gewunken, aber ihr wart zu sehr im Gespräch vertieft. Ist alles in Ordnung? Wie war der Flug?"

„Hi, Simon, du überfährst uns ja richtiggehend. So viele Fragen auf einmal", sagt Carla und umarmt ihn.

„Kein Problem, nur etwas Klärungsbedarf", sagt Lukas.

„Klärungsbedarf? Schätze mal, du willst, kaum dass du hier bist, das Land umkrempeln, und Carla versucht dich daran zu hindern. So ähnlich sah eure Diskussion aus", sagt Simon mit breitem Grinsen.

„Nö, wir haben uns nur gefragt, ob du uns in ein großes Gemeinschaftszimmer steckst, oder ob wir in Einsamkeit schnarchen dürfen", sagt Lukas.

„Natürlich schlafen wir zusammen, in einem großen Gemeinschaftssaal mit Stockbetten und so, nur das Essen nimmt jeder getrennt ein. An seinem individuell gestalteten Tisch natürlich", fügt Simon galant hinzu. „Kommt, das Auto steht über der Straße auf dem Parkplatz. Es ist klein, aber die Koffer passen noch hinein."

„Und wir?", fragt Lukas.

„Ihr müsst gehen, ist doch klar." Simon schüttelt den Kopf, wobei er sie eingehend begutachtet. „Weil wir uns lange nicht gesehen haben, haltet ihr mich jetzt wohl für bescheuert."

„Wäre nicht das erste Mal, dass dir etwas Verrücktes einfällt", sagt Carla. „Wie ist es nun mit der Unterkunft?"

„Ich habe für jeden ein eigenes Chalet gebucht, kleine luftige Palmhütten, direkt am Strand, abseits vom Touristen-Rummel in Kuta. Wir hören das Meer rauschen und haben alle Zeit der Welt zum Reden. Ich hoffe, sie gefallen euch."
„Kein Programm?", fragt Lukas.
„Nein, aber wenn ihr wollt, können wir zu einer Begräbniszeremonie gehen, die sind hier ziemlich spektakulär. Oder einen nächtlichen Katak Tanz ansehen. Und wenn ihr ganz unternehmungslustig seid, fahren wir ein paar Kilometer ins Landesinnere, steigen auf einen Berg und sehen uns die Reisterrassen von oben an. Ich finde sie spektakulär. Dort oben gibt es auch einen sehenswerten Tempel."
Spektakulär, denkt Carla, er hat es zweimal gesagt. Dabei ist er gar kein überschwänglicher Mensch. „Also doch ein Programm", sagt sie.
„Nein, wir nehmen es, wie es kommt."

Abends, auf der Terrasse von Carlas Hütte sehen sie einer Gruppe junger Leute zu, die darauf warten, dass die Sonne im Meer versinkt. Einer spielt Gitarre, während draußen ein Boot mit gerefften Segeln vorbeizieht. Das Tuckern des Außenbordmotors wird von den Gitarrenklängen verschluckt.
„Kitsch", sagt Simon. „Der Kitsch eines billigen Reiseprospekts."
„Ich finde es schön", sagt Carla. „In Pondicherry konnten wir vom Balkon der Bibliothek auf's Meer sehen. Am Strand standen ein paar Palmen, deren Wedel in der Brise wie Schleifpapier auf Holz klangen."
„Du warst gern dort?", fragt Simon.
„Ja, aber nicht immer. Später immer weniger."
„Und du, Lukas?"
Lukas vermeidet eine direkte Antwort. „Einmal, als ich gerade das Stativ aufgebaut hatte, um eine Dorfszene zu fotografieren, hat sich ein Kind neben mich gesetzt, so in der Hocke, wie viele Inder es auf dem Land tun. Ich dachte, der Junge will mir beim fotografieren zu-

sehen, aber auf einmal höre ich so ein bekanntes Geräusch. Er hat einen kleinen, stinkenden Berg neben mir abgeladen und nebenbei beim fotografieren zugesehen."

Carla schmunzelt, sie kennt die Geschichte bereits.

„Einfach so? Hört sich nach effektivem Zeitmanagement an", sagt Simon.

„Einfach so", sagt Lukas. „Nachdem er fertig war hab ich das Stativ woanders aufgebaut."

„Macht Sinn", sagt Simon.

„Ihr mit euren ewigen Geschichten, seht euch die Sonne an, sie franst schon aus", sagt Carla.

„Ich mag Geschichten." Simon steht auf und geht ein paar Schritte zu seiner Hütte. Mit einer Flasche Rotwein kommt er zurück.

Als er Carla nachschenken will, wehrt sie ab. Sie lauscht in die Nacht, das leise Auflaufen der Wellen. Mit einem Ohr hört sie die Wortfetzen, die zwischen Lukas und Simon hin und her schwirren. „Wie hast du das Hotel gefunden, Simon?", fragt sie, indem sie das Gespräch der beiden unterbricht.

Simon legt den Kopf schief und lächelt Lukas zu, als wolle er sagen: So ist sie halt, sie wird sich nicht mehr ändern. „In meinem früheren Job wurden Erfahrungen gerne ausgetauscht. Einer empfahl mir Kuta, und als ich vor Jahren hier war, erschien es mir wie verzaubert."

„Ist nicht mehr verzaubert, ich höre die Diskothek bis hierher", sagt Carla lapidar. „Entschuldigt, ich wollte euch nicht unterbrechen."

„Die gab's damals noch nicht, und die Insel war auch nicht so überlaufen."

„Mich stört dieses Komasaufen", sagt Lukas. „Anscheinend haben die Engländer darauf ein Patent."

„Quatsch", sagt Simon. „Die meisten, die hier Englisch sprechen, sind übrigens Australier."

„Nörgler", sagt Carla. „Gesoffen wird bei uns genauso."

„Was würden wir nur ohne dich tun", sagt Lukas, wendet sich zu Simon und nimmt das Thema ihres unterbrochenen Gesprächs wieder auf: „Sie müssen das Problem mit den Siedlern in den Griff kriegen, oder was denkst du."

Simon lächelt verträumt. „Problem? In den Griff kriegen? Alles schöne Wörter. Die Siedler leben dort, betrachten Palästina als ihr Land, ihre Bestimmung. Und wie willst du denn fünfhunderttausend Leute umsiedeln, ohne dass das Land auseinander bricht. Die Zweistaatenlösung ist gegessen. Jetzt geht es nur noch um einen Krieg der Worte, sie lassen sich ausradieren, überschreiben, neu fassen. Mit Häusern geht das nicht, mit Geschichte schon gar nicht. Rabin hat versucht ohne Vorbedingungen zu verhandeln und hat dafür mit dem Leben bezahlt. Es haut einfach nicht hin mit der Brechstange, dafür ist die Situation viel zu verfahren und irgendeiner hat immer etwas dagegen. - Ich habe vor einiger Zeit eine Lesung von Avrum Burg besucht. In seinem Buch vertritt er die These, dass sich Israel aus der Umklammerung der Holocaust Erinnerung befreien muss, wenn es wirklich unabhängig handeln und denken will. Da ist was dran. Könnt ihr euch noch an das Attentat während der Münchner Olympiade erinnern?"

„Wir waren unterwegs nach Nordafrika, als es passierte", sagt Lukas. „Danach haben die Israelis jeden der beteiligten Terroristen liquidiert."

„Und ich begann darüber nachzudenken mit ihnen zusammenzuarbeiten", sagt Simon.

„Hast du, oder hast du nicht?", fragt Carla gespannt.

Simon zuckt nur mit den Schultern. „Wir drei haben uns für sehr unterschiedliche Wege entschieden. Ich hab versucht meine Projekte rund um die Welt als Hilfe zu verstehen. Hat wohl nicht ganz gestimmt. Lukas rannte hinter dem Geld her, weil er Unabhängigkeit suchte. Und was hat er gefunden? Immer mehr Fesseln, in denen er sich verfing. Und du Carla, wie wär's mit Retter der Menschheit, oder so ähnlich?"

„Wie kommst du darauf? Ich hab ein alternatives Leben geführt, so, wie ich leben wollte. Ihr denkt vielleicht, ich wäre rundum gescheitert, aber das stimmt nicht. Euer Leben finde ich eher hilflos und egoistisch. In deinem Fall, Simon, sogar ziemlich verlogen. Du hast dir die Rolle Israels so hingebogen, wie du sie gerne hättest, redest, als gäbe es die Palästinenser gar nicht. Es war einmal ihr Land."

„Ja, das ist das Problem."

„Hat sie recht, Simon?", fragt Lukas.

„Keine Ahnung. - In den späten siebziger Jahren, als Carter und Sadat Begin drängten, den Palästinensern eine Aussicht auf Frieden zu geben, stellte Begin einen Plan vor, der bis vor kurzem noch geheim war: Die israelische Militärverwaltung wird abgeschafft und eine palästinensische Verwaltungsbehörde gegründet. Die Palästinenser erhalten freie Wahlen, sie werden entweder israelische oder jordanische Staatsbürger. Jene, die sich für Israel entscheiden, erhalten das aktive und passive Wahlrecht für die Knesset. Und alle Bürger Israels, einschließlich der Palästinenser, erhalten das Recht auf Erwerb und Besiedlung überall im Land. Der Plan verschwand im Giftschrank, als Camp David scheiterte. Die Verrückten mit den Bombengürteln sorgten dafür, dass der Schrank geschlossen blieb."

Carla schüttelt ungläubig den Kopf. „Du redest wie ein Berater, der nie etwas umsetzen muss."

„Nach dem Sechstagekrieg war die arabische Welt nicht mehr dieselbe, heißt es. Wie war sie denn davor?", fragt Lukas, der keine Lust hat auf Carlas Sympathien für die Palästinenser einzugehen.

„Selbstbewusst, würde ich meinen", sagt Simon. „Da gab es Nasser, er war der Star der Dritten Welt. Ägypten war das politische und kulturelle Zentrum der Araber, aber nach dem Sechstagekrieg waren die Ägypter nur noch Verlierer. Damals wurden die Muslim Brüder stark."

„Und die Israelis hielten sich für unschlagbar", wirft Carla ein.

„Ja, leider. Es war ein Trugschluss, aber er hat das Land verändert, nicht unbedingt zum Besseren."

„Stärker als Vietnam Amerika?", fragt Carla. „Für mich gehörte alles zusammen, der Sechstagekrieg, die Geiselnahmen danach und der Vietnamkrieg, der uns auf die Straßen brachte. Ab da hab ich mich engagiert." Das Wippen ihrer Flip Flops ist das einzige Zeichen, dass sie verspannt sein könnte. Ihre Halskette aus unbearbeiteten Bernsteinbrocken reflektiert das Licht der Kerzen vor ihr.

Lukas und Simon hören auf. „In der RAF?", fragt Lukas. „So klar hast du das nie gesagt."

„Ist mir auch erst viel später bewusst geworden. Über eine Sympathisantin ging es aber nie hinaus. Manchmal dachte ich, ich müsste mehr tun. Der Kapitalismus, dachte ich, würde sich früher oder später überfressen und kollabieren. Und jetzt, wenn nicht alles täuscht, könnte ich recht behalten, es hat nur sehr viel länger gedauert."

Simon zieht eine Schnute, als hielte er das für ziemlich unwahrscheinlich. Er hebt die Schultern und atmet tief ein. „Ich dachte auch lange, ich würde zu den Guten gehören", sagt er. „Hat wohl nicht gestimmt, zumindest nicht in deinen Augen, Carla."

„Bist du jetzt beleidigt?"

„Nein, vielleicht hast du ja Recht."

„Nein, hat sie nicht", sagt Lukas verärgert. „Wenn die Welt nur von Leuten wie Carla bevölkert wäre, hätten wir ein totales Chaos."

„Und was haben wir jetzt, mit Leuten wie dir? Willst du mich dafür bestrafen, dass ich nicht mitspielen wollte?"

„Wie kommst du darauf. Ich finde nur, dass sich keiner von uns verteidigen muss", sagt Lukas mit gerunzelter Stirn. „Wir sind alt genug uns kein Blatt vor den Mund zu nehmen."

„Und deshalb müssen wir uns beleidigen, weil wir alt sind und uns nicht mehr wehren können?"

„Unsinn, Carla, so hat er es nicht gemeint", sagt Simon. „Lasst uns das Thema wechseln. - Als die Bilder vom Tahir-Platz um die Welt gingen, dachte ich, sie könnten es schaffen. Selbstbewusstsein ist eine starke Droge, aber sie hielt nicht lange an. Ich war dort, dachte, jetzt tun sie genau das, was sie bereits 1967 hätten tun sollen: Ihren Anführern in die Augen sehen und sagen: „Nicht in unserem Namen, nicht über unsere Leichen. Fort mit euch." Es war ein großer Irrtum. Wir sollten…"

Noch bevor Simon den Satz zu Ende bringen kann, hören sie einen lauten Knall und ein Feuerkranz erscheint über den Baumkronen der Stadt. Kurz darauf beginnen die ersten Sirenen zu heulen.

„Es hört sich nach etwas Größerem an", sagt Simon. „Ich gehe nachsehen, vielleicht brauchen sie Hilfe."

„Ich komme mit", sagt Lukas.

„Und mich lasst ihr allein?", fragt Carla.

„Hier kann dir nichts passieren", ruft Simon zurück, bereits auf dem Sprung.

„Entschuldige, Carla, so war es wirklich nicht gemeint. Wir reden nachher noch einmal darüber", sagt Lukas, und rennt Simon hinterher.

Nach zwei Stunden kommen sie zurück, dreckig und blutverschmiert.

„Was ist passiert?", fragt Carla entsetzt, als sie die beiden sieht.

Simon schüttelt nur abwehrend den Kopf.

„Ein Selbstmordattentat", sagt Lukas. „Der Kerl hat die Bombe im Rucksack vor die Bar getragen und sich zwischen all den Leuten in die Luft gesprengt. Es war rappelvoll und jetzt liegen Haufen von verstümmelten Leichen herum. Wir haben versucht zu helfen, aber die Polizei hat uns weggeschickt. Was für ein Irrsinn, lauter junge Leute", stammelt er.

In dem Moment sehen sie, wie sich zwei Schatten aus der Dunkelheit lösen und auf sie zu bewegen. Simon springt auf und rennt zu seiner Hütte. Lukas und Carla bleiben wie paralysiert sitzen. Zwei Männer, jeder mit einer Pistole bewaffnet, treten auf die Terrasse und schalten als erstes das Licht aus. Sie zwingen Lukas an die Wand und suchen ihn nach Waffen ab. Carla behandeln sie, als wäre sie Luft. Simons Verschwinden haben sie anscheinend nicht bemerkt.

„Was wollen Sie von uns?", fragt Lukas, die Stimme hell vor Anspannung.

„Stop talking", sagt der jüngere der beiden.

Der Andere, sieht ihn verärgert an und sagt in akzentfreiem Deutsch zu Lukas: „Wir brauchen ein Fahrzeug, geben Sie uns Ihres, dann passiert ihnen nichts. Unser Auto ging mit in die Luft, es war nicht so geplant."

„Woher wissen Sie, dass wir Deutsche sind, und dass wir überhaupt ein Auto haben?", fragt Lukas, um Zeit zu gewinnen. Er wundert sich, wo Simon ist.

„Die Autoschlüssel", sagt der Mann und hebt die Pistole. „Wir saßen gestern in dem Café am Tisch neben ihnen. Wo ist ihr Freund?"

„Er hat sich früh verabschiedet. Wir haben getrunken und jetzt schläft er vermutlich schon", sagt Lukas.

„Aber jetzt ist er wieder da", kommt eine Stimme aus der Dunkelheit. „Waffen auf den Boden", sagt Simon.

Der Jüngere schnellt herum und ballert in Richtung von Simons Stimme, doch plötzlich bricht er zusammen. Keiner hat Simons Schuss gehört. Der Ältere legt seine Waffe auf den Boden und hebt die Arme. Mit dem Fuß stößt Lukas die Pistole weg, schaltet das Licht an und geht zu dem jungen Mann. „Er ist tot", sagt er, „du hast ihn in den Kopf geschossen."

„Mir blieb nichts anderes übrig", sagt Simon. „Bitte, Carla, ruf die Polizei an, sie sollen kommen und die beiden holen", sagt er betont höflich.

„Was hast du getan", stammelt sie und starrt auf den am Boden liegenden Mann, um dessen Kopf sich langsam eine Blutlache bildet.

„Er ließ mir keine Wahl, oder hätte ich warten sollen, bis er euch erschießt?" Simon legt seine Pistole zur Seite und beugt sich hinunter, um die des Mannes aufzuheben. In dem Moment stürzt der sich auf ihn und entreißt ihm die Waffe. Doch bevor er abdrücken kann ertönt ein Schuss. Der Mann blickt verwundert auf Carla, lässt die Pistole fallen und hält sich die Seite.

„Du hast uns gerade das Leben gerettet, Carla", sagt Simon ganz ruhig und schiebt die Pistole des Mannes außer Reichweite.

„Ich, ich…, ist er tot?", stottert Carla entsetzt.

„Nein", sagt Lukas, der sich über den Mann gebeugt hat. „Wir müssen ihn verbinden, sonst verblutet er. Kannst du das übernehmen, Carla, ich weiß, dass du es kannst. Ich rufe inzwischen die Polizei."

„Wart noch etwas, Lukas, wir müssen zuerst überlegen, was wir als nächstes tun. Ich möchte ungern hier bleiben müssen, um als Angeklagter eingesperrt zu werden. Hilf mir bitte, Lukas, wir müssen ihn auf die Couch legen."

„Was meinst du mit angeklagt? Sie haben uns angegriffen!", sagt Carla alarmiert.

„Carla, es geht nicht darum, was wir denken. Es kommt darauf an, was sie uns abnehmen. Wir sind fremd in diesem Land."

Carla atmet tief durch, dann holt sie ein Bettlaken und zerreißt es in schmale Streifen.

Sie heben den stöhnenden Mann auf die Couch, schieben den Kaffeetisch davor und legen seine Beine darauf. Er blutet jetzt stark. Carla bindet den Oberschenkel ab und versucht das Blut zu stillen. Die blutigen Laken wirft sie in den Papierkorb, den ihr Simon zur Seite gestellt hat. Inzwischen ist der Mann bewusstlos.

„Wir können nicht mehr länger warten", sagt Lukas. „Was machen wir, wenn ich niemand erreiche? Sie werden alle Hände voll zu tun haben. Wie sollen sie sich auch noch um ein paar schießwütige Touristen kümmern?" Lukas' Stimme hat sich wieder gefestigt.

„Ruf an", sagt Simon, „Wenn der Anrufbeantworter angeht, sag, dass es sich möglicherweise um die Bombenleger handelt. Wir brauchen einen Nachweis, dass wir uns gemeldet haben. - Carla, hilf mir bitte den Mann zu fesseln, nicht dass er aufwacht und uns erneut angreift. Nimm das Kabel der Stehlampe, reiß es einfach ab."

„Was machen wir mit dem Toten?", fragt Carla.
„Nichts, er läuft nicht weg. Bist du durchgekommen, Lukas?"
„Nein, es ist dauernd besetzt."
„Wir versuchen's später nochmal."
In Simons Hütte lässt sich Carla in einen Sessel fallen und schlägt die Hände vors Gesicht. „Du hast ihn einfach erschossen. Mit einem einzigen Schuss. Warum kannst du das, und woher hast du eine Waffe."
„Das erkläre ich euch alles später. Jetzt geht es darum, was wir der Polizei erzählen. Ich will hier nicht wochenlang herumsitzen und auf eine Anklage warten", wiederholt er sich. „Die zwei sind Terroristen und haben mit dem Anschlag auf Paddy's Bar zu tun, das hat der Typ, der so gut deutsch spricht, selbst gesagt. Fragt sich nur, ob er das gegenüber der Polizei wiederholt."
„Kannst du dir erklären, warum sie ausgerechnet zu uns kamen?", fragt Lukas.
„Zufall wahrscheinlich, spielt aber jetzt keine Rolle."
„Sie wollten ein Fluchtauto, hat er doch gesagt", zischt Carla.
„Egal, ich finde, wir sollten es so darstellen, wie es tatsächlich abgelaufen ist: Lukas und ich gehen zu Paddys Bar, um zu helfen. Es gibt sicher jemand, der bezeugen kann, dass wir dort waren."
„Der Feuerwehrmann, der uns weggeschickt hat", sagt Lukas.
„Ja", sagt Simon, während Carla gespannt zuhört. „Wir kommen zurück und erzählen Carla von dem Attentat. Auf einmal tauchen zwei Gestalten am Strand auf. Ich sehe sie zuerst, sehe, dass sie bewaffnet sind und renne weg, um meine Pistole zu holen. Die besitze ich übrigens ganz legal", sagt er an Carla gewandt. „Ihr beide seid noch in euer Gespräch vertieft, denkt, ich wäre nur kurz auf die Toilette gegangen und werdet von den beiden überrumpelt. Ihr könnt nichts gegen sie tun. Ich sehe inzwischen zu, verborgen in der Dunkelheit, wie sich die Dinge entwickeln. Als ich befürchten muss - das ist jetzt der Schlüssel - dass sie ausrasten, greife ich ein. Ich verlange, dass sie die Waffen niederlegen und der Junge fängt sofort

blind und hysterisch zu schießen an. Mir bleibt nichts anderes übrig, als ihn zu töten. Hätte ich nur auf die Beine gezielt, hätte er euch beide vermutlich erschossen."

„Aber so war es doch", sagt Lukas. „Wo warst du übrigens, dass er dich nicht erwischt hat, als er wie wild in die Gegend feuerte?"

„Flach auf dem Boden", sagt Simon. „Durch die Wiederholung will ich nur erreichen, dass wir alle dasselbe sagen. Die Ermittler werden uns grillen, aber ich hoffe, dass sie uns trotzdem gehen lassen, nachdem sie unsere Personalien aufgenommen haben. Vielleicht sind sie auch froh, dass wir den Einen gefangen haben. Aber wer weiß, was der ihnen für eine Geschichte auftischt. Bei ihm geht es schließlich um seinen Kopf, da werden Menschen erfinderisch."

Carla schüttelt irritiert den Kopf, als befände sie sich in einem falschen Film. „Du machst das so routiniert, als wärst du auf all das vorbereitet. Eine Waffe, ein einziger Schuss, kaltblütig wie ein Eisblock. Wer bist du eigentlich, Simon?"

„Nicht jetzt Carla?", sagt Simon. „Bitte ruf nochmal die Polizei an. Wenn niemand rangeht, sprich auf den Anrufbeantworter. Einfach das, was wir gerade besprochen haben, dann sind wir immerhin on record."

„Und du, Lukas, scheinst alles ganz normal zu finden", sagt Carla perplex, während sie nach dem Hörer greift.

„Simon führt seit Jahren ein zweites Leben. Ich dachte, du weißt das. Er spricht nicht darüber und hat immer nur Andeutungen gemacht. Jetzt habe ich halt eins und eins zusammen gezählt", sagt Lukas, während sie wählt. „Ist doch in Ordnung, ohne ihn säßen wir ganz schön in der Patsche."

Carla erreicht tatsächlich jemand, doch die Frau spricht kaum Englisch. Es dauert eine Weile bis sie einen Mann ans Telefon bringt, der sich leidlich verständlich machen kann. Carla erklärt ihm, dass sich in ihrem Hotelzimmer ein Toter und ein Gefangener befindet. Terroristen vermutlich. Der Mann verspricht sofort zu kommen.

Während sie warten, jeder in seinen Gedanken versunken, sagt Simon plötzlich: „Seit dem Attentat in New York habe ich immer damit gerechnet, dass so etwas einmal passiert. Ich hatte mich mit Arri, einem Kollegen, in Frankfurt getroffen und wir fuhren im Terminal A die Rollsteige entlang. Jedes verfügbare Fernsehgerät war von einer Traube Menschen umlagert. Ich dachte, es müsse sich um ein spannendes Fußballspiel handeln. Vermutlich eines der Qualifikationsspiele zur Weltmeisterschaft, hatte ich gedacht.

In der Lufthansa Lounge, Arri hatte einen anderen Flug nach Israel genommen, wieder das gleiche Bild. Eine Traube von Menschen, die fassungslos auf den Bildschirm starren. Jetzt wollte ich sehen, um welches Spiel es sich handelt, aber ich sah nur Ausschnitte eines Katastrophenfilms. Das meiste verdeckt durch die Köpfe der Umstehenden. Irgendwie bekam ich die Textunterschriften zu lesen. Erst da begriff ich das Unbegreifliche. Ich wusste, dass sich die Welt von einem Tag auf den anderen verändert hatte. - Ich erinnere mich genau, wie ich dachte: Arri wird es heute Abend nicht nach Hause schaffen."

„Wer ist Arri?", fragt Carla.

„Mein Verbindungsoffizier."

Sie schüttelt den Kopf, als könne sie Simons Doppelleben nicht fassen. Dabei denkt sie in einer Endlosschleife an den Moment, als sie Simons Pistole ergriff und abdrückte. Sie kann sich nicht erinnern, wie sie an die Waffe kam, spürt jedoch den Widerstand des Triggers, und den harten Rückschlag, wie einen Phantomschmerz.

Aus der Dunkelheit treten drei Polizisten ins Licht der Hütte.

Im Montgelas Keller

Monate später ruft Simon Lukas an, um ihn in München zu treffen. Die Stimme klingt seltsam verspannt. „Ich müsste etwas mit dir bereden, das nicht am Telefon geht."
„Ich bin selten in München, seit mir in Teltow die Fäden entgleiten. Aber halt", Simon hört, wie Lukas in etwas blättert. „Ende der Woche treffe ich einen potenziellen Investor, ginge das bei dir?"
„Ja, gut. Wann und wo?"
„Im Montgelas Keller, den kennst du doch von früher. Um neunzehn Uhr, da müsste ich durch sein. Ich bleibe über Nacht, das gibt uns alle Zeit der Welt. Muss ich mich auf etwas Besonderes gefasst machen?"
„Nein, nur quatschen."

Als Lukas den Mantel auf einen freien Stuhl neben Simon wirft, beginnt er sofort eine Tirade auf den Private Equity Investor loszulassen. „Der hat mir den ganzen Nachmittag gestohlen, aber außer guten Ratschlägen nichts gegeben", schimpft er. „Sorry, Simon, ich musste erstmal Dampf ablassen. Bestellst du mir ein Weißbier, ich muss kurz um die Ecke."
„Und was machst du jetzt?", fragt Simon, als Lukas zurück kommt.
„Keine Ahnung, einen anderen suchen, der so ähnlich tickt wie ich. Unsere Produkte sind gut, uns fehlt nur das Geld für's Marketing."
„Und wenn du keinen findest?"
„Die Segel streichen, viel mehr Optionen gibt es nicht. Dabei habe ich mein eigenes Geld in der Firma, was mich eigentlich für jeden Investor interessant macht, weil in deren Welt keiner so blöd ist, reales Geld in ein schwarzes Loch zu schütten."
„Und warum hast du's getan?"
„Weil ich an den Laden geglaubt hab. Von dem Kerl heute, hatte ich mir eigentlich mehr versprochen, als dumme Ratschläge. Pfeif drauf, es hat nicht geklappt."

Er lebt in einer anderen Welt, denkt Simon, hat mehr erreicht, als er sich erträumen konnte, und ist trotzdem nicht glücklich. In der Schule, als er noch Fünfkämpfe gewann, aßen wir Pommes mit Ketchup zur Feier das Tages. Da waren wir zufriedener als heute. Scheint so ein Grundgesetz seiner Branche zu sein: Wenn du dich mit dem Status quo zufrieden gibst, hast du schon verloren.

„Was treibt dich um, am Telefon hast du dich ziemlich besorgt angehört", sagt Lukas, und bestellt einen Leberkäs mit Spiegelei, bevor Simon antworten kann. „Schau nicht so, ich weiß, alles viel zu schwer", sagt er grinsend. „Meine Blutwerte sind schlecht, aber auch nicht so schlimm, dass mich ein Leberkäs gleich umwirft. Also, was ist los?"

Simon reibt sich den Dreitagebart, dabei betrachtet er das weißblau dekorierte Gewölbe, die Kellner in ihren graugrünen Jankern. Bayern, denkt er, ist wirklich ein eigenes Land. Ich war fünfzehn, als ich herkam, heimisch wurde ich nie. „Ich werde definitiv aussteigen. Bali hat mir die Augen geöffnet. So etwas wie dort, kann mir jeden Tag passieren, und wenn ich wieder einen erschießen muss, kann ich nicht mit einem so oberflächlichen Ermittler rechnen, der mich einfach gehen lässt. Du hast in Kuta reagiert, als wüsstest du, was ich neben meinen Weltreisen in Menschlichkeit tue, wie du es einmal genannt hast."

„Wow, ganz schön viel auf einmal", sagt Lukas und nimmt einen Schluck Bier. „Im Zaire hielt ich dein Gerede noch für Angeberei. Ein Langzeitstudent, der nicht weiß, was er mit sich anfangen soll, dachte ich. In Kuta war dann ziemlich klar, was du machst. Ein Schuss, mitten ins Ziel, schafft nicht jeder. Braucht vermutlich eine Menge Übung." Lukas betrachtet Simon, ob er auch wirklich meint, was er sagt. „Ist hier der rechte Ort zu reden, falls es darauf hinaus läuft, was ich vermute."

„Mach dir darüber keine Sorgen, ich bin kein so großes Licht in der Organisation, dass ich zu jeder Zeit, an jedem Ort erreichbar sein muss. Außerdem ist es angemessen laut hier, keiner versteht, was wir sagen."

„Es geht also um die Israelis?"

„Ja, aber nicht wie du denkst. Dieser Arri, von dem ich in Kuta sprach, hat mich angerufen", sagt Simon etwas zögerlich, als scheue er sich zum eigentlichen Thema zu kommen.

„Jetzt sag schon", sagt Lukas ungeduldig.

„Er hat meinen Vater gefunden, in einem Altersheim in Tel Aviv."

„Ist das gut, oder eher schlecht?", fragt Lukas lapidar.

Karthago, denkt Simon, am Strand zwischen Marmortrümmern, sprachen wir über unsere Väter, über das, was wir nie von ihnen bekommen haben. Er muss sich erinnern, wie sehr ich Vater vermisst habe, und jetzt tut er so, als wäre es das Normalste auf der Welt seinen Vater zu finden. „Ich erfahre endlich, was nach dem Krieg wirklich passiert ist", sagt er, wobei er Lukas ansieht, als müsse er doch verstehen, was es für ihn bedeutet.

„Glaubst du, dass du dich dann besser fühlst?"

„Deshalb habe ich all die Jahre für die Israelis gearbeitet, sie sollten mir helfen, Vater zu finden, allein hätte ich es nie geschafft. Und jetzt weiß ich nicht, was ich tun soll."

„Ich dachte, die Israelis sollten dir helfen mit deinem Judentum klar zu kommen?"

Um Simons Mund formt sich ein harter Zug, der langsam in die Andeutung eines Lächelns übergeht. „Du bist der Einzige, mit dem ich offen reden kann."

Lukas sieht ihn lange an, Skepsis in den Augen. Er denkt an Carla, wie sie mit ihnen beiden gespielt hat. Eifersucht, denkt er, hat jetzt auch keinen Sinn mehr. „Anscheinend hast du die Krise, wegen dem Typ, den du erschossen hast? Ohne dich wären Carla und ich vermutlich tot. Cool wie ein Killer warst du, als würdest du das alle Tage tun. Wegen ihm brauchst du dich nicht rechtfertigen, der Mann war ein Terrorist."

„Es geht wirklich nur um meinen Vater", sagt Simon. „Dein Essen wird kalt."

„Macht nichts, wir haben lange nicht so offen geredet. Erzähl endlich."

„Was denn?"

„Was du all die Jahre wirklich gemacht hast. Du redest, ich esse."

Das wird nichts, denkt Simon. Es ist wie immer, er zieht die Themen an sich und bestimmt den Takt. „Na gut, ich bin immer weiter gefahren auf der Schiene, auf die sie mich im Zaire gesetzt haben. Hier ein Projekt mit der GTZ, dort eins mit der Weltbank, ab und zu eines auf eigene Rechnung. Fast immer ging es um Analysen, Vorschläge, wie Entwicklungsgelder sinnvoll eingesetzt werden können. Nebenher habe ich die Israelis gefüttert, über Personen und Projekte. Mit der Zeit wird alles zur Routine, und du wirst immer desillusionierter. Heute bezweifle ich, ob ich irgend etwas erreicht habe."

„Was wolltest du denn erreichen?"

„Keine Ahnung, außer meinen Vater finden."

„Was für ein Umweg, und jetzt Weltschmerz, oder doch schon Abrechnung?", fragt Lukas ungerührt. „Was willst du tun, einfach aufhören und spazieren gehen? Deinen Vater pflegen, oder ihm die letzten Jahre vermiesen, weil er dich zurückgelassen hat?"

Simon atmet tief durch. Er will mir weh tun, denkt er. Warum habe ich überhaupt versucht mit ihm zu reden. „Ich träume von einer Höhle, die Wände voller Bücher. Sie sind mein Zugang zu einem gigantischen Labyrinth, in dem ich mich verlieren kann. Vielleicht hat mein Vater so ähnlich geträumt, als er mich allein zurück ließ. So etwas denke ich jetzt manchmal. Vielleicht war sein Labyrinth die Furcht vor der Zukunft. Als er das begriff, hat er aufgegeben."

Lukas nickt nur.

Gummihälse, denkt Simon. Die Schweizer Ärzte nennen ihre deutschen Kollegen so, weil sie bei der Visite dem Chef immer devot zustimmen.

„Du musst da hin", sagt Lukas zu Simons Überraschung, doch eigentlich hat er genau das erhofft.

„Ja, vermutlich."

„Schieb es nicht zu lange auf. Es bringt dich sonst um."

„Danach höre ich auf, mit allem."

„Warum gehst du nicht für eine Weile nach Ibiza, zu Carla. Du bist immer noch ihr Star, und die Winter dort sind kürzer."

„Sie mag dich mehr, konnte sich nur nicht entscheiden, ob sie uns gleichzeitig oder nacheinander lieben sollte", sagt Simon und lächelt verträumt. „Ich glaube, jetzt brauche ich auch etwas zu essen."

Während Simon isst, fragt Lukas auf einmal: „Kannst du dich noch an Hubert Mack erinnern. Er war in unserer Klasse, hat das Abitur aber nicht geschafft. Er hat dann eine Lehre als Hotelkaufmann gemacht."

Simon schüttelt verständnislos den Kopf: „Absolut nicht", sagt er bestimmt.

„Hubert, lang, dünn, immer hilfsbereit, ein bisschen übertrieben freundlich", schiebt Lukas nach. „Egal, er hat mich kürzlich in Berlin besucht. Keine Ahnung wie er an meine Nummer kam. Über meine Schwester vermutlich."

„Warum erzählst du mir das?"

„Kam mir so in den Sinn. In letzter Zeit fallen mir viele Sachen ein, die mit Früher zu tun haben. Unsere Reise durch Nordafrika ist ein Favorit. Und meine Jahre auf Bergers Bauernhof, wo Mutter endlich Arbeit gefunden hatte. Wann habt ihr die Tschechoslowakei verlassen?"

„Während des Prager Frühlings, achtundsechzig. Die Eltern glaubten nicht, dass die Grenze offen bleibt. Ich war fünfzehn, du sechzehn."

„Das weißt du ohne nachzurechnen."

„Klar, ist mir eingebrannt, wie eine Nummer auf dem Unterarm."

„Fang nicht schon wieder damit an."

„Muss ich, wenn ich bald nach Tel Aviv gehe und Vater treffe. - An den Bauern kann ich mich gut erinnern. Das Haus mit dem Stadel und der großen Toreinfahrt für die Heu-Fuder. Neben dem Tor lag der Pferdestall, wo es nach Ammoniak stank. Du mochtest den Geruch, hast du zumindest gesagt. Das hielt ich für ziemlich bescheuert, aber du warst mein bester Freund, also musste ich wohl den Ammoniak mit in Kauf nehmen."

Lukas grinst nur, als Simon über den Tisch reicht und seinen Arm presst.

„Was hat der Bauernhof mit diesem Hubert zu tun, an den ich mich erinnern soll?", fragt Simon nach.

„Wenig. Der Dachboden war voll gestopft mit Sachen, die keiner mehr haben wollte. Eines Tages nahm ich diesen Hubert Mack mit hinauf, da stand so ein alter verstaubter Milchkrug, blauweiß von Hand bemalt. Nichts Besonderes in meinen Augen. Hubert meinte auch, er wäre nichts wert, aber seine Mutter könne ihn vielleicht noch verwenden. Ich gab ihm den Krug, obwohl er mir gar nicht gehörte. Später sah ich den Krug, frisch geputzt und makellos, als Schmuckstück in Huberts Wohnung stehen. Ich fühlte mich ziemlich ausgetrickst. Immer wenn ich jetzt so ein Cleverlein, wie diesen Hubert, vor mir habe - es gibt eine Menge Schlaumeier in meiner Branche - denke ich an diesen Krug."

„Und jetzt, warum kommt das jetzt?", fragt Simon.

„Weil du nie getrickst hast. Auf dich konnte ich mich immer verlassen, ohne wenn und aber. Das mit Carla zählt nicht. - Wann fliegst du nach Tel Aviv? Ich nehme an, du hast bereits gebucht."

„Ja, am Mittwoch nächste Woche."

„Willst du, dass ich dich begleite? Sind wir deshalb zusammengekommen?"

„Nein, ich wollte wirklich nur deine Meinung hören. Ich treffe Arri, meinen Verbindungsoffizier, er bringt mich zu Vater und würde es nicht gut finden, wenn ich in Begleitung käme."

„Verständlich. Lass uns zahlen und noch ein paar Schritte gehen. Die Nacht ist mild und ich liebe den Domplatz, wenn die Lokale darum herum geschlossen sind."

„Du magst München, obwohl du in Berlin wohnst", sagt Simon, als sie durch die Lodenfrey Passage zum Domplatz gehen.

„Berlin ist nur eine Episode. Die Firma liegt in Teltow, eine trostlose Gegend. Wenn Berlin ausgestanden ist, was wohl nicht mehr lange dauern wird, komme ich zurück nach München. Hier war ich die ersten Jahre mit Carla sehr glücklich, bis wir den Fehler machten, gemeinsam nach Indien zu gehen."

Als sie die Frauenkirche fast umrundet haben, sagt Simon: „Ich glaube du verwechselst Ursache und Wirkung, wenn es um deine Beziehung zu Carla geht. Indien hatte mit eurer Trennung nichts zu tun, es hat nur wie ein Brandbeschleuniger gewirkt."

„Hat sie das gesagt?"

„Nein, sie spricht nicht über dich. Das ist so ein unausgesprochenes Gesetz zwischen uns. In Afrika, auf dem Kongo, wurde es mir klar, wie wenig ihr eigentlich zusammen gepasst habt. Du warst völlig auf den Erfolg fixiert, hättest alles dafür getan. Carla war anders, sie wollte leben, egal wie. Sie hätte sich nie untergeordnet."

Lukas antwortet nicht gleich. Er sieht das Portal der Frauenkirche, darüber die hell erleuchteten Zwiebeltürme. Tausend Jahre, denkt er, tausend Jahre stehen die schon, was ist ein Menschenleben dagegen. „Und bei euch, wie war es da? Ihr habt auch eine Weile zusammen gelebt."

„Es ging nicht lange gut. Sie lebt in ihrer eigenen Umlaufbahn, daran wird sich auch nichts mehr ändern. Dieses Haus auf Ibiza, das sie geerbt hat, ist vermutlich genau das Richtige für sie. Da kann sie jetzt fuhrwerken, und keiner redet ihr hinein. Sie hat mich eingeladen, dich auch, aber sie traut sich nicht, es dir direkt zu sagen, weil sie glaubt, du würdest ablehnen. Wir sollten sie gemeinsam besuchen, was hältst du davon?"

„Mann, der Firma geht es schlecht. Wenn ich sie nicht bald ins Lot kriege, von irgendwoher Geld beschaffen kann, muss ich Insolvenz anmelden. Danach bin ich arm wie eine Kirchenmaus."

„Gehen wir deshalb um diese Kirche, damit du dich schon mal mit den Verhältnissen vertraut machen kannst, falls du um Almosen betteln musst?" Simon lacht, und hätte sich am liebsten auf die Zunge gebissen, als er sieht wie Lukas zusammenzuckt.

„Du denkst, ich spaße. Aber mir läuft wirklich die Zeit davon." Lukas klingt traurig und müde, als hätte er bereits aufgegeben.

„Kann ich dir irgendwie helfen?"

„Nein, unsere Welten überschneiden sich kaum noch. Carla ist unser einziger Berührungspunkt. Blöd nur, dass ich mich an das Geld gewöhnt habe. Es ist Nichts und doch Alles. Zumindest das, was für mich zählt: Selbstbestimmung, ein gewisses Maß an Freiheit."

„Freiheit? Du kommst mir vor wie angekettet. - Vor ein paar Jahren traf ich auf einem dieser World Economic Foren, wo mich die Bank gerne hinschickte, den Manager eines großen deutschen Konzerns. Er war begeistert von den Zahlen, die vorgetragen wurden. Überall schien es nur aufwärts zu gehen. Ich habe ihn gefragt, ob diese Zahlengläubigkeit nicht gefährlich sei, doch er verstand gar nicht, was ich meinte."

„Was hast du denn gemeint?"

„Siehst du, du denkst genauso. Ihr merkt gar nicht, wie das ganze System wackelt und wir nur noch von einer Krise in die andere taumeln."

„Wir sollten Carlas Einladung annehmen", sagt Lukas, den Simons Gerede zu nerven scheint. „Aber geh du erst mal nach Israel, vielleicht kommst du ja gar nicht mehr zurück."

„Keine Sorge, das Land ist mir zu chaotisch und wird von den falschen Leuten regiert."

„Sie müssen das Siedler-Problem in den Griff kriegen", sagt Lukas bestimmt, als wäre das alles, was es braucht.

„Problem? In den Griff kriegen? So hast du schon auf Bali geredet. Manager reden anscheinend so. Leute, die Bilanzen frisieren." Simon klingt verärgert, gereizt durch Lukas' simple Wahrheiten. „Die Realität im Nahen Osten lässt sich nicht mit dem Vorschlaghammer lösen."

„Wie oft warst du schon dort?"

„Noch nie. Sie wollten nicht, dass ich einen Stempel Israels im Pass habe. Jetzt, da ich ausgestiegen bin, kann ich mich frei bewegen", sagt Simon, stolpert und wäre fast gefallen.

„Was ist, geht es dir schlecht?", fragt Lukas besorgt.

„Ich bin todmüde, schlafe schlecht, seit ich weiß, dass Vater noch lebt. Mich plagt ein Albtraum, der wunderbar beginnt und furchtbar endet. Immer das gleiche Bild. Ich bin in Afrika, treffe eine Frau, wir lieben uns bis zur Besinnungslosigkeit und dann muss ich hilflos zusehen, wie sie vor meinen Augen ertrinkt. Meinst du, es könnte etwas mit meinem realen Leben zu tun haben?"

„Wer weiß, was Kuta bei dir ausgelöst hat."

Es ist die Trauer, denkt Simon, aber darüber kann ich nicht reden. Mit niemand, nicht einmal mit ihm. Wenn ich ihr einen Namen geben könnte, vielleicht verlöre sie dann ihre Macht über mich. Vielleicht braucht es einfach nur Zeit, bis die Trauer durch mich hindurch gesickert ist. Dabei geht es gar nicht um Kuta, es geht um Paris, um Israel. Warum wurden alle jüdischen Opfer des Anschlags auf dem koscheren Supermarkt nicht in Frankreich, sondern in Israel beerdigt? Heißt das, dass die Angehörigen das Land, in dem sie aufgewachsen sind, so sehr fürchten, dass sie darin keine Heimat mehr sehen? Die Juden wurden nicht für etwas, sondern als jemand ermordet. Aber das würde er nicht verstehen. „Du traust mir nicht mehr", sagt er, als sie vor dem Eingang zur U-Bahn stehen.

„Wie kommst du darauf?", fragt Lukas irritiert.

„Nur so ein Gefühl. Hat es mit Israel zu tun?"

„Nein, eher mit mir. Ich höre dir zu, sehe dich stolpern, und denke doch nur an mich. - Du hast deinen Vater gefunden, kriegst womöglich Klarheit in dein Leben, aber für mich gibt es keine Klarheit, hat es nie gegeben. Ich bin das Kind eines Mannes, den Mutter gewählt hat, weil sie sich von ihm ein besseres Leben erhoffte. Sie hat mir nie gesagt, wer er war, nicht einmal auf dem Sterbebett. Im nachhinein bin ich froh darüber, womöglich hätte ich auch die ganze Zeit nach ihm gesucht. - In ein paar Wochen ist es aus mit der Firma, sagt mir mein Bauchgefühl, aber so ist nun mal der Gang der Dinge. - Wann fliegst du?"

„Nächste Woche, wenn ich einen Flug kriege. Es werden vermutlich für uns beide ein paar entscheidende Wochen."

Lukas zieht nur hilflos die Schultern hoch. „Ruf mich an, wie es mit deinem Vater geht."

Klarheit

Vater hat mich nicht gewollt, denkt Simon, als er in Tel Aviv in die Empfangshalle tritt. Warum sollte ich mich jetzt um ihn kümmern? Ich will nur wissen, von wem ich abstamme. Es wird nicht lange dauern.

Arri löst sich aus dem Pulk wartender Menschen, reicht ihm die Hand und nimmt ganz selbstverständlich das Gepäck. Immer noch ein stattlicher Mann, nur grau ist er geworden, denkt Simon.

Sie nehmen die Küstenstraße, vorbei an Stränden, wo das ganz normale Leben abläuft. Braun gebrannte Männer in zu knappen Badehosen, Kinder, die hinter einem Ball herrennen, Frauen in ihren Liegestühlen unter Sonnenschirmen. Keine Raketen auf Kindergärten, keine explodierenden Busse, denkt Simon.

In der Innenstadt parkt Arri das Auto vor einem weißen, mehrstöckigen Haus. Grell liegt die Straße in der Sonne, dazwischen Läden und Straßencafés.

„Das Florentin, hier wohne ich", sagt Arri. „Wir bringen dein Gepäck hoch und gehen etwas essen, bevor ich dich zu ihm bringe."

„Hast du ihn gesehen?"

„Ja."

„Und?"

„Mach dir selbst ein Bild."

„Essen davor, weil ich danach möglicherweise keinen Appetit mehr habe?", fragt Simon. Er lacht kurz auf, als wäre ihm ein schlechter Witz gelungen.

Arri sieht ihn nur strafend an.

Zurück auf der Straße nimmt ihn Arri bei der Hand und sagt: „Komm, ich zeig dir etwas. Vielleicht hilft es dir, uns zu verstehen."

Zwei Häuser weiter zeigt er ihm ein Graffiti mit Netanjahus Bild, darunter ein Spruch auf Hebräisch, in dem jemand mit anderer Farbe einen einzigen Buchstaben verändert hat.

„Ich kann kein Hebräisch", sagt Simon.

„Dachte ich mir. Es hieß ursprünglich: *Jener, der glaubt, muss keine Angst haben.* Durch den veränderten Buchstaben heißt es nun: *Jener, der ihm glaubt, muss Angst haben.* Ich dachte, es könnte dir gefallen."

„Bist du immer noch überzeugt, dass er alles richtig macht?", fragt Simon.

„War ich nie, komm." Arri zieht Simon weiter hinein ins Viertel, vorbei an einstmals weißen, längst ergrauten Häusern mit geschwungenen Bauhaus-Balkonen, vorbei an Gemüseläden und einem Café, in dem Senioren beim Backgammon-Spiel sitzen. Nebenan vertreibt sich die junge Bohème hinter Sonnenbrillen und vor Cocktailgläsern die Zeit. Ein paar Schritte weiter ein Internetcafé mit angeschlossener Wäscherei, daneben ein Einrichtungsgeschäft mit Stühlen, die kaum jemand bezahlen kann.

„Das war einmal ein Arbeiterviertel. Es ist aber längst von der Szene übernommen worden", sagt Arri. „Ich bin trotzdem gern hier. Das Seniorenheim ist gleich um die Ecke. Lass uns hier rein gehen, sie machen gute Blinis."

Während sie auf das Essen warten, erzählt Arri von dem Viertel, in dem sie gerade sitzen. „In den neunziger Jahren, war das ein moderner Stadtteil, in dem auch Schwule toleriert wurden. Viele Studenten lebten hier, aber inzwischen sind die Bewohner von damals berufstätig, Besserverdiener sind nachgezogen, Klubs und Kneipen haben geöffnet und jetzt ist die Gegend kaum noch bezahlbar."

„Wie überall", sagt Simon, doch seine Gedanken sind bereits bei seinem Vater.

Arri merkt, dass er nicht bei der Sache ist. „Wenn du ihn siehst, erschrick nicht. Er wird dich nicht erkennen. Und wenn du zu hart ins Gericht mit ihm gehst, wird er weinen, wie ein gescholtenes Kind. Weshalb er dich zurück gelassen hat, wirst du trotzdem nicht erfahren."

„Wie hast du ihn gefunden?", fragt Simon.

„Solide Recherche, als ich endlich etwas Zeit hatte. Der Dienst hat mir den Zugang zu den Archiven gelassen. In den Einwanderungslisten der fünfziger Jahre habe ich nach einem Asher Landau gesucht mit halbwegs passendem Altersprofil. Ich fand ihn, und hoffte, dass er noch in Israel war. Also begann ich zu telefonieren, und es dauerte nicht lange dann hatte ich ihn. Eigentlich war ich überrascht, wie glatt es ging. Vor allem, dass er noch lebte."

„Kein Zweifel, dass er es ist."

„Kein Zweifel! Lass uns gehen. Ich bringe dich hin, nach zwei Stunden hole ich dich wieder ab. Mehr wirst du nicht brauchen. Wenn es dir früher zu viel wird, setz dich in den Garten und wart auf mich."

Als Simon das Heim betritt, wäre er am Liebsten auf der Stelle umgekehrt. Der Geruch, eine Mischung aus abgestandenem Essen und Urin, stößt ihn ab. Menschen schieben ihre Rollatoren durch die Gänge und sehen ihn voller Verlangen an, als käme er als Bote einer längst vergangenen Zeit. Er weiß, dass er von der Heimleitung erwartet wird und meldet sich am Empfang.

„Schön, dass Sie gekommen sind, Herr Landau. Ihr Vater wird sich über den Besuch freuen, auch wenn er Sie nicht erkennen kann. Sie sehen ihm ähnlich", sagt die Schwester, die ihn zu seinem Vater führt.

„Ich habe nicht gewusst, dass er noch lebt", sagt Simon, wie zur Entschuldigung, und kommt sich schäbig vor, kaum dass er es gesagt hat.

„So geht es vielen. Kommen Sie."

Sie führt ihn in den Nebentrakt des Gebäudes und klopft an einer Tür. Als sich nichts rührt, drückt sie sie vorsichtig auf: „Vielleicht schläft er", flüstert sie, und winkt Simon zu sich. Im Zimmer sitzt ein alter Mann im Schaukelstuhl am offenen Fenster. „Das tut er am liebsten", sagt die Schwester. „Herr Landau, ihr Sohn ist da. Ich habe Ihnen davon erzählt."

„Sohn?", sagt der Mann, als er sich umdreht. Seine Augen sind auf Simon gerichtet, er lächelt verständnislos.

„Ich lasse Sie jetzt allein. Wenn Sie etwas brauchen, drücken Sie den roten Knopf dort. Wir sind sofort bei Ihnen."

„Arri holt mich in zwei Stunden ab", sagt Simon, bevor sie das Zimmer verlässt.

„Ich weiß. Haben Sie Geduld mit ihm."

Nachdem sie gegangen ist, zieht Simon einen Hocker neben den Schaukelstuhl des Mannes, der ihn wie einen Fremden betrachtet. Lange sieht er den alten Mann nur an, beobachtet das Flackern in dessen Augen. Sieht die Unruhe der fleckigen Hände, die nichts anzufangen wissen mit den Dingen um sie herum.

Simon steht auf und stellt sich ans offene Fenster mit dem Rücken zu seinem Vater. Er sieht den kleinen Garten mit einer Insel aus Palmen in der Mitte, umgeben von gepflasterten Wegen. Ein paar Heimbewohner sitzen draußen, jeder für sich allein.

„Warum hast du mich ihnen überlassen?", fragt er ins Leere. „Haben sie dich bezahlt, dass du ihnen ein Alibi verschaffst? Warum kein einziges Wort, kein einziges Lebenszeichen? Ich wäre überall hingegangen, um dich zu finden, notfalls zu Fuß." Als er sich umdreht, sieht er keine Regung im Gesicht des Mannes. Es hat keinen Sinn, denkt er, ich könnte jeder sein.

Im ersten Moment will er sofort wieder gehen. Doch dann setzt er sich auf den Hocker und nimmt die Hand seines Vaters. Nur kurz versucht der Mann sie ihm zu entziehen, doch dann entspannt er sich und lächelt.

Langsam beginnt Simon zu erzählen: „*Glücklich sind die Sanftmütigen, denn sie werden das Land ererben,* hat mir ein Rabbi gesagt, als gäbe es etwas, das ich von dir erben könnte. Dabei gab es nichts, nicht einmal einen Funken Erinnerung. Und wenn ich meine Adoptivltern, deine Freunde, wie sie sagten, nach dir fragte, trat jedesmal eine große Stille ein. Eine Stille so scharf und feindselig oder auch stickig und drückend, dass ich aufhörte zu fragen." Sein ganzes

Leben breitet er vor ihm aus, leise und monoton spricht er, und nach einiger Zeit schläft der Vater ein, während Simon immer weiter spricht.

Nach zwei Stunden kommt die Schwester und sagt, dass Arri bereits auf ihn wartet.

„Sagen sie ihm, er kann wieder gehen. Sagen sie ihm, ich nehme ein Taxi und er soll nicht auf mich warten.

Als die Schwester das Zimmer verlässt, öffnet der Vater die Augen. Er schluckt, die ersten Worte kommen krächzend, als hätte er lange nicht gesprochen. „Gib mir ein Glas Wasser, bitte", sagt er in einem altertümlichen Deutsch, dessen Tonfall Simon an die Adoptiveltern erinnert. „Sie haben mich eingesperrt, zwanzig Jahre", sagt er stockend. Er kämpft mit sich, bevor er dann doch weiter spricht. „Nach fünf Jahren kam ich frei, aber die Strafe hoben sie nicht auf. Sie schulden uns noch fünfzehn Jahre, sagten sie, als sie mir das Schriftstück mit der Freilassung gaben. Es muss noch irgendwo sein." Er versucht aufzustehen, aber die Beine sind zu schwach. „Ich war erledigt, konnte dich nicht holen, sie hätten mich sofort wieder eingesperrt." Asher atmet tief aus, als hätten ihn die Worte übermäßig angestrengt. Er senkt den Kopf, schließt die Augen und schläft wieder ein.

Tränen rinnen Simon übers Gesicht. Leise verlässt er das Zimmer. Als er sich von der Schwester verabschiedet, sagt er: „Er schläft jetzt. Ich muss zurück nach Deutschland, aber ich komme wieder. Bald."

„Es wird ihm gut tun."

Kongo

Elrod bläst die Luft durch die Zähne, anscheinend froh, dass Simon überhaupt noch einmal vorbeigekommen ist. „Wir sollen ein Gutachten zur langfristigen Perspektive des Kongo erarbeiten, aber ich habe niemand, der das machen könnte. Das Land ist in einem so katastrophalen Zustand, dass mich jeder auslacht, wenn ich über Perspektiven rede. Du könntest das, Simon, aber du willst nicht mehr, oder?"

„Ich kann nicht, Hans-Peter, keine Ahnung, wie lange Vater noch lebt. Die Zeit, die ihm noch bleibt, möchte ich bei ihm sein, auch wenn er mich nicht mehr erkennt. Wie sollte er auch, ich war zwei Jahre alt, als er sich davon machte. Ich kann ihn noch so oft daran erinnern, dass ich sein Sohn bin, aber es geht anscheinend nicht mehr hinein in sein Hirn. Dabei hatte er diesen einen hellen Moment, als ich ihn zum ersten Mal im Heim besuchte, seither nichts mehr, nur noch leere Augen."

„Als du gesagt hast, dass du vorbeikommst, hatte ich gehofft, dich umstimmen zu können, aber das mit dem Vater verstehe ich. Vielleicht muss ich den Kongo selbst machen, aber mir graut davor auf meine alten Tage."

Simon nickt. „Ich wollte mich nur ordentlich verabschieden", sagt er. Er macht es vermutlich ganz gern, denkt er. Dorthin zurückgehen wo er anfing, irgendwie reizvoll. Ich hätte es gemacht, der Zaire war mein erstes Land, aber Vater geht jetzt vor. „Im Moment scheint Kabila das Chaos halbwegs im Griff zu haben. Du wirst nicht schon am Flughafen umgebracht, und so eine Studie schüttelst du doch locker aus dem Ärmel."

„Du meinst, ich sollte einfach etwas erfinden, die Realität kommt dann schon hinterher. Egal was ich schreibe, irgendwo in dem Riesenland findet es statt. Auch eine Möglichkeit, ist aber mehr für Zyniker wie dich." Elrod zieht die Augenbrauen hoch und betrachtet

Simon, als sähe er neue, unbekannte Seiten an ihm. „Ganz so weit bin ich noch nicht, mein Lieber."

„Dann musst du eben schwitzen, fluchen, dünn scheißen und hoffen, dass du wieder lebendig aus dem Schlamassel heraus kommst. Oder du lässt es ganz und gehst erst gar nicht hin", sagt Simon. „Haben sie deine Mittel gekürzt? So lange hat es noch nie gedauert, bis ich einen Kaffee bekommen habe."

„Du hast auch schon ansprechender formuliert", sagt Elrod, reißt in gespielter Betriebsamkeit den Hörer an sich und sagt: „Susanne, unser Prinz von Koffeeinien fühlt sich vernachlässigt. Zwei Espresso bitte, einen doppelt stark für den Herrn, wie Sie ja wissen."

„Danke Herr Großwesir", sagt Simon und rekelt sich behaglich in seinem Sessel. „Warum konnte sich Mobutu früher eigentlich so lange an der Macht halten?", fragt er, als sie noch auf den Kaffee warten.

„Die übliche Konstellation. Es war Kalter Krieg, die Sowjets wollten sich in Afrika festsetzen, es war eine Zeit, als ihre Befreiungsideologie noch ankam. Aber der Kongo war dem Westen zu wichtig, er muss unter allen Umständen gehalten werden, hieß es. Und als Lumumba nicht mitspielen wollte, ließ ihn die CIA umbringen. So einfach ging das in den sechziger Jahren. Die Amerikaner brauchten einen Vasallen und wählten Mobutu. Er war ein schlauer Fuchs, spielte mit der CIA und die CIA spielte mit ihm. Wenn jeder gegen jeden ist, gibt das in Summe eine stabile Situation", sagt Elrod schulterzuckend, als wäre das der Lauf der Welt, an dem sich nichts ändern lässt.

„Und was ist heute anders?", fragt Simon.

„Die Chinesen. Sie haben neue Spielregeln eingeführt und einige finde ich sogar ganz sinnvoll."

„Holla, du weißt, dass ich wegen der chinesischen Spielregeln aus dem Dammprojekt ausgestiegen bin."

„Nein, weiß ich nicht", sagt Elrod, „du hast nie darüber gesprochen. Erzähl."

„Da gibt es nicht viel zu erzählen. Sie finden, die Welt, der Westen vor allem, schuldet ihnen etwas für all die Erniedrigungen, die sie erfuhren. Sie finden, dass sie am Drücker sind, und alle anderen sich nach ihnen richten sollen. Und in Afrika fangen sie schon mal an, einen Staat nach dem anderen an ihren Geldtopf zu hängen."

„Interessant." Elrod ist ganz wach. Er betrachtet Simon wie unter einem Brennglas, wartend, was als nächstes kommt.

„Die Chinesen tun so, als brächten sie dem Kontinent ein neues politisches Klima, dabei machen sie genauso weiter, wie früher der Westen."

„Und das glaubst du wirklich? Oder hältst du mir gerade ein politisches Seminar aus dem letzten Jahrhundert?"

Simon lächelt. „Du weißt doch was läuft, nur sagen kannst du es nicht, solange du den Job hast. Bei mir ist es anders, aber genug der Überzeugungen", lacht er.

„Nicht schlecht." Elrods Stimme trieft vor Sarkasmus.

„Es wird Zeit, dass du für eine Weile von deinem Schreibtisch wegkommst. Keine Sorge, du musst nicht für meine Weisheiten bezahlen. - Als ich mich damals aus Kinshasa verabschiedete, traf ich ein paar Straßenkinder. Ich hab sie zum Essen eingeladen, mehr konnte ich nicht tun. Sie waren zehn, vielleicht zwölf oder vierzehn, schwer zu sagen. Die Kinder altern schnell auf den Straßen. Nach einiger Zeit erzählten sie mir aus ihrem Leben. Von Alkohol und Schnüffeltüten, von Vätern, die einfach abhauen und die Familien mit nichts zurück lassen. Dass sie mit dem wenigen Geld, das ihnen die Bettelei einbrachte zu einem Prediger gingen, damit er ihnen Palmöl zu trinken gab, um die Hexerei in ihnen auszutreiben. Diese Knirpse waren zu allem bereit, nur um zu überleben. - Die Chinesen werden viel zu tun haben, wenn ihnen der Kontinent erstmal am Bein hängt."

„Früher warst du mal ein optimistischer Mensch. Seit wann hat sich das geändert?"

„Schon eine Weile. - Das Skelett deiner Studie zum Kongo hast du jetzt, ich sollte dir vielleicht doch eine Rechnung schicken. Noch etwas Fleisch dran, ein paar fundamentale, gut klingende Wörter, und schon passt alles zusammen. Mich brauchst du also nicht mehr. Und vielleicht kriegst du ja sogar einen Orden für deine Weltsicht."

„Hör auf, verarschen kann ich mich selbst. Übrigens, der Kontinent hängt sich an kein Bein mehr, er weiß sich inzwischen ganz gut selbst zu helfen. Es dauert nur noch, bis diese Erkenntnis in Europa ankommt. - Wann gehst du zurück nach Israel?"

„Nächste Woche. - Gib die Studie einem jungen Kerl, der sich die ersten Sporen verdienen will. So, wie du mich damals ins kalte Wasser geworfen hast."

Zu Hause findet Simon eine Nachricht des Chefarzts der Neurochirurgie Großhaderns auf dem Anrufbeantworter. Carla wurde bewusstlos eingeliefert, und seine Daten haben sie in ihren Unterlagen gefunden. Er ruft zurück und erhält einen knappen Statusbericht mit der Bitte, möglichst bald zu kommen. Übers Internet bucht er den nächsten Flug nach München. Aus dem Auto, auf der Fahrt zum Flughafen, ruft er Elrod an, dass er definitiv nicht in den Kongo gehen kann. Nachdem er aufgelegt hat, fragt er sich, ob er Lukas benachrichtigen soll, doch er lässt es.

Der behandelnde Arzt auf der Intensivstation weiß nur, dass Carla von ihrem Hausarzt auf Ibiza nach Deutschland überführt wurde, weil er ihr dort nicht helfen konnte. Sie hätten den Kreislauf stabilisiert, aber es wäre ihnen bisher nicht gelungen, sie aufzuwecken.

„Wie lange ist sie schon hier?", fragt Simon.

„Seit zwei Tagen. Ihre Telefonnummer haben wir leider erst jetzt gefunden. Wir können uns nicht erklären, warum sie nicht aufwachen will, ihre Vitalfunktionen sind stabil. Wir hatten gehofft, dass Sie uns etwas über ihre Krankheitsgeschichte sagen können."

„Tut mir leid, als ich sie zuletzt vor einem Jahr sah, war alles in Ordnung mit ihr. Keine Ahnung, was in der Zwischenzeit passiert ist."

Nachdem der Arzt gegangen ist, zieht Simon einen Hocker neben Carlas Bett und betrachtet die Frau mit der er in Gedanken ein ganzes Leben verbracht hat. Wie bei Vater, denkt er, nur dass der keine Technik braucht, um zu überleben. Das Gehirn scheint sich bei beiden verabschiedet zu haben.

Carla atmet ruhig, ihre Augen sind geschlossen, nur der Monitor, auf dem ihr Herzrhythmus in schöner Regelmäßigkeit vorbeiläuft, piepst gelegentlich. Simon nimmt ihre Hand, sie ist warm und trocken. „Ich kann dir nicht auch noch mein Leben erzählen. Die meisten Geschichten habe ich bereits bei Vater gelassen. Vielleicht später, wenn du absolut nicht aufwachen willst, erzähle ich dir, dass ich eigentlich immer nur dich wollte, egal mit welcher Frau ich zusammen war. Weißt du, ich hab wirklich versucht, ohne dich zu leben. Ich hab versucht, diese Männerbündeleien zu verstehen, zusammen mit ein paar bärtigen, hypermaskulinen Saufkumpanen ins kalte Wasser springen und so. Das Schulterklopfen danach und die saufselige Sicherheit der Männeridentität. Aber eigentlich wollte ich immer nur mit dir zusammen sein. Mit Lukas hätten wir uns schon verständigt. Er hat sowieso keine Zeit für Familienleben gehabt. Seit er mich in der Schule herausgeboxt hat, habe ich ihn bewundert, doch ich wollte nie so sein wie er. Sogar Fischen bin ich gegangen, auf einem richtigen Hochseeboot, Schwertfische, Haie, unten im Süden Floridas, wo die Karibik in den Golf von Mexiko übergeht.

Dort wo sich Hemingway regelmäßig besoffen hat, habe ich mir eingebildet, dass er seine besten Bücher schrieb. Als würde es einen Unterschied machen, wo man Wörter aneinander reiht. Wach endlich auf und erzähl, was passiert ist. Vielleicht finden wir dann einen Ort an dem wir leben können, reden, Rotwein trinken. Ich hab Lukas noch nicht benachrichtigt. Soll ich, oder willst du noch etwas Zeit mit dir allein verbringen?"

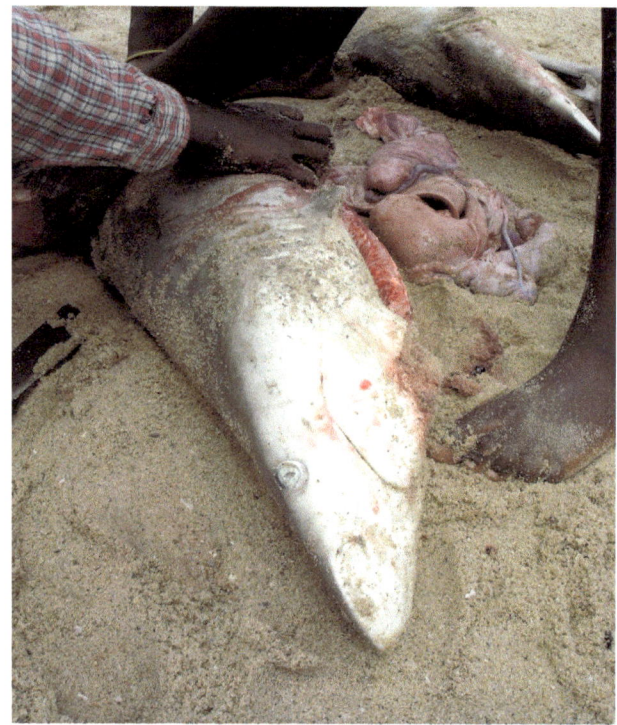
Auf einmal merkt er, wie sich ihre Finger bewegen. Langsam und kaum merklich. Er gibt die Hand frei, beugt sich über sie und betrachtet ihr Gesicht, ihre Hände, doch sie liegt unverändert da.
Ich muss mich getäuscht haben, denkt er.

„Ich gehe jetzt und rufe Lukas an. Aber ich komme wieder und bleibe bei dir." Als er an der Tür zurückblickt, glaubt er eine Bewegung des Zeigefingers zu sehen. Er geht zurück, doch ihre Augen sind immer noch geschlossen.

Auf dem Gang trifft er den behandelnden Arzt. „Als ich ihre Hand hielt", sagt Simon, „hatte ich das Gefühl, als würden sich ihre Finger bewegen. Kann das sein?"

„Durchaus, falls sie sich entschlossen hat, aufzuwachen. Aber es kann dauern, sie ist zu weit weg, um einfach die Augen aufzuschlagen, und gleich da zu sein. So etwas findet nur in Filmen statt, wo der Regisseur gerade anderthalb Stunden Zeit hat, um eine Geschichte zu erzählen. Wir dagegen müssen Geduld haben. - Ich gehe gleich zu ihr, vielleicht ist sie ja tatsächlich auf dem Weg zurück. Wo kann ich Sie erreichen?"

„Ich bleibe hier, muss nur kurz telefonieren."

Auf der Besucherstraße, wo das Netz für sein Mobiltelefon stark ist, erreicht er Lukas. „Es scheint kritisch, sie wissen nicht, warum sie nicht aufwacht. Wenn du sie noch einmal sehen willst, solltest du kommen."

Versöhnung

Als Carla endlich erwacht, kann sie sich an die Zeit vor dem Unfall nicht erinnern. Sie weiß nur, dass sie im Koma alles hörte, was um sie herum vor sich ging. Der Gedanke, lebendig begraben zu werden, sei unerträglich gewesen, gesteht sie Lukas. „Und dann kam Simon und hat mir Geschichten erzählt. Das gab mir wieder Hoffnung."
„Was ist auf Ibiza passiert?", fragt Lukas.
„Ich weiß es nicht."
„Wolltest du dich umbringen?"
„Ich weiß es nicht."
Als sie auf Lukas' betreiben in ein Einzelzimmer verlegt wird, wechseln sich Lukas und Simon bei den Besuchen ab. Meist sitzen sie in der Cafeteria und erzählen sich Geschichten, doch Carla erträgt die lieblose Umgebung, die unbequemen Stühle, und die anderen Kranken, nicht lange und will zurück ins Zimmer.
Draußen beginnen die ersten Blumen zu sprießen. Hoffnung keimt auf. Lukas steht fast immer am Fenster, als fürchte er, bleiben zu müssen, wenn er sich setzt. Simon ist ruhiger geworden, er freut sich über jeden Tag, den Carla stabiler wird.
Carla spürt, dass in jedem der Beiden etwas vorgeht, über das sie nicht sprechen wollen. Ich bin zwar krank, denkt sie, aber auch die Einzige von uns Dreien, die mit sich im Lot ist. Einmal, als Lukas besonders lange in den Garten starrt, sagt sie tastend: „Du bist nicht besonders gesprächig in letzter Zeit."
„Tut mir Leid, Carla, ich frage mich, was ich falsch mache. Ob ich die Firma liquidieren muss, oder doch noch einen Ausweg finde. Früher, als es aufwärts ging, sind mir solche Gedanken nie gekommen."
„Was heißt aufwärts?", fragt sie lächelnd. „Mehr Geld, mehr Macht?"

„Ich glaubte, es hätte etwas mit Verantwortung zu tun, aber das war es nicht. Eher eine neue Form der Knechtschaft, eine Verbeugung vor dem Geld, Tanz ums goldene Kalb und so. Mit der Zeit kriegt das Leben eine andere Dimension."

„So hast du früher nie geredet."

„Da hatte ich ja auch meine Seele noch nicht verkauft."

Sie nickt fast unmerklich. „Ein Jahr, bevor wir Simon auf Bali besuchten, trafen wir uns in einem Restaurant am Gendarmenmarkt, den Namen habe ich vergessen. Da habe ich für einen Moment die Pythia gespielt. Du hast mich ausgelacht, aber mir schwebte dieses Bild eines zusammenbrechenden Kapitalismus vor Augen, unter dessen Trümmern du begraben wirst. Und jetzt ist es anscheinend soweit."

„Ich bin nur ein kleines Rädchen in einer gigantischen Maschine, Carla. Eine Maschine, die sich immer schneller dreht, und wenn du nicht mehr mitkommst, wirst du ausgespuckt. Es nützt nichts, den Finger in die Maschine zu stecken und darauf zu hoffen, dass sie dadurch langsamer dreht. Es ist ein Spiel um alles oder nichts."

„Glaubst du, dass er zusammenbricht?"

„Der Kapitalismus?" Lukas schüttelt den Kopf. „Es wird viel geredet, lauter Spekulation, bei manchen reines Wunschdenken. Nein, da bricht nichts zusammen, das ganze Bild stimmt nicht. Diejenigen, die an einen Zusammenbruch denken, haben die Sowjetunion vor Augen, irgendein Gebilde, das auseinanderfällt. Der Kapitalismus ist aber kein Gebilde, das sich stürzen lässt, es ist eine Idee, von der zu viele profitieren, als dass sie sich mit einem Federstrich abschaffen ließe. Du kannst ihn nur von innen her aufweichen."

Carla ist anzusehen, wie wenig sie davon hält, doch sie bohrt nicht weiter nach. „Und was willst du?"

„Ich bin voll damit beschäftigt über Wasser zu bleiben."

„Hast du nichts auf die Seite geschafft. So heißt es doch, wenn man Geld in Steueroasen versteckt."

„Ist nicht mein Stil." Lukas lacht kurz auf, doch es klingt bitter.
„Der Insolvenzverwalter hätte es sowieso gefunden. Jetzt bin ich nicht mehr mein eigener Herr, genau das, was ich immer vermeiden wollte."
„Wenn du gar nicht mehr weiter weißt, komm zu mir nach Ibiza. Es ist schön dort, ich wohne weit ab vom Touristenrummel. Du brauchst dort nicht viel zum Leben."
„Du willst also wieder zurück?"
„Unbedingt. Jeden Morgen, wenn ich aufwache, weine ich, so sehr sehne ich mich zurück."

Am nächsten Tag, als Simon sie besucht, erzählt sie ihm von dem Gespräch mit Lukas.
„Hat er sich verzockt?", fragt Simon, doch es klingt nicht, als würde er sich groß Sorgen machen.
„Warum sagst du das? - Ich glaube, er wollte die Firma wirklich retten. Jetzt fragt er sich, was das für ein Leben war, in dem er immer nur gerannt ist, von einem Ziel zum anderen. Vermutlich glaubt er, dass er gescheitert ist. Aber so ganz klar scheint es ihm noch nicht zu sein."
„Gescheitert? Glaube ich nicht. Ich hab eher den Eindruck, dass ihm einfach das Geld ausgeht und er bisher niemand gefunden hat, der ihm unter die Arme greifen will. - Noch scheint er mir nicht am Ende zu sein."
„Ist das nicht auch eine Form des Scheiterns? Am Ende mit leeren Händen dazustehen?"
„Wir sind noch nicht am Ende, red dir das nicht ein. Aber vielleicht hast du Recht, jeder bekommt irgendwann die Quittung für sein Leben."
Sie sieht ihn an, als suche sie nach der richtigen Antwort. „Und welche Quittung bekommst du? Übrigens redest du, wie ein abgebrühter Bürokrat."

„Bin ich doch auch. - Einsamkeit ist auch eine Form von Quittung."

Carla fährt sich durch die Haare und sieht ihn traurig an. „Eigentlich habe ich keinen von euch beiden je als Bürokraten empfunden", korrigiert sie sich, als fände sie Einsamkeit kein gutes Gesprächsthema.

„Doch, doch, du hast es nur nicht ausgesprochen. Früher oder später werden wir alle zu Bürokraten oder zu Revoluzzern. Etwas anderes geht nicht in unserem System. In meinen Augen ist es ein großer Schwindel zum Vorteil der Super-Reichen und Großkonzerne, was sowieso dasselbe ist. Wir manipulieren Wahlen, kaufen Stimmen und erfinden Finanzkonstruktionen, die keiner mehr versteht. Absurd nur, dass wir uns wundern, dass wir von einer Krise in die nächste stolpern."

„Du sprichst wie einer von denen, mit denen ich früher sympathisiert habe. Aber lassen wir das, es führt zu nichts. - Ich hab gehört, was du gesagt hast, als ich noch im Koma lag. Es wäre nicht gut gegangen mit uns beiden. Genauso wenig, wie es mit Lukas geklappt hat."

„Wie willst du das wissen?"

Als Antwort lächelt sie nur und sieht an ihm vorbei aus dem Fenster. „Wie geht es deinem Vater? Wie geht es Israel?", wechselt sie das Thema.

Für einen Moment reagiert Simon verblüfft. „Woher weißt du, dass Vater noch lebt?"

„Du hast es mir erzählt und Lukas hat es bestätigt. Er meint, es geht dir besser, seit du ihn gefunden hast."

Simon zieht die Mundwinkel nach unten. „Möglicherweise täuscht er sich da. Vater lebt in einer Welt, wo ich ihn nicht mehr erreichen kann. Einen Menschen finden, den du ein Laben lang gesucht hat, und dann kannst du nicht mehr mit ihm reden, ist schwierig."

Carla nickt. „Ich habe auch immer versucht, den Zugang zu meinem Vater zu finden, aber es gab keinen. Dabei lebte er in der Nachbarschaft, ich brauchte nur zu fragen, warum er mich nie als Tochter akzeptieren wollte, aber ich habe es nicht getan. Erst als er mir das Haus auf Ibiza vermachte, erfuhr ich, was für ein Mensch er wirklich war. Jetzt wollte ich mit ihm reden, aber er war weg und ich musste damit klar kommen, dass ein Richter, trotz seiner Paragrafen auch Mensch ist."

Simon zieht die Augenbrauen hoch und schweigt. Nach einiger Zeit sagt er: „Die Situation in Israel ist schwierig. Ein zerrissenes Land."

„Willst du dort leben?"

„Nein, ist nichts für mich."

„Ich hab Lukas angeboten, zu mir nach Ibiza zu ziehen, wenn es mit seinen Geschäften nicht mehr weiter geht. Er schien nicht ganz abgeneigt. Das Anwesen ist groß genug für uns drei. Wir bräuchten nicht aneinander kleben, wie drei alte Leute, die nur deshalb noch am Leben sind, weil sie sich gegenseitig stützen. Die Vorstellung, mit euch zusammen zu sein, gefällt mir eigentlich."

„Du denkst, zwischen Lukas und mir wärst du behütet...."

Carlas Blick verbietet ihm weiterzureden. „Ich hab dich nicht verlassen, weil ich dich nicht mehr mochte. Ich wollte keine Mutter für dich sein, Elternersatz, all das, was du gesucht und nicht finden konntest. Jeder von uns hat sein eigenes Leben gelebt, Simon, es gibt Geschichten, die wir uns erzählen können."

„Es gäbe nichts mehr, was uns bedroht. Kein Kommunismus, kein Faschismus, keine jungen Leute, die alles anders haben wollen", lacht er. „Nur gelegentlich ein Glas Rotwein mit Blick auf die untergehende Sonne. Kein schlechtes Angebot."

„Ach, Simon, ich mein das ernst."

Ein Haus auf Ibiza

Am Gate tollen die Kinder eines bekannten Fußballers um sie herum. Der Typ, blasiert, mit mafioser Sonnenbrille, streitet mit seiner jungen Frau, die sich einen Dreck um den Lärm der Kinder schert.
Lukas überlegt, ob er etwas sagen soll, lässt es aber, als ihm Simon beruhigend die Hand auflegt. „Hast du je bedauert, keine Kinder zu haben?", fragt er.
Simon schüttelt den Kopf. „Und du?"
„Manchmal, als ich noch mit Carla zusammen war. Später war ich zu beschäftigt. Als du diese Lara zu meiner Abschlussparty mitgebracht hast, so hieß sie doch, oder?"
„Ja, ist lange her."
„Da dachte ich, sie könnte was für dich sein. Sie hatte so etwas Bodenständiges. Aber es hat nicht lange gedauert, oder?"
„Sie wollte zurück in den Osten, das war nichts für mich", sagt Simon kurz angebunden. „Kennst du Carlas Haus?"
„Nein, ich weiß nur, dass es im Norden der Insel liegt. Aber sie holt uns ab, hat sie gesagt. Ich hasse es eigentlich, an Orte zu fahren, die ich nicht kenne. Letzthin, in Sevilla, bin ich zwei Stunden mit dem Mietwagen in der Altstadt herumgeeiert, bis ich endlich das Hotel gefunden hatte."
„Warum hast du kein Taxi genommen?"
„Das habe ich mir später auch gedacht."
„Carla ist nicht die Zuverlässigste, manchmal vergisst sie einfach, was sie tun wollte", sagt Simon.
„Warten wir's ab."
Während sie noch auf ihr Gepäck warten, sehen sie Carla bereits hinter der Glaswand in der Ankunftshalle stehen. Sie hebt kurz die Hand, als ihr Lukas zuwinkt.
Im Auto fragt Simon, warum ihr Vater, ausgerechnet auf der Hippie-Insel ein Haus besaß. „Er war ein erzkonservativer Richter, dachte ich."

„War er auch", sagt Carla, und nimmt die Abzweigung nach Norden. „Aber offensichtlich hatte er seit Jahren ein zweites Leben geführt. Noch dazu mit einer Frau, die hier bis zu ihrem Tod wohnte. Er hatte sie auf einer Konferenz kennengelernt und sich in sie verliebt. Wie das halt so geht. Er besuchte sie so oft wie möglich, aber er wollte seine Familie nicht verlassen. Vielleicht scheute er auch nur den Skandal. Sie war eine angesehene Anwältin gewesen, bevor sie sich hier zur Ruhe setzte. Etwas älter als er, kinderlos. Schon komisch, dass sie ihm das Haus überließ und er es ausgerechnet mir vermachte. Vielleicht wollte er, dass ich ihn verstehe, reden ging ja nicht bei ihm. Seit ich hier lebe, begreife ich die Frau, und auch meinen Vater besser."

„Vielleicht war das der Plan", wirft Lukas ein.

Sie zuckt mit den Schultern und biegt von der Teerstraße auf eine Schotterpiste ab, die kurz darauf an einem Stellplatz, umgeben von dürren Büschen, endet. Hinter der Finca steigt Pinienwald in die Höhe. Entlang einer wildwuchernden Schilfwand führt ein Kiesweg, gesprenkelt mit verdorrten Grasbüscheln, zum Haupthaus. Es riecht nach Staub und flimmernder Hitze.

Carla stellt das Auto ab und weist mit ausholender Geste auf ihr Refugium. „Mein Heim, Hort und Ankerplatz zugleich."

Sie klingt wie ein Teenager, denkt Lukas. Er betrachtet den steil aufsteigenden Bergrücken hinter dem Haupthaus und das kleine Gästehaus, das sich unter die Pinien duckt. Daneben, halb im Schatten der Bäume, liegt ein runder Dreschplatz. Anscheinend sind es Dreschplätze, die Carlas und mein Leben zusammenhalten, denkt er, den Platz in Khajuraho vor Augen, als sie sich trennten. „Ein altes Bauernhaus, du hast viel hinein gesteckt, wie man sieht."

„Nicht so schlimm. Ich will vermeiden, den Geist dieser Frau zu zerstören."

„Wie geht das?", fragt Simon.

„Mental oder praktisch? Was meinst du?"

„Eher praktisch. Das andere würde ich sowieso nicht verstehen."

„Mit lokalen Handwerkern, die mit dem Material vertraut sind. Alles, was ihr seht, ist von Hand gemacht. Sogar das Gras ist mit der Sense gemäht."

Gestrüpp, denkt Lukas. „Und die Palme vor dem Haus, auch selbst gepflanzt?"

„Ja, mit eigenen Händen. Seither habe ich Schwielen. Gefällt es euch?"

„Ich bin überwältigt. Kein Stuss." Lukas dreht sich einmal um die eigene Achse, als wolle er das gesamte Anwesen in sich aufnehmen. Simon hält sich auffallend zurück.

„Und das Gästehaus, in dem ihr schlaft, habe ich auch selbst entworfen. Als ich das Haus übernahm, war es ein halb verfallener Schuppen. Auf dem Dreschplatz sitze ich manchmal, meditiere und sehe zu, wie die Sonne aufgeht", sagt Carla, und wirkt dabei wie ein kleines Mädchen, das sich freut ihr Spielzeug teilen zu können.

„Soll ich euch zuerst meine Bleibe, oder doch gleich das Gästehaus zeigen, damit ihr entscheiden könnt, wo ihr schlafen wollt? Hier oben", sie zeigt mit der Hand auf den Gäste-Bungalow, „habe ich zwei Betten vorbereitet. Falls ihr aber partout nicht zusammen unter einem Dach sein wollt, kann einer bei mir im Haupthaus schlafen. Ansonsten bleibt nur noch der freie Himmel." Sie sieht fragend von Einem zum Anderen, und als keiner antwortet, sagt sie: „Entscheidet euch später, nachdem ihr alles gesehen habt."

„In Nordafrika haben wir die meiste Zeit unter freiem Himmel geschlafen", sagt Lukas.

„Aber da hatten wir auch noch weichere Knochen", meint Simon.

„Es wird euch schon gefallen", sagt Carla. „Willkommenstrunk?"

„Trunk", sagt Simon schnell, „auspacken können wir später."

Lukas nickt und weist auf die Pflanzen vor dem Haupthaus. „Sieht wirklich gut aus", sagt er. „Stechpalme, Bananenstauden, Bougainvillea, musst alles du gepflanzt haben. Glaube kaum, dass der Bauer, der früher hier gelebt hat, Zeit für so etwas hatte."

„Der Rationalist spricht", sagt Simon. „Oder schimmert da etwas Klassenkampf durch. Der gehört aber eher in Carlas Schublade."

„Mann, ich glaube ich ziehe ins Haupthaus", sagt Lukas.

„Das war die Absicht", klopft Simon ihm auf die Schulter.

„Hey, ihr nehmt mir meine Tour vorweg", sagt Carla und weist auf die Terrasse des Gästehauses. „Ihr könnt eure Koffer dort oben abstellen. Hier im Norden der Insel wird nicht gestohlen. Sherry oder Cognac."

„Am besten beides", sagt Lukas. „Meinst du, wir halten es aus unter einem Dach", fragt er Simon. „Wir haben nur einmal, auf dem Boot von Kisangani nach Kinshasa eine Kabine geteilt."

„Und in Nordafrika in allen möglichen Löchern gehaust. Schnarchst du inzwischen?"

„Keine Ahnung, ich schlafe normalerweise allein."

„Ich komme während der Nacht", lacht Carla, die amüsiert zugehört hat, „und wenn es zu laut wird, quartiere ich einen von euch um. Am besten den, der nicht schnarcht. Kommt, die Sonne ist gerade im Untergehen. Wir können sie von hier nicht sehen, aber das Licht auf die Ebene ist wunderbar. Setzt euch auf die Bank, dann spürt ihr, wie die Hitze aus der Mauer in den Rücken kriecht. Ich bringe die Gläser."

„Macht es dir Spaß, uns zu bedienen?", fragt Simon.

„Ja, sehr. Morgen seid ihr dran."

Abends bei Kerzenlicht reden sie über Europa. Sie sind sich einig, dass es um den Verlust an Vertrauen in die Union geht. Doch über die Gründe sind sie unterschiedlicher Meinung. Lukas lächelt häufig über die Ansichten seiner Freunde, hält sich selbst aber zurück, während Carla und Simon langsam in Rage geraten. Bis Simon fragt: „Du hältst uns wohl für Stammtisch-Laberer, Lukas, wenn ich dein penetrantes Grinsen richtig deute."

„Gibt es gemischte Stammtische?", fragt Lukas ungerührt, dabei wackelt er mit dem Kopf, als wäre ihm das Thema zu heiß.

„Genau", sagt Carla. „Du sitzt hier, wie ein selbstgerechter Buddha und hast kein Wort gesagt, nur gegrinst. Was ist los mit dir? Du hältst doch sonst deine Meinung nicht hinterm Berg."

„Europa ist zu kompliziert. Ein zu großer Brei für mein benebeltes Hirn."

„Arrogantes Arschloch", sagt Simon.

„So hat er schon geredet, als wir durch Nordafrika fuhren", sagt Lukas gelassen. „Wie kann man bei Europa eine klare Meinung haben? Achtundzwanzig Länder mit achtundzwanzig verschiedenen Zielen kriegst du nicht unter einen Hut. Aber am meisten hat uns die Privatisierungseuphorie der neunziger Jahre geschadet, als die Neo-Con's die Welt in einen Hinterhof Amerikas verwandeln wollten. Erst als Lehmann zusammenbrach, und Lieschen Müller für den Schlamassel bezahlen musste, wachten einige auf, da war es aber schon zu spät. Reicht euch das als Meinung?"

„Zu simpel", sagt Simon. „Mit dem Finger auf ein paar Verrückte zeigen, reicht mir nicht. Am Kaputt machen sind wir schon alle beteiligt. Dein Gerede hört sich eher wie Frust an. Oder wie einer dieser Leitartikel, wo der Schreiber auch nicht weiß, wo er anfangen soll."

„Aber ich sag doch, es ist zu kompliziert", sagt Lukas verärgert, um gleich darauf hinzuzufügen: „Ein Bekannter, er ist Investmentbanker in London, sagt, dass es selbst in seinen Kreisen kaum noch Leute gibt, die sagen: Super System, dieser Kapitalismus, funktioniert alles bestens. Gleichzeitig sagen sie, ist doch egal, was wir tun, die Probleme wachsen uns sowieso über den Kopf, also machen wir einfach so weiter, wie bisher. Fast wie in der Schulzeit. Möglichst alles aufschieben, bis es zu spät ist und man sagen kann: Lernen macht jetzt auch keinen Sinn mehr, ich schaff die Prüfung ja eh nicht."

„Klingt nach Resignation", sagt Carla. „Was ist in deiner Firma schief gegangen, Lukas?"

„Alles. Ich hab gespielt und verloren", sagt Lukas gequält.

„Verspielt?", fragt Simon, und sieht ihn ungläubig an. „Irgend einen rationalen Grund muss es doch geben."

„Vermutlich schon, aber ich hab ihn nicht gefunden. Wahrscheinlich hab ich mich nicht zwischen Philanthropie und Gewinnstreben entscheiden können. Da geraten die Prioritäten schnell durcheinander."

Carla sieht ihn nachdenklich an: „Willst du darüber reden?"

„Eigentlich nicht."

„Mit dir ist also nicht zu rechnen, wenn es gilt den Karren aus dem Dreck zu ziehen", sagt Simon mit einem Schuss Gehässigkeit in der Stimme. „Auch gut, eine Erholungsphase wird dir gut tun. Ich hab vor Kurzem *There will be blood*, mit *Daniel Day Lewis* gesehen. Großartiger Film. Der Typ, den *Day Lewis* spielt, wollte nur Geld. Und irgendwann schoss tatsächlich Öl aus der Quelle und machte ihn reich. Am Ende ging er daran zugrunde."

„Also doch verwechselt", sagt Lukas lapidar.

„Ich hab den Film auch gesehen. Entsetzlich der Typ. - Wollen wir noch eine Flasche aufmachen?", fragt Carla.

„Gern. Warum entsetzlich?", fragt Lukas.

„Ein brutaler Mensch in einer brutalen Welt, ich könnte nicht so leben", sagt Carla.

„Keiner wird reich durch Gedichte schreiben", sagt Lukas kalt. „Du hast dir ein wunderbares Refugium geschaffen, Carla. Was machst du, wenn dir etwas passiert?"

„Wie letzthin?"

„Ja."

„Sterben vermutlich. Ich wäre auch jetzt nicht hier, wenn die Putzfrau nicht gekommen wäre. Was für einen Unterschied macht es schon, ob wir heute oder morgen sterben."

Simon verzieht das Gesicht zu einer Grimasse. „Hier breitet sich Nihilismus aus, und du, Carla, redest Stuss. Wir sitzen zusammen, trinken und ordnen die Welt, ist doch nicht schlecht."

„Klar, in unserem Alter reicht das ja auch", bemerkt Lukas todernst.

Simon wirft ihm einen schrägen Blick zu, und fragt, indem er Lukas' Einwurf ignoriert. „Was hast du gemacht, Carla, nachdem ihr euch in Indien getrennt habt? Lukas weiß es vielleicht, aber bei mir gibt es da ein schwarzes Loch."

„Ach hör auf, nicht schon wieder", sie sieht von Einem zum Anderen, als wolle sie prüfen, ob sie es wirklich ernst meinen. „Ich dachte immer, es würde euch nicht interessieren. Aber ich hol erst mal eine Flasche. Vom selben?"

„Spielt keine Rolle, bring einfach, was du hast."

Als sie zurückkommt, reicht sie Simon die Flasche und den Korkenzieher. „Besser du machst das."

Während Simon die Gläser nachschenkt, blickt Lukas ins Tal, wo ein paar vereinzelte Lichter in der Dunkelheit blinken. „Erzähl es uns", sagt er, „aber nur wenn du wirklich willst."

„Ich hab nichts zu verbergen", sagt Carla. „Als du nach Deutschland geflohen bist, ging ich wieder nach Auroville zurück. Da blieb ich dann mehr als drei Jahre, bis mir das Geld ausging. Danach hab ich in Berlin in einem große Haus aus der Gründerzeit gewohnt. Es war schon halb verfallen, mit riesig hohen Decken. Wir haben kaum Miete bezahlt."

„Wie viele wart ihr in der Wohnung?", fragt Simon.

„Fünf, drei Frauen, zwei Männer. Wir haben alles geteilt, und das wenige, das wir mit unseren Gelegenheitsjobs verdienten, kam in einen großen, gemeinsamen Topf. Ich war eine gute Kellnerin", sagt sie und lacht, als hätte sie die Bilder der Kneipe vor Augen.

„Geflohen?", fragt Lukas. „Ich bin nicht aus Indien geflohen."

„So empfand ich es aber. Du hast es einfach nicht mehr ausgehalten."

„Wann war das mit Berlin?", fragt Simon.

„Anfang der achtziger", sagt Carla und sieht fragend auf Lukas. „Was hast du nach Indien gemacht?"

„Ich bin zum Feind übergelaufen, aber das weißt du doch."
„Um den Mammon anzuhäufen", sagt Simon.
„Genau. Erzähl weiter und lass dich durch Simons Nahkampfparolen nicht stören."
Carla nimmt einen Schluck Wein, in Gedanken scheint sie in Berlin zu sein. „Einige von uns haben sich radikalisiert und sind immer tiefer in den Untergrund abgedriftet. Für mich war es fürchterlich, mitanzusehen, wie sie sich veränderten: Freiwild, gehetzt von einem unerbittlichen Staat."
„Den sie bis aufs Blut gereizt haben", wirft Lukas ein.
„Damals bekam ich Angst", sagt Simon, „dass es wieder losgehen könnte, mit dem übermächtigen Staat. Ich musste raus aus Deutschland, wusste aber nicht wie, also hab ich die ersten Kontakte zu den Israelis geknüpft. Es war die Angst, in Deutschland gefangen zu sein, wenn der Schlamassel wieder losgehen würde."
Carla lehnt sich zurück und sieht auf das Flackern des Kerzenlichts, das sich in den Fächern der Stechpalme spiegelt. Sie sieht den jungen Mann vor sich, der in die Wohnung gekommen war, weil sie als sicher galt. Wie er später, ohne ein Wort, zu ihr ins Bett gekrochen kam und sie sich geliebt hatten. Schweigend. Am nächsten Morgen war er gegangen. Sie hatte ihn nie mehr wiedergesehen.
„Und du, Carla, es hört sich an, als wärst du doch tiefer verstrickt gewesen", sagt Simon.
„Ich hab vieles verdrängt. Manche wurden durch ihre kleinen Kinder im Leben gehalten. Mir hat Indien geholfen, aber das habe ich erst viel später kapiert."
„Du hast den Typen auf Bali kaltblütig erschossen, Simon, als würdest du es jeden Tag tun", sagt Lukas, als hätte er die ganze Zeit darauf gewartet es loszuwerden.
„Ich will nicht darüber reden."
„Kannst du oder willst du nicht?", fragt Carla.
„Das Kapitel ist für mich abgeschlossen. Du schießt oder du wirst erschossen, so einfach ist es. - Ich bin zu den Israelis gegangen, weil

ich dachte, als Jude müsste ich das tun. Nicht viel anders als du Carla, die aus Überzeugung gehandelt hat. Aber wenn du erst einmal drin bist...", lässt er den Satz im Raum hängen. „So war das damals. Zweiundsiebzig, das Attentat während der Olympiade, ich hab's verdrängt, auf der ganzen Fahrt durch Afrika. Dann sechsundsiebzig, Entebbe, wieder verdrängt, war aber schon schwieriger. Und siebenundsiebzig, in Mogadischu, als sie den Leichnam des Piloten einfach aus der Landshut kippten, blieb mir keine Wahl mehr, wenn ich nicht jede Selbstachtung verlieren wollte. Alles andere war dann nur noch Routine."

Carla schüttelt den Kopf, als könne man Simons Entscheidung auch völlig anders sehen. „Ihr seid beide Flüchtlinge und habt euch doch völlig unterschiedlich entwickelt. Wie kommt das?", sucht sie ein anderes Thema.

„Pff", bläst Lukas die Luft aus. „Das willst du wirklich wissen, nach drei Flaschen Wein?"

„Ja."

„Ich war kein Flüchtling, eher ein Geretteter, der gerade noch rechtzeitig den Kommunisten entkam", sagt Simon.

„Und ich war zu klein, um zu verstehen, was in den Fünfzigern passierte. Mutter war stark, sie brachte uns Kinder durch, das war alles, was zählte. Später begriff ich den Unterschied zwischen Flüchtlingen und Vertriebenen. Die einen können zurück, wenn der Konflikt vorbei ist, die anderen haben keine Wahl, als neu anzufangen, je entschiedener desto besser."

„Hättest du denn zurück gewollt?", fragt Carla erstaunt.

„Nein, um Himmels willen nein."

Simon steht auf. „Ich muss mal, wohin, Carla?"

„Groß oder klein?"

„Macht es einen Unterschied?"

„Gewaltig", lacht sie. „Klein geht, vor allem bei euch Männern, irgendwo im Gebüsch. So machen es alle. Groß muss ich euch zeigen.

Ich habe noch kein Wasserklosett. Oder doch, nur etwas unorthodox. Ich zeig's euch, wenn du zurück bist, Simon."

„Na dann, bis bald", sagt Simon, und verschwindet in der Dunkelheit.

Nachdem er gegangen ist, fragt Carla: „Du hörst dich deprimiert an, Lukas. Wie geht es dir wirklich?"

„Ich bin pleite, aber ich habe mit nichts angefangen und höre halt mit nichts wieder auf. Dazwischen ging es mir gut. Ein fairer Deal. Mach dir keine Sorgen um mich."

„Warum kommst du nicht zu mir. Mein Geld reicht für uns beide."

„Wenn ich mich so umsehe, könnte ich fast versucht sein ja zu sagen. Aber ich bin nicht gemacht für so ein Leben."

„Wegen mir?"

„Nein, ich finde es wunderbar, dass du es anbietest, aber…."

In dem Moment kommt Simon zurück. „Nicht schlecht diese Freilufttoilette. Ich hoffe, ich war weit genug weg vom Haus."

„Dann zeige ich euch mal mein Luxus-Lavabo. Nimmst du bitte die Taschenlampe, dort auf dem Sims, Lukas. Ihr werdet sie auch in der Nacht brauchen, nicht dass ihr euch in der Dunkelheit sämtliche Knochen brecht."

Im Schein der Lampe führt sie die Beiden zu einem Verschlag abseits des Hauses, versteckt hinter einem kleinen Mäuerchen und umgeben von duftenden Sträuchern. „Hier, habe ich selbst gebaut, ist Dusche und Toilette zugleich. Der Wasserschlauch liegt immer auf der Mauer, da solltet ihr ihn auch wieder hinlegen, damit ihn der nächste auch findet in der Dunkelheit. Der Eimer hier dient der Spülung. Mit dem Schlauch könnt ihr ihn nachfüllen und duschen. Keine Sorge, die Zisterne hat genug Wasser, ich habe sie neu füllen lassen."

„Wow", sagt Simon. „Zurück ins einfache Leben."

„Nicht schlecht", sagt Lukas. „Alles selbst gebaut?"

„Mit Hilfe meiner Marokkaner", sagt Carla. „Morgen besuchen wir Minouche, eine Nachbarin. Sie führt ein richtiges Aussteigerleben, mitten im Pinienwald. Nicht wie ich, in all meinem Luxus. Es ist nicht weit von hier. Ihr Haus hat sie mit Hilfe eines Liebhabers, einem jungen Architekten, gebaut. Eigentlich ist es gar kein richtiges Haus, eher eine Höhle im Stil Niki St. Phalles. Jetzt will sie die Inselverwaltung aus dem Wald vertreiben, damit ein reicher Mensch das Grundstück übernehmen kann. Wollen wir, Minouche ist sehr sympatisch?"

„Gentrifizierung auf Ibiza, das Geld gewinnt immer", sagt Simon sarkastisch. „Klar gehen wir da hin, hört sich spannend an. Aber jetzt muss ich schlafen, sonst müsst ihr mich zu dieser Minouche tragen."

Am nächsten Tag, gegen Mittag, füllen sie den Picknick Korb mit Wein und Käse, und ziehen auf einem verschlungenen Weg zu Minouches Haus. Fünfzig Meter vor einem schräg in den Angeln hängenden Gatter, klatscht Carla in die Hände und ruft in den Wald: „Ola, jemand da. Ich bin's Carla, mit ein paar Freunden."

Zuerst passiert gar nichts, dann erscheint ein kleiner Hund und springt an Carla hoch, bevor er Lukas und Simon neugierig beschnuppert. Danach kommt eine verschlafene Frau, Anfang vierzig mit kupferrotem Haarschwall. „Ihr habt Glück, dass ich zu Hause bin", sagt sie, und umarmt Carla. Dann reicht sie Lukas und Simon die Hand. „So macht ihr Deutsche das doch", sagt sie freundlich, wobei sie Lukas einen Moment zu lange betrachtet. „Kommt rein, ich zeige euch das Haus, deshalb seid ihr doch gekommen. Oder wolltet ihr etwa mich besuchen, da gibt es nicht mehr viel zu sehen", sagt sie kokett.

„Wir wollten dich auf ein Picknick mitnehmen, hoffentlich hast du Zeit", sagt Carla.

„Ich zeige euch zuerst das Haus, dann sehen wir weiter", sagt Minouche und schließt hinter ihnen das Gatter.

Vorbei an surrealen Skulpturen tauchen sie ein in wild wuchernde Gebilde aus Akryl, Fliesen, Spiegeln, ineinander verschlungen wie ein lebender Organismus. Der Bauch eines Walfischs aus Sperrmüll und Schrott, denkt Simon.

Überrascht bemerkt er Lukas' wachsendes Interesse an der Frau. Dachte das wäre vorbei, zumindest hat er sich so angehört, als wir um den Dom gingen.

„Ich habe Zeit für euer Picknick", sagt Minouche und lächelt Lukas zu.

Hoch über einer abgelegenen Bucht, machen sie Halt. Von ihrem Felsplateau haben sie freie Sicht auf das azurblaue Wasser unter ihnen. Carla breitet eine Tischdecke aus und verteilt Brot und Käse. In der Bucht liegt ein einsames Segelboot vor Anker, auf dessen Deck zwei nackte Menschen Fangen spielen. Die kleinen, spitzen Schreie der Frau dringen bis zu ihnen herauf.

Die beiden wissen nicht, dass sie beobachtet werden, und als sie sich lieben, senkt sich eine unwirkliche Stille über die Bucht. Nur gelegentlich durchbrochen vom Schrei einer Möve.

Am nächsten Morgen erscheint Lukas nicht zum Frühstück. Simon vermutet, dass er zu Minouche gegangen ist. „Sie hat so viel von ihren verschiedenen Liebhabern geredet. Von ihrem Architekten, dessen sie langsam überdrüssig ist, ihn aber noch braucht, weil die Höhle noch nicht fertig ist. Vielleicht hat Lukas das als Wink verstanden, ich würde es ihm zutrauen. Von was bezahlt sie diesen Bau eigentlich?", fragt er Carla, die ernsthaft besorgt ist.

„Mit ihrem Körper, was sonst. Manchmal verkauft sie ein paar Sachen auf dem Trödelmarkt. Sie schläft gerne mit Männern, die sie mag, hat sie gesagt. Schade nur, dass es immer seltener vorkommt. Du hast ja selbst gesehen, wie sie Lukas ansah. Was schaust du so?"

„Mit ihrem Körper?"

„Was soll das, Simon, sie hat nichts anderes. Die Insel ist kein Konvent."

„Aber..."

„Kein aber. Lass uns gehen, wir müssen ihn suchen. Ich kann nicht seelenruhig mit dir frühstücken, wenn ich nicht weiß, wo Lukas ist. Du hast recht, gehen wir zuerst zu Minouche, vielleicht ist er ja tatsächlich bei ihr."

Sie legt sich ein Tuch um die Schultern und macht sich auf den Weg, kaum, dass Simon hinterher kommt.

Nachdem sich Minouche, noch schlaftrunken und eher mürrisch aufgerafft hat, bestätigt sie, dass Lukas in der Nacht bei ihr war. „Es war schon spät, als er kam, traurig wie mir schien. Ein paar Blumen brachte er mit, die er auf dem Weg gepflückt hatte. Wir haben geredet, belangloses Zeug, warum ich im Wald lebe, allein, und so. Ich hatte noch eine Flasche Rotwein, die haben wir getrunken. Dann sagte er, er würde gerne mit mir schlafen und ich wollte es auch. Im Morgengrauen ist er wieder gegangen, zu euch, dachte ich, und hab mich wieder schlafen gelegt."

„Was hat er gesagt?", fragt Carla besorgt.

„Nichts eigentlich. Vom Blick aufs Meer und der Stille in der Bucht hat er geschwärmt. Wir haben gelacht über die beiden nackten Menschen auf dem Boot. Als es hell wurde, ist er gegangen", wiederholt sie sich.

Plötzlich sieht Simon, wie Lukas während des Picknicks im Gegenlicht auf dem Felsplateau sitzt und entspannt der Stille lauscht. „Denkst du auch, was ich denke?", fragt er Carla.

„Der Felsen über der Bucht?"

„Ja. Er verhielt sich schon auf dem Rückweg sehr seltsam. Sprach nur das Allernötigste, wenn man ihn fragte. In Gedanken war er ganz woanders. Ich dachte es hätte mit seiner Pleite zu tun."

„Soll ich mitkommen?", fragt Minouche.

„Es ist besser du schläfst dich aus. Wenn wir ihn gefunden haben, bringen wir ihn zu dir."

Auf dem Weg beschleunigt Carla ihre Schritte, doch auf dem Felsplateau ist er nicht. Sie gehen weiter auf dem Weg, der durch den Morgentau schlüpfrig geworden ist. An einem fast senkrechten Abriss sind Gleitspuren und tief unten, nahe am Wasser liegt Lukas' rote Windjacke.

„Von hier aus kommen wir nicht hin, ohne Kopf und Kragen zu riskieren. Merk dir bitte eine Felsformation damit du das Polizeiboot dorthin dirigieren kannst", sagt Simon.

„Glaubst du, er hat es gewollt?", fragt Carla ganz ruhig.

„Wie soll ich das wissen", sagt Simon gereizt. „Das spielt doch jetzt keine Rolle. Bitte geh und hol die Polizei oder die Feuerwehr, wer immer auf der Insel zuständig ist. Ich bleibe hier, aber beeil dich bitte, vielleicht lebt er ja noch."

Carla geht sofort los, doch dann dreht sie sich noch einmal um und kommt zurück. „Simon, bitte tu's nicht."

„Was?"

„Zu ihm hinunter steigen. Das willst du doch. Du willst mit ihm allein sein."

„Nein, Carla, das ist längst vorbei. Ich kann ihm schon lange nicht mehr helfen."

Tage später, Lukas ist auf einem kleinen Friedhof im Norden der Insel begraben worden, sitzt Carla mit Simon auf der Terrasse ihres Hauses und starrt in das Blau der beginnenden Nacht.

„Warum dort?", fragt Simon.

„In der Bucht?"

„Nein, auf dem Friedhof."

„Weil ich da auch hin will, wenn es soweit ist."

„Aber sie haben dich nach Deutschland geflogen."

„Weil mich keiner gefragt hat", lacht sie. „Aber du weißt es jetzt, also halt dich bitte daran."

„Lass dir noch etwas Zeit. - Hast du wirklich gemeint, was du zu Minouche gesagt hast?"

„Was? Dass sie nicht schuld an Lukas' Tod sei, und er es früher oder später sowieso getan hätte?"

„Ja."

Sie sieht ihn verwundert an und schüttelt den Kopf. „Was anderes hätte er tun können. Er war erledigt. Mit nichts begonnen und mit nichts aufgehört, hat er gesagt, gleich am Anfang, als ihr hier ankamt und du kurz auf der Toilette warst. Ich hab es nicht gleich verstanden, aber jetzt passt alles zusammen. Eigentlich mochte er Ibiza nicht, hat er gesagt, und ist dann doch gekommen. Vielleicht wollte er hier sterben, wusste aber noch nicht, wie er es anstellen sollte. Und dort über der Bucht kam ihm die Idee. Ich mache mir Vorwürfe, dass ich nicht bemerkt habe, was in ihm vorging."

„Du glaubst also, dass er es gewollt hat."

„Natürlich. In der Bucht muss es noch dunkel gewesen sein, als er sprang. Er kannte den Weg nicht, aber das war ihm egal. Es spielte ja auch keine Rolle, an welcher Stelle er abstürzen würde."

Simon sagt lange nichts, starrt nur in die Ebene, in der die ersten Lichter aufflammen. „Ich hätte das mit dem Film nicht sagen dürfen. Es kam mir so in den Sinn und ich habe mir nichts dabei gedacht."

„Was hast du denn gedacht?"

„Dass du bohrst und bohrst und manchmal triffst du auf ein Ölfeld. Dann sprudelt es. Das Öl rinnt dir wie Wasser übers Haupt, macht dich dreckig und reich. Andere bohren auch, doch sie treffen keine Ader, und gehen daran zu Grunde. Er muss es verstanden, und auf sein Engagement in der DDR übertragen haben. Ich kenne ihn, er konnte zwischen den Zeilen lesen. - Warum er Minouche noch hineingezogen hat?"

„Du musst ihn nicht schützen, du kennst die Antwort."

„Sie war die letzte Freiheit, die ihm noch blieb, denkst du das?"

„Genau."

„Er war ein Mensch, der aus dem Bauch heraus entschied", redet Simon einfach weiter, wie ein Kind, das darauf beharrt, Recht zu haben. „Vielleicht wollte er doch nur hinunter steigen und ist dabei abgestürzt. Der Hang ist steil und schlüpfrig. Vielleicht wollte er unbedingt ans Wasser, ans Meer, dort, wo er immer schon hin wollte."

„Hör auf, Simon, du wirst pathetisch. Woher willst du wissen, was Lukas wollte."

„Weil er es mir gesagt hat. Und weil er es wollte, seit wir nachts in Karthago zwischen den geschleiften Mauern am Strand lagen und er die Wellen hörte. Er blieb liegen, bis sie seinen Schlafsack durchweicht hatten. Du brauchst dir um ihn keine Sorgen machen, er war im Lot. Ein Leben lang hat er an seiner Standardeinstellung gedreht, sich immer wieder auf neue Situationen eingestellt und jetzt wollte er eben nicht mehr. Er war zum Herbstvogel geworden." Simon nickt, als gefalle ihm das Bild. „Ein alter Rabe, der niemand mehr groß imponieren musste. Der sang, wenn er denn sang, mehr für sich, als für oder gegen jemand anderen."

„Du vermisst ihn schon jetzt."

„Ja, am Ende wurde er wieder der Freund, der er in der Schule war. Er war kein Feigling. Ist es Feigheit, wenn man sein Leben freiwillig verlässt? Es gab nichts, was er noch verlieren konnte, vielleicht uns beide, aber da konnte er sich nicht sicher sein."

„Ich hab euch nie verstanden."

Simon sieht sie lange schweigend an, dann sagt er, indem er ihre Augen sucht: „Du könntest um den Tisch herumgehen, zu mir kommen und mich küssen. Oder du könntest mich auffordern zu dir zu gehen, um dich zu küssen. Beides birgt die Gefahr in sich, dass ich meine Hände um dich lege, sie abgleiten lasse und deine Brust berühre. Es könnte ungeahnte Folgen haben."

„So viele Möglichkeiten."